Das FLÜSTERN des
FEIGENBAUMS

Das FLÜSTERN des FEIGENBAUMS

ELLA WÜNSCHE

Bibliografische Information der Deutschen Nationalbibliothek: Die Deutsche Nationalbibliothek verzeichnet diese Publikation in der Deutschen Nationalbibliografie; detaillierte bibliografische Daten sind im Internet über dnb.dnb.de abrufbar.

© Ella Wünsche 2017
Herstellung und Verlag: BoD – Books on Demand, Norderstedt
ISBN-13: 9783744822084

Lektorat: Christiane Kathmann, Sandra Schwarzweller
Korrektorat: Sandra Schwarzweller
Dramaturgische Begleitung: Santiago Campillo-Lundbeck
Covergestaltung & Satz: Daniel Morawek
Bildquellen: shutterstock.com / lovelypeace, Olga Gavrilova
depositphotos.com / mauro.grigollo, Photocreo, cumulus, Tamara_k

Auflage 2 | Juni 2020
Alle Rechte vorbehalten.

www.ella-wuensche.de

Prolog

Das Herz schlug ihm bis zum Hals. Eine Fliege umkreiste sein Gesicht, doch in diesem Moment störte ihn das nicht. Er versteckte sich in einem dichten Gebüsch und beobachtete den kleinen Palazzo. Dieser war in dem für die Region typischen dunklen Orange gestrichen. Die Zeit schien stillzustehen und er war völlig durchgeschwitzt, nicht nur wegen der Hitzeentwicklung, es loderte auch ein Feuer in ihm, das nicht zu löschen war.

Plötzlich hörte er Rufe: »Feuer! Feuer!«

Vier Bedienstete rannten aus dem Haus. Im Erdgeschoss bahnte sich Rauch durch die offenen Fenster einen Weg nach draußen. Bald darauf kamen weitere Leute heraus. Der Hausherr hielt seine Tochter auf dem Arm, die etwa sieben Jahre alt sein musste. Sein Sohn folgte ihnen. Das Mädchen schrie und strampelte. Als es sich beruhigt hatte, setzte der Vater es ab und rannte mit den anderen Männern davon, um Wasser zu holen. Der Junge rannte ebenfalls in diese Richtung, blieb aber stehen, als sein Vater ihm etwas zurief. Die Mutter schien panisch, sie schlug sich immer wieder die Hände vors Gesicht und schrie. In diesem Moment war ein Bellen zu hören.

»Stella! Stella, sie wird sterben!«, rief das Mädchen.

Es rannte zurück ins Haus, ohne dass seine Mutter es bemerkte.

Das Feuer breitete sich in Sekundenschnelle aus und der Rauch quoll nun auch aus den Fenstern im oberen Stock. Der junge Mann im Gebüsch wusste einen Moment lang nicht, was er tun sollte. Doch dann rannte er an den Bewohnern vorbei in das Haus. In dem allgemeinen Chaos beachtete ihn niemand. Von innen erklang ein lautes Krachen. In der Halle hörte er die verzweifelten Rufe des Mädchens.

* * *

Als die Mutter sich umsah, bemerkte sie, dass ihre Tochter fehlte.

»Wo ist deine Schwester!«, brüllte sie ihren Sohn an.

Doch der Junge antwortete nicht, Panik war in seinen Augen zu sehen. Ihr Ehemann kam mit einem Eimer Wasser angerannt.

»Wo ist unsere Tochter?«, rief die Mutter.

»Sie ist bestimmt irgendwo ... los, hilf Faustina mit den Wassereimern.«

In diesem Moment hörte die Mutter ein Bellen. Es kam aus dem Haus. Plötzlich wusste sie, wo ihre Tochter war.

Verzweifelt rannte sie auf das Hauptportal zu. Flammen schlugen ihr entgegen. Ihr Mann hielt sie fest, doch sie wand sich unter seinem Griff.

In diesem Moment rief ihr Sohn: »Mamma, Mamma! Dort ist Stella! Vielleicht ist sie bei ihr?«

Er deutete nach links, wo ein schwaches Bellen zu vernehmen war. Die drei rannten um das Haus herum, so hastig, dass die Frau über ihre eigenen Füße stolperte. Dort stand eine kleine Gestalt, schwarz vom Rauch. Ein Mann lief über die Felder davon.

Nachdem er sich vergewissert hatte, dass es seiner Tochter gut ging, fragte der Vater: »Wer war das?«

Die Mutter zuckte mit den Schultern.

»Gott segne ihn! Er hat unser kleines Mädchen gerettet!«

1.

Die Sonne strahlte unbarmherzig durch die lange Fenster-front. Die drei Frauen seufzten, während sie versuchten, sich auf ihre Arbeit zu konzentrieren.

»Dass diese dämlichen Jalousien genau in dieser Woche den Geist aufgeben müssen! Die Hitze ist nicht auszu-halten!«, beschwerte sich Silvia, die Frau mit den kurzen grauen Haaren, die wie die anderen einen Schreibtisch direkt neben dem Fenster hatte. Sie hatte drei DIN-A3-Blätter ans Fenster geklebt, doch das half nicht wirklich gegen die Sonne. »Und das Anfang September, da ist es doch sonst nicht so heiß!«

»Dieses Glück haben aber auch nur wir«, sagte Nicole, die Jüngste in der Runde. Sie hatte einen Regenschirm gegen das Fenster gelehnt, aber auch das brachte keine Linderung. Mit einem Taschentuch wischte sie sich den Schweiß von der Stirn. »Ich hätte auf meine Mutter hören sollen und studieren oder reich heiraten.«

»Ich habe studiert und sitze trotzdem mit euch beiden hier in dieser Sauna«, widersprach Silvia.

»Auch wieder wahr«, gab Nicole zu. »Also reich heiraten ... andererseits ... mein Stefan ist mir doch lieber als so ein langweiliger Typ wie unser Chef.«

Silvia lachte. »Der Schmelcher? Da muss es schon sehr heiß werden, bevor ich mich mit dem einlassen würde!« Dann wandte sie sich an die dritte Kollegin: »Na, Mara, lebst du noch?«

»Also mit dem kalten Wasser klappt das ganz gut«, antwortete die junge Frau.

Sie hatte keinen provisorischen Sonnenschutz am Fenster angebracht, sondern stattdessen ihre Füße unter dem Tisch in einen Eimer mit Wasser gestellt.

»Wenn dich der Schmelcher dabei erwischt!«, meinte Nicole kopfschüttelnd.

»Ach ja, die habe ich noch vergessen«, antwortete Mara und setzte eine Sonnenbrille auf.

Ihre Kolleginnen lachten, kramten ihrerseits in ihren Handtaschen nach Sonnenbrillen und setzten diese ebenfalls auf.

»Ich könnte auch noch ein Planschbecken aufbauen«, rief Silvia und alle drei lachten.

»Und, Mara, fährst du dieses Jahr endlich mal in Urlaub? Du hast dir im ganzen Sommer nur zwei Tage freigenommen.«

»Ich glaube nicht, meiner Großmutter geht es nicht so gut.«

»Mädel, wann fängst du mal an, dein eigenes Leben zu leben?«, rügte ihre Kollegin sie.

Nicht schon wieder dieses Thema, dachte Mara.

Sie hatte keine Lust auf ein Gespräch über ihr Leben, doch sie traute sich auch nicht, Silvia grob abzuweisen. Eigentlich meinte ihre Kollegin es gut mir ihr, das wusste sie.

»Die Zeit verfliegt so schnell. Das Leben ist dazu da, um gelebt zu werden!«, fuhr die ältere Frau fort.

»Ich lebe doch mein Leben, es ist aber nicht wie deins«, gab Mara zurück.

Silvia merkte wohl, dass ihr Versuch nicht den erhofften Erfolg bringen würde und lenkte ein: »Ich meine es doch nur gut mit dir, Mara, du bist eine hübsche junge Frau, du kannst nicht ewig versauern.«

»Silvia, lass sie doch. Erzähl uns lieber mal, wo ihr dieses Jahr hinfahrt«, warf Nicole ein, um sie von diesem Thema abzulenken.

Mara blickte auf den Bildschirm, wo gerade der Bildschirmschoner aktiv wurde und die schönsten Fleckchen zeigte, die Mutter Erde zu bieten hatte: Cinque Terre in Italien, ein wunderschöner Südseestrand, die schottischen Highlands in sattem Grün. Sie begann zu träumen und hörte nicht mehr zu, was Silvia über ihren Urlaub erzählte.

Plötzlich wurde sie jäh aus ihren Träumen gerissen, als ihr Chef hereinkam, der sich wegen der Sonneneinstrahlung die Hand vors Gesicht hielt.

»Ist dieses blöde Ding immer noch nicht repariert?«

Silvia und Nicole sahen ihn missmutig an und antworteten nicht.

»Ich sage Frau Weiß, sie soll noch mal bei der Firma anrufen«, versprach Herr Schmelcher.

»Zum Glück bin ich in drei Tagen in Urlaub, sonst müsste ich sicherlich mit einem Sonnenstich zum Arzt«, erklärte Silvia mit einer Leidensmiene.

Nicole nickte zustimmend. Nur Mara blickte hoch, ohne eine Regung zu zeigen. Ihr Chef starrte auf den Eimer und danach zu ihr. Doch er sagte nichts dazu.

»Ich werde versuchen, das Ganze zu beschleunigen«, versprach er.

»Das wäre ratsam«, konterte Silvia. Sie war die Dienstälteste und im Betriebsrat, somit konnte sie sich einige Sprüche leisten. »Stellen Sie sich vor, Sie müssten hier den ganzen Tag sitzen. Das verstößt sicher gegen das Arbeitsschutzgesetz!«

»Nun, es ist wirklich sehr heiß hier. Sie können ja etwas früher Feierabend machen«, erwiderte er, nickte ihnen freundlich zu und ging hinaus.

Die Frauen kicherten. »Dem hast du es gezeigt«, meinte Nicole lachend. »Mädels, wann wollen wir gehen?«

»In einer Stunde!«, erklärte Silvia.

Nach Ablauf der sechzig Minuten holte Mara ihre Füße aus dem Wasser, trocknete sie ab und schlüpfte in ihre Turnschuhe.

»Du und deine kleinen Füße«, bewunderte Nicole ihre Schuhe.

Mara zuckte mit den Schultern. Obwohl sie schon neunundzwanzig war, wirkte sie eher wie Anfang zwanzig. Sie war nicht sehr groß, zierlich und hatte dunkles, fast schwarzes Haar und große braune Rehaugen. Das machte es Silvia, Nicole oder sogar ihrem Chef schwer, ihr gegenüber laut zu werden, zu sehr weckte sie den Beschützerinstinkt. Mara bemerkte dies auch selbst, aber sie fand, dass ihre äußere Erscheinung täuschte.

Während sie hinausgingen, beschlossen Silvia und Nicole, noch ein Eis essen zu gehen. »Komm doch mit!«, lud Nicole Mara ein.

»Ich muss eigentlich zu meiner Großmutter.«

»Ach komm, dafür machen wir ja früher Feierabend!«

»Stimmt auch wieder«, meinte Mara mit einem Grinsen.

In der Eisdiele um die Ecke nahm sie je eine Kugel Mango- und Joghurteis, während Silvia und Nicole zwei riesige Eisbecher bestellten.

»Gerade du könntest mehr als zwei kleine Kugeln vertragen«, zog Silvia sie auf.

Mara lächelte verlegen. Sie konnte auch nicht erklären, warum sie nur zwei Kugeln bestellte. Vielleicht, weil sie und ihre Mutter früher immer hatten sparen müssen? In Maras Jugendzeit war es ihnen zwar finanziell besser gegangen und mittlerweile hätte sie sich einen Eisbecher problemlos leisten können, doch etwas in ihr sträubte sich dagegen. Diese mahnende und prüfende Stimme in ihrem Kopf befand alles, was keinem bestimmten Zweck diente, als schlecht, zu teuer, zu ausschweifend. Schon in ihrer Kindheit hatte Mara gelernt, sich zu zügeln. Gekauft wurde meistens nicht, was sie sich wünschte, sondern was den Zweck erfüllte. Deshalb fiel es ihr oft schwer zu sagen, was sie wollte. Die meisten Wünsche fühlten sich irgendwie falsch und schlecht an.

Ein bisschen neidisch sah Mara auf die Eisbecher ihrer Kolleginnen und überlegte, ob sie beim nächsten Mal nicht auch so ein Sahne-Eis-Schoko-Wunder nehmen sollte.

Nachdem sie ihre zwei Kugeln gegessen hatte, verabschiedete Mara sich zügig von ihren Kolleginnen und machte sich mit der Straßenbahn auf den Heimweg. Sie arbeitete in der Innenstadt von Heidelberg und lebte in einem kleinen Ort am Rande der Stadt. Sie wollte dringend nach Hause, um nach ihrer Großmutter zu sehen, die im gleichen Haus wohnte und zu der sie eine enge Beziehung hatte. Maria Grazia war als junge Frau aus Italien nach Deutschland gekommen und hatte versucht, ihre Wurzeln zu vergessen, doch ihr Akzent verriet immer noch, wo sie ursprünglich herkam. Dabei redete ihre Großmutter nie in ihrer Muttersprache und sie sprach auch nie über die Vergangenheit oder über ihre Herkunft. Wenn ihre Enkelin ihr früher Fragen dazu gestellt hatte – und das war häufig der Fall gewesen – hatte sie eine wegwischende Handbewegung gemacht und gesagt: »Ich weiß nicht mehr, das ist schon so lange her.« Mara hatte irgendwann aufgehört zu fragen und sich damit abgefunden, dass ihre Großmutter wohl einfach ein sehr schlechtes Gedächtnis hatte.

Obwohl Maras Großmutter keinerlei Verbindungen mehr zu Italien hatte, nannte Mara sie liebevoll *Nonna*. Vermutlich hatte ihr Vater Francesco damit angefangen. Er versuchte, mit Mara Italienisch zu sprechen, aber nach der Trennung von ihrer Mutter sahen sie sich nur noch sporadisch und außer wenigen italienischen Floskeln war lediglich der Kosename für ihre Großmutter hängen geblieben.

Mara schlich vorsichtig in die Wohnung im ersten Stock. Das alte Parkett quietschte. Die Möbel stammten aus längst vergangenen Zeiten, Nonna hatte sie von den ersten festen Gehältern in Deutschland gekauft. Der Leuchter an der Decke war mit Gold verziert und ein ganz besonderes Stück. Die wenigen Bilder an den Wänden waren überwiegend Kopien von berühmten Gemälden.

Eigentlich hätte sich Mara keine Mühe geben müssen, leise zu sein, denn ihre Großmutter lag auf der Couch und sah sich im Fernsehen eine spanische Telenovela an – ohne Übersetzung.

»Wie geht es dir, Nonna?«, fragte Mara. »Und seit wann sprichst du Spanisch?«

»Mara, wie schön, dass du kommst!«, rief die alte Frau aus. Ihre Großmutter lachte selten, aber immer, wenn Mara zur Tür hereinkam.

Mara gab ihr ein Küsschen auf die Wange. Dann zeigte ihre Großmutter auf den Fernseher: »Ach, hier muss man nicht viel können, sie spielen so überzogen, dass man auch ohne Worte alles versteht. Wie früher bei den Stummfilmen.«

Nonna war das Alter mittlerweile deutlich anzusehen. Seit sie auf die achtzig zuging, baute sie mehr und mehr ab. Bis dahin hatte Mara gedacht, dass das heutzutage kein Alter mehr sei. Doch ihre Großmutter war seit etwa einem Jahr einfach nicht mehr wie früher. Lange Zeit war sie eine unternehmungslustige Frau gewesen, die immer etwas schweigsam war, wenn es um Gefühle ging. Nur ihre Liebe für ihre Enkelin zeigte sie offen.

Selbst in ihrem Alter war sie noch hübsch und viele wunderten sich, warum Maria Grazia schon so lange alleinstehend war. Einige Leute behaupteten, Mara sähe ihrer Großmutter in jungen Jahren ähnlich, und Nonna meinte oft: »Wenn ich dich sehe, habe ich das Gefühl, in einen Spiegel zu schauen.« Ihre Mutter Malena hingegen hatte kaum Ähnlichkeit mit Nonna. Zwar hatte auch sie früher dunkle Haare gehabt und alle drei hatten die gleiche Augenfarbe, doch Malena hatte andere Gesichtszüge, sie waren nicht so ebenmäßig und fein und außerdem hatte sie eine markante Nase.

»Mein Engel, hast du nichts anderes zu tun, als eine alte Frau zu besuchen?«, fragte Maras Großmutter nun.

»Aber Nonna, ich komme gern zu dir.«

Die alte Frau warf einen Blick auf den Bildschirm und bat: »Lass mich noch die Folge zu Ende schauen. Es ist ziemlich spannend.«

Sie sprach grammatisch perfektes Deutsch, rollte jedoch das R sehr stark, was ihrer Sprache etwas Leidenschaftliches verlieh, und vergaß oft das H.

»Möchtest du einen Kaffee?«, fragte Mara, doch Nonna schien sie gar nicht zu hören. Sie schaute wieder den verzwickten Liebeleien auf dem Bildschirm zu.

Mara war überrascht. Ihre Großmutter hatte früher nur Spott für romantische Bücher und Filme übrig gehabt, und jetzt war sie anscheinend dieser Liebesdramatik verfallen. Erst als die Folge zu Ende war, drehte ihre Großmutter sich zu ihr um. Aus dem faltigen Gesicht strahlten Mara schöne, ausdrucksstarke Augen entgegen, und die kurzen Naturlocken gaben ihrem weißen Haar eine unglaubliche Fülle.

»Sollen wir deinen Blutdruck messen?«, fragte Mara.

»Nein, das hat die Pflegekraft heute Morgen schon gemacht.« Die alte Frau zeigte auf ihren Arm. »Es war alles in Ordnung.«

Maras Blick fiel auf die Narben am rechten Arm ihrer Großmutter.

»Tun die eigentlich weh, Nonna?«

»Nein, die Haut spannt nur ab und zu, deshalb muss ich sie immer gut eincremen.«

»Vielleicht hätte man es heute ganz anders behandelt«, meinte Mara nachdenklich.

»Ach Kind, Feuer ist Feuer«, sagte ihre Großmutter beiläufig.

Mara starrte sie verblüfft an. Was meinte sie damit? Nonna hatte ihr immer erklärt, dass ihre Mutter einen Topf mit heißer Milch verschüttet hätte und sie als Kind zufällig daneben gestanden hätte. So seien die Verbrühungen am Unterarm entstanden.

Nonna wird alt, sie hat einfach Milch mit Feuer verwechselt, dachte die junge Frau.

»Hast du etwas gegessen?«, erkundigte sie sich.

»Nein, das Essen auf Rädern war scheußlich. Es tut mir leid, ihr Deutschen könnt vieles, aber kochen, das könnt ihr einfach nicht.«

Was war mit ihrer Nonna los? So etwas hatte sie noch nie von ihr gehört. Zwar waren beim Essen ihre italienischen Wurzeln nicht zu verleugnen, aber sie hatte nie etwas gegen die deutsche Küche gesagt. Nonna hatte immer mediterran gekocht mit Pasta, Gemüse, Kräutern. Das war die schönste Erinnerung aus Maras Kindheit: Pasta bei Nonna.

Ihren Großvater kannte Mara nicht. Er hatte die Familie früh verlassen und war nach Amerika gezogen. Dort hatte er sich ein neues Leben aufgebaut – ohne seine Frau und seine Tochter. Nonna behauptete immer: »Das war die beste Entscheidung, die er je für uns getroffen hat.« Seit Mitte der Sechzigerjahre war Nonna alleinstehend. Ihr Vater arbeitete damals in Köln, sodass ihre Eltern ihr nicht helfen konnten, doch ihre Vermieterin unterstützte sie liebevoll bei der Versorgung ihrer Tochter. Hilde war eine gutbürgerliche deutsche Witwe, die für Malena schnell zur Ersatzoma wurde. Ihre italienische Großmutter war sehr distanziert und sie sahen sich nur selten, daher hatte Malena keinen Bezug zu Italien.

Unvermittelt sagte Maras Großmutter: »Ich hatte gehofft, dass deine Mutter ihr Leben besser hinkriegt.« Sie hob bedauernd die Schultern und seufzte: »Auf uns Parisi-Frauen liegt ein Fluch.«

Diesen oder ähnliche Sprüche bekam Mara in letzter Zeit immer häufiger zu hören. Sie fragte sich, ob ihre Großmutter langsam senil wurde. Trotzdem widersprach sie: »Ach was, Nonna, es ist psychologisch gut zu erklären, dass Mama auch alleinstehend ist. Töchter begehen oft dieselben Fehler wie ihre Mütter.«

Nonna schien Mara nicht zu hören. »Ich weiß etwas ... ich weiß das«, sagte sie ohne erkennbaren Zusammenhang. »Deine Mutter hat es auch getroffen. Das ist der Fluch. Keine Frau in unserer Familie kann glücklich werden. Du hast den Fluch doch auch schon gespürt. Oh, mein armes Kind.«

»Es gibt keinen Fluch!«, erwiderte Mara unwirsch.

»Und was war mit Matthias? Willst du wirklich sagen, dass das nichts mit dem Fluch zu tun hatte?«

Mara zuckte kurz zusammen. Darüber wollte sie jetzt wirklich nicht reden.

»So, Nonna, erzähl mal, wie dein Tag war«, lenkte sie das Gespräch in andere Bahnen.

»Da gibt es nicht viel zu erzählen, jeder Tag ist gleich, außer wenn du kommst, dann geht die Sonne auf.«

Mara lächelte ihre Großmutter zärtlich an und fragte: »Soll ich dir etwas Leckeres kochen?«

Die Großmutter sah sie an. »Mach uns einen Kaffee, Schätzchen, und ein paar Biscotti dazu.«

Mara schmunzelte und hakte nach: »Die, die ich dir gebacken habe?«

Nonna strahlte und nickte.

»Wird gemacht.«

Mara ging in die kleine Küche, in der sich außer einem alten Büffet nur eine einfache Spüle, ein kleiner Kühlschrank und ein Herd befanden. Am Fenster stand ein klitzekleiner Tisch mit einem alten Holzstuhl. Darauf befanden sich mehrere Packungen mit Medikamenten und eine halbe Scheibe Brot vom Frühstück.

»Nonna, du wirst immer dünner, du musst mehr essen«, murmelte Mara besorgt, mehr zu sich selbst, denn die alte Frau konnte sie nicht hören.

Sie nahm die alte Cafetera und bereitete einen starken Kaffee mit den gemahlenen Bohnen zu, die sie immer bei einer italienischen Rösterei kaufte. Sie holte die Dose mit den Biscotti. Jeden Tag nahm sich ihre Großmutter daraus ein bis zwei Stück und tunkte sie in ihren Espresso, den sie mit drei Teelöffeln Zucker trank. »Sonst schmeckt er nicht«, sagte sie immer. Mara war das Getränk auch so viel zu stark und zu bitter. Sie goss sich immer nur ein paar Tröpfchen in eine Tasse mit warmer Milch und hatte so einen schnellen Latte macchiato. Das war ihre Kaffeezeremonie bei Nonna, die sie oft nur am Wochenende durchführen konnten, weil Mara sonst erst abends heimkam.

Dann unterhielten sie sich über die letzte Woche oder über früher. Ihre Großmutter sprach jedoch nie über ihre eigene Vergangenheit, nur über Erlebnisse aus Maras Kindheit.

»Du bist neben Malena das Schönste, was mir passiert ist. Ich hatte immer das Bedürfnis, dich zu küssen und zu beschützen«, sagte sie oft.

All diese Gedanken gingen Mara durch den Kopf, während sie in der kleinen, alten Küche den Duft von Kaffee und Biscotti einatmete.

Das Zischen der Cafetera riss sie aus ihren Gedanken. Sie goss den Kaffee ein und ging zurück ins Wohnzimmer. Ihre Großmutter war eingenickt. Mara stellte alles auf den kleinen Holztisch mit der selbst gehäkelten Tischdecke und überlegte, ob sie sie aufwecken sollte. In diesem Moment sagte die alte Frau etwas auf Italienisch. Es klang aufgeregt, ja sogar ängstlich und verzerrt, die Worte waren sehr undeutlich.

»Nonna, Nonna, das ist nur ein Traum, wach auf!«

Verwirrt öffnete die alte Dame ihre Augen, aber sie schien noch nicht ganz wach zu sein.

»Nonna, ich hab uns Kaffee gemacht«, erklärte Mara mit sanfter Stimme.

Doch die alte Frau erwiderte nichts, sie schaute nur ins Leere. Mara setzte sich neben sie, nahm ihre Hand und sagte beruhigend: »Es war nur ein böser Traum, Nonni.«

»Nein, das war es nicht«, erwiderte die alte Frau so ernst, dass Mara erschrak.

Sie reichte ihrer Großmutter ihre Tasse und bemerkte, dass deren Hände mehr zitterten als sonst. Mühsam nahm sie einen Schluck.

»Siehst du, Nonna, es war alles nur ein böser Traum«, wiederholte Mara.

Die alte Frau sah sie an und Mara spürte das erste Mal in ihrem Leben, dass ihre Großmutter etwas mit sich herumtrug, wovon sie nicht die leiseste Ahnung hatte.

Für eine Weile sprachen sie nicht mehr. Mara überlegte, was der alten Frau wohl solche Angst eingejagt hatte.

»Es war nur ein böser Traum, meine Kleine«, sagte diese schließlich mit einem Lächeln, doch es erreichte ihre Augen nicht.

2.

Nachdem sie ihren Kaffee getrunken hatten, plauderten sie noch ein Weilchen. Anschließend schaute Mara nach, ob noch etwas im Haushalt zu erledigen war, aber sie fand nur etwas schmutzige Wäsche und nahm diese mit.

Daher verabschiedete sie sich und stieg ein Stockwerk höher, dort wohnte sie unter dem Dach in einer kleinen Dreizimmerwohnung. Im Erdgeschoss wohnte ihre Mutter Malena. Das Haus gehörte ihrer Großmutter und ihrer Mutter. Als Hilde mit dem Alter immer pflegebedürftiger wurde, hatte sie ihren Mieterinnen das Haus sehr günstig verkauft. Im Kaufvertrag war festgehalten worden, dass sie selbst dort wohnen durfte, bis sie starb. Die Witwe hatte keine eigenen Kinder und ihren Nichten und Neffen, die sie nie besuchten, wollte sie es nicht vererben. Maria Grazia und Malena dagegen waren für sie wie eine Tochter und eine Enkelin und die beiden hatten die alte Dame bis zu ihrem Tod gepflegt.

Das Dreifamilienhaus aus den Fünfzigerjahren bot ausreichend Platz für die drei alleinstehenden Frauen. Die Zimmer waren klein, doch Mara hatte ihre Wohnung hübsch eingerichtet und woanders hätte sie sich niemals drei Zimmer leisten können.

Sie warf einen Blick nach draußen. Der große Garten war Maras Rückzugsort. Nonna konnte sich schon lange nicht mehr um die Gartenarbeit kümmern und ihre Mutter interessierte sich nicht sonderlich dafür. Doch die junge Frau genoss es, nach der Arbeit ein bisschen an der frischen Luft zu arbeiten. Dabei konnte sie wunderbar entspannen. Neben den Nutzpflanzen, die schon zu Hildes Zeiten dort gestanden hatten, hatte Mara einige Rosenstauden gepflanzt, die sich prächtig entwickelten. Auch ein kleines Zitronenbäumchen und einen Feigenbaum hatte sie eingesetzt. Zum Glück war das Klima in der Neckarebene mild und die beiden Bäumchen wuchsen beständig, auch wenn sie immer noch wenige Früchte trugen. In den letzten zwei Jahren hatte Mara außerdem angefangen, Gemüse zu pflanzen: unterschiedliche Tomatensorten, Gurken, Paprika und in diesem Jahr zum ersten Mal Hokkaido-Kürbisse. Es war viel Arbeit, doch sie hatte sich einige Tipps bei YouTube geholt, und selbst, wenn der Ertrag eher bescheiden war – es ging nichts über den intensiven Geschmack von frisch geerntetem Gemüse. Aus den verschiedenen Beeren, die Hilde vor langer Zeit gepflanzt hatte, kochte Mara Gelees und Marmelade und sie liebte es, neue Kreationen auszuprobieren.

Mara musste an den Fluch denken, von dem Nonna erzählte hatte. Gab es diesen vielleicht wirklich? Obwohl sie schon auf die dreißig zuging, hatte sie nur eine feste Beziehung gehabt. Seit der elften Klasse war sie mit Matthias zusammen gewesen. Nach der Schule hatte sie in Heidelberg eine Ausbildung gemacht und Matthias hatte in Mannheim studiert, sodass sie viel Zeit zusammen verbringen konnten. Nach vier gemeinsamen Jahren hatte Mara schon Hochzeitspläne geschmiedet, auch wenn sie noch so jung war. Doch dann hatte Matthias ein Praxissemester in Hamburg absolviert und sie sahen sich nur noch an den Wochenenden. Kurz vor Weihnachten trafen sie sich in ihrer Lieblingskneipe und Mara rechnete fest damit, dass er ihr einen Antrag machen würde. Stattdessen hatte Matthias eiskalt Schluss gemacht. Er meinte, er habe gemerkt, dass sie gar nicht zueinander passen würden. Einfach so. Danach hatte er verdächtig schnell eine neue Freundin gehabt. Wenn Mara ehrlich war, trauerte sie ihm schon lange nicht mehr nach. Eigentlich war sie froh, wie es gelaufen war. Sie hatten sich in unterschiedliche Richtungen entwickelt und wären auf Dauer nicht glücklich zusammen gewesen. Natürlich war es immer noch schmerzhaft, wenn sie an die Ablehnung dachte und daran, dass sie so schnell ersetzt worden war. Aber wenn ihre Trennung an einem Fluch lag, konnte sie diesem nur dankbar sein. Oder würde sie nun für immer alleine bleiben, so wie ihre Nonna und ihre Mutter?

Kaum hatte sie die Schuhe ausgezogen und sich auf ihre Couch gesetzt, klopfte es an der Tür. Mara rief »Herein«, denn es konnte nur ihre Mutter sein.

Nachdem sie sich begrüßt hatten, fragte Malena: »Warst du bei Nonna?«

»Ja, Mama, sie macht mir ein bisschen Sorgen.«

»Sie ist eine alte Frau«, erwiderte Malena.

»Hm«, murmelte Mara, »so alt ist sie nun auch wieder nicht. Und bis vor Kurzem war sie noch ganz klar. Jetzt weiß sie plötzlich nicht mehr, was Traum und was Realität ist. Vorhin ist sie eingenickt, brabbelte etwas auf Italienisch und meinte dann, es wäre kein Traum.«

»Manchmal werden alte Leute sehr schnell verwirrt«, sagte ihre Mutter betrübt. »Deine Großmutter ist eine recht komplizierte Frau.«

»Mama, was hat das damit zu tun, dass sie senil wird?«

»Viel«, erwiderte ihre Mutter unbestimmt.

»Macht es dir denn gar nichts aus, wenn sie sich so verändert?«, fragte Mara.

»Sie ist meine Mutter und ich liebe sie, aber sie ist eine schwierige Person«, erwiderte Malena.

Sie streckte Mara einen Topf hin. »Ich hab Kürbissuppe gekocht, damit du was Warmes im Bauch hast.«

»Danke, Mama.«

Sie gingen in die Küche und Mara stellte den Topf auf den Herd.

»Wie war dein Tag heute?«, fragte ihre Mutter.

»Ach, nicht so gut. Es war unerträglich heiß, der Rollladen ist immer noch kaputt.«

»Was immer noch?«, fragte Malena empört. Sie schüttelte den Kopf. »Hättest du dich nur bei meiner Firma beworben.«

Maras Mutter arbeitete bei einem großen Chemieunternehmen als Sekretärin und erhielt dort ein sehr gutes Gehalt, mit dem Maras Chef nicht mithalten konnte. Mara hatte nach ihrer Ausbildung zur Fremdsprachenkorrespondentin für Englisch und Französisch eine Anstellung in einem kleinen, übersichtlichen Familienunternehmen bekommen. Das war ihre Art, gegen ihre Mutter zu rebellieren.

»Damals hätte dir mein Chef eine wirklich gute Stelle anbieten können, allein die Betriebsrente ...« Malena unterbrach den Satz mit einem Seufzer.

»Mama, ich möchte nicht für einen Chemieriesen arbeiten, der die Umwelt verpestet.«

»Dafür aber für einen, der euch nicht einmal die Rollläden repariert.«

»Aber unser Chef ist ein ehrlicher Kerl.«

Die Mutter nickte missmutig. »Hoffentlich geht er nicht pleite.«

»Mama, ich bin noch jung, wenn es so wäre, könnte ich mir etwas anderes suchen.«

»Es ist nicht einfach, die Zeiten sind nicht mehr so gut wie früher.«

»So schlecht sind sie nun auch nicht. Außerdem möchte ich gar nicht mein Leben lang nur bei einem einzigen Unternehmen sein.«

»Natürlich, ihr wisst ja alles besser, ihr jungen Menschen, trotzdem fehlt euch die Lebenserfahrung«, rügte ihre Mutter. Dann fragte sie: »Ich wasche heute weiße Wäsche, hast du was?«

Mara schüttelte den Kopf und sagte: »Nur die drei Sachen von Nonna.«

»Soll ich dir Gesellschaft leisten, während du isst?«

»Nein, Mama, ich bin nicht mehr drei Jahre alt.«

Ihre Mutter sah sie beleidigt an und ging wortlos hinaus. Mara seufzte und folgte ihr.

»Mama, so war das doch nicht gemeint«, rief sie von der Brüstung nach unten.

Ihre Mutter sah auf.

»Ist schon in Ordnung«, erwiderte sie und verzog die Mundwinkel zu einem Lächeln.

Doch Mara wusste, dass es nicht in Ordnung war. Wieder atmete sie tief ein. Eigentlich hatte sie es satt, ständig nachzugeben, doch ihre Mutter tat ihr leid. Sie war eine einsame, traurige Frau, deren einzige Freude ihre Tochter war. Sie schloss ihre Tür, lief schnell die Treppenstufen hinunter und betrat das Reich ihrer Mutter im Erdgeschoss.

Die Wohnung war hell, es gab nicht sehr viele Möbel, unter anderem eine schöne Kommode und einen alten Bauernschrank. Alles war sehr ordentlich, es sah fast wie ein Ausstellungsort aus, als lebe hier niemand. Nur die unzähligen Fotografien, fast ausschließlich Bilder von Mara, zeugten davon, dass dies doch so war. Die Fotos ergaben einen Zeitstrahl, der mit einem großen Bild der kleinen Mara begann, ein kleines Bündel mit schwarzen Haaren in einem rosafarbenen Strampler. Gleich daneben ihre Mutter mit Kinderwagen, dann Mara und der erste Brei. Dann ein Foto mit ihren Eltern, auf dem sie ungefähr ein Jahr alt war. Mara registrierte die Fotos normalerweise nicht mehr, so oft hatte sie sie schon betrachtet. Doch dieses Mal blieb ihr Blick genau auf diesem Bild hängen.

»Ich hab schon länger nichts von Papa gehört, ist er wieder auf einer seiner Fahrradtouren?«, erkundigte sie sich.

»Bestimmt«, meinte ihre Mutter knapp.

»Bin gespannt, was er als nächstes Ziel hat.«

Ihre Mutter sammelte gerade die Lappen und Geschirrtücher ein, um sie ebenfalls in die Waschmaschine zu stecken. »Ach, er hat Angst vor dem Älterwerden.«

»Und du?«, fragte Mara, wandte jedoch ihren Blick nicht von dem Familienfoto.

»Bestimmt, aber ich habe dich und das mindert die Angst.«

Mara sah sie jetzt an. »Mama?«

Ihre Mutter erwiderte den Blick.

»Bist du eigentlich glücklich mit deinem Leben?« So eine persönliche Frage hatte sie ihrer Mutter schon lange nicht mehr gestellt.

»Seit ich dich habe, ja«, meinte ihre Mutter mit einem Achselzucken. »Natürlich wollte ich als junge Frau auch mehr erreichen im Leben: Reisen, den richtigen Mann heiraten, mindestens zwei Kinder bekommen. Tja, es ist alles anders gekommen.«

Sie ging in den Keller, stopfte die Wäsche in die Maschine, die sie gemeinsam nutzten, und stellte diese an.

Als sie wieder hochkam, hatte sie einen Korb mit nasser Wäsche dabei. Mara ging mit ihr in den Garten und half ihr beim Aufhängen.

»Warum ist alles anders gekommen?«, fragte Mara.

Ihre Mutter zuckte mit den Schultern. Sie schob sich eine graue Strähne ihrer schulterlangen Locken aus den Augen. Ihr spitzes Gesicht verlieh ihr ein strenges Aussehen und auf den ersten Blick wirkte sie mit der markanten Nase ein wenig unkonventionell, trotzdem war sie auf ihre Art attraktiv, groß und schlank, mit schönen vollen Lippen. Doch sie hatte etwas Trauriges an sich, ihre Schönheit war erst auf den zweiten Blick erkennbar.

»Ich weiß es nicht, es liegt wohl in der Familie, dass wir Frauen nicht glücklich werden dürfen.«

»Wie meinst du das, Mama?«

»Ach, das war nur so dahingeredet.«

»Nonna sagt in letzter Zeit auch ständig so was.«

»Manchmal sagt man so etwas einfach«, redete ihre Mutter sich heraus.

Mara antwortete nichts aber sie hing ihren Gedanken nach. Ob ihre Mutter an den Fluch glaubte, der nach Nonnas Ansicht über den Frauen der Familie lag? Aber sie war doch viel zu rational dafür!

»Sollen wir die Suppe gemeinsam essen?«, fragte Mara, als sie die Wäsche aufgehängt hatten.

Ihre Mutter strahlte, sagte aber dennoch: »Musst du nicht.«

Die junge Frau hätte eigentlich lieber ihre Ruhe gehabt, aber es war ihr schon immer ein Bedürfnis gewesen, ihrer Mutter ein Lächeln auf die Lippen zu zaubern. Das geschah viel zu selten. Und heute schien Malena ein bisschen Gesellschaft dringend nötig zu haben.

»Mache ich gern«, sagte sie daher gespielt fröhlich. »Sollen wir zu Nonna gehen? Die Suppe wird ihr guttun.«

Ihre Mutter verdrehte die Augen, nickte aber und antwortete: »Von mir aus.«

»Ich räume ein bisschen auf und dann können wir uns gegen halb sieben bei Nonna zum Essen treffen. Ich gebe ihr Bescheid«, erklärte Mara und ging wieder ins Haus.

Auf dem Weg nach oben sah Mara noch einmal nach ihrer Großmutter. Diese saß immer noch auf der Couch und schaute wieder fern.

»Nonni, du kannst doch nicht immer fernsehen.«

»Ach, was soll ich denn sonst machen?«

»Möchtest du ein Buch lesen?«

»Davon tun mir die Augen weh.«

Mara sah sie mitleidig an und erklärte: »Ich wollte nur Bescheid sagen, dass wir nachher zum Essen zu dir kommen. Mama hat eine leckere Suppe gekocht.«

»Ach, wer will schon mit mir essen.«

»Wir, deine Tochter und deine Enkelin.«

»Ich bin euch eine Last, ich weiß das.«

»Du bist keine Last, hör auf damit«, widersprach Mara.

Die alte Frau sah ihre Enkelin an. »Du bist unser Sonnenschein, vielleicht holst du uns heraus.«

»Was redest du da, Nonni, aus was soll ich wen rausholen?«

Wieder machte ihr Großmutter diese wegwerfende Handbewegung, um anzudeuten, dass alles egal sei.

»Ich bin eine alte Frau und rede dummes Zeug«, beschwichtigte sie.

Zurück in ihrer Wohnung, legte Mara sich auf die Couch. Erschöpft schloss sie die Augen und überlegte, woran es lag, dass sie so ausgelaugt war. Die Arbeit war es nicht. Vielleicht ihre Familie? Sie kümmerte sich gern um ihre Nonna, aber es war schon eine seltsame Familienkonstellation in diesem Haus: Großmutter, Mutter und Tochter, kein einziger

27

Mann. Sie dachte an ihren Vater, der in seine Freizeitaktivitäten schon immer viel mehr Zeit investiert hatte, als in seine einzige Tochter. Spontan beschloss sie, ihn anzurufen.

»Ciao Bella«, meldete er sich.

»Wo bist du?«, fragte sie.

»Ich mache doch eine Alpenüberquerung. Du hast Glück, ich bin gerade vor einer Stunde in einer Hütte angekommen. Hier gibt es WLAN.«

Mara lächelte und meinte: »Dann scheint es dir gut zu gehen.«

»Ja, prima! Diese Wanderung müssen wir mal zusammen machen!«

»Ach Papa, ich habe als Kind genug Wanderungen mit dir unternommen, die reichen für mein ganzes Leben.«

»Das ist wichtig für Leib und Seele.«

»Papa, du bist deutscher als ein Deutscher«, erwiderte Mara spöttisch und grinste, denn sie wusste, dass dies für einen Italiener, egal ob in Deutschland aufgewachsen oder nicht, keine Schmeichelei war.

»Nur, weil ich sportbegeistert bin?«

Mara antwortete nicht und es entstand eine kurze Pause.

»Ist alles in Ordnung?«, fragte er.

»Ja, warum?«

»Na, weil du mich anrufst, wo ich doch gerade wandern bin.«

»Ich wusste nicht einmal, dass du weg bist.«

»Echt nicht? – Warte einen Moment.«

Sie hörte, wie er mit jemandem sprach.

»*Bella*, hier ist jetzt Brotzeit, ich muss Schluss machen. Aber wenn ich zurück bin, gehen wir richtig schick essen und reden über alles.«

»Okay«, antwortete Mara und legte auf.

So war es schon immer mit ihrem Vater gewesen. Die wenigen Wochenenden, an denen er Zeit für sie hatte, unternahmen sie meistens Dinge, die ihm Spaß machten. Er liebte sie auf seine Art und Weise, doch er dachte eigentlich nur an sich. Das wurde ihr in diesem Augenblick mehr denn je bewusst. Eine Traurigkeit erfasste sie. Ihre Nonna und ihre Mutter hatten es offensichtlich geschafft, sie mit ihrem Pessimismus anzustecken. Aber etwas in ihrem Inneren sträubte sich dagegen. Irgendwo gab es noch die fröhliche und etwas egoistische Mara, die mehr wollte.

Bevor sie sich weitere Gedanken zu den Parisi-Frauen und ihrem Pech mit Männern machen konnte, klingelte das Telefon. Es war Alena, ihre beste, und wenn sie ehrlich war, auch einzige Freundin.

»Na, wo bist du, Schatzi?«, fragte Alena.

»Ich liege auf der Couch.«

»Und lass mich raten ... denkst über das Elend der Welt nach?«, hakte ihre Freundin nach.

»Nein, ganz so ist es nicht, ich denke über meine Familie nach.«

»Die unglücklichen Frauen aus dem Lärchenweg 3!«

Mara lächelte. »Ich frage mich, warum wir so melancholisch sind?«

»Ich fand euch früher immer cool. Deine Oma war irgendwie mysteriös und deine Mutter hat mir anfangs Angst eingejagt. Ich dachte, sie wäre eine Hexe, wegen ihrer Nase.«

»Hey, meine Mama ist schön.«

»Ist sie auch, aber nicht beim ersten Hinsehen.«

»Na ja, auf Dauer ist es jedenfalls anstrengend zu hören, wie unglücklich wir alle sind. Aber genug davon, was machst du denn gerade?«, erkundigte sich Mara.

»Ich sitze auf der Couch, müsste eigentlich für die Uni lernen, hab aber überhaupt keinen Bock. Vielleicht gehe ich einfach auf eine der BWL-Partys im Wohnheim nebenan. Oder sollen wir zwei weggehen?«

»Du, ich bin hundemüde«, erwiderte Mara.

»Du hättest einfach mit mir studieren sollen, anstatt dich gleich ins Arbeitsleben zu stürzen.«

»Ich mag meinen Job«, behauptete Mara. »Na ja, zumindest bekomme ich ihn ganz gut gemeistert.«

»Das klingt aber oft anders. Aber erzähl mal, welche Laus ist dir über die Leber gelaufen?«

»Ich frage mich eben, warum wir Frauen in meiner Familie so sind. So schwermütig.« Mara hielt einen Moment inne und fügte dann hinzu: »Als ob ein Fluch auf uns lasten würde.«

Jetzt hatte sie es auch ausgesprochen. Mara hatte versucht, es witzig klingen zu lassen, aber es schwang Wehmut mit.

»Bestimmt verbirgt deine Oma ein schlimmes Familiengeheimnis.« Alenas Stimme klang jetzt theatralisch tief.

»Quatsch, die Eltern meiner Großmutter waren einfache Bauern aus Norditalien«, widersprach Mara.

»Ja und? Was ich mich schon immer gefragt habe: Warum sind sie von dort weggegangen? Der Norden ist doch reich und der Boden fruchtbar. Vielleicht kommt ihr in Wirklichkeit aus Sizilien, aus einer Mafia-Familie und sie sind geflohen, weil sie nicht mehr als Kriminelle leben wollten.«

Mara musste lachen. »Alena, du hattest schon immer eine blühende Fantasie.«

»Vielleicht, aber ich versuche nur, euch zu ergründen. Im Ernst, deine Oma hat etwas Damenhaftes, sie wirkt nicht wie eine Bauerntochter.«

»Das hat sie sich alles in Deutschland angeeignet.«

»Das glaube ich nicht. Vielleicht ist sie wirklich eine Mafia-Prinzessin«, witzelte Alena.

Sie lachten und sprachen über ein paar belanglose Dinge, dann meinte Alena: »Wie wäre es, wenn ich morgen vorbeikomme? Aber nur, wenn deine Mutter Lasagne macht.«

»Bestimmt«, versprach Mara, »schließlich ist Samstag.«

Sie legten lachend auf und Mara ging nach unten, um die Suppe aufzuwärmen. Die drei Frauen sprachen nicht viel während des Essens, aber das war nicht ungewöhnlich. Ihre Großmutter aß wieder nur wenig, was Mara mit Besorgnis erfüllte. Nach dem Essen räumte sie das Geschirr weg und ihre Mutter half Nonna, sich bettfertig zu machen.

Nachts träumte Mara von ihrer Mutter. Diese hielt eine große Pistole in der Hand und erzählte ihr, dass der Vater ihrer Nonna ein Mafia-Boss gewesen sei. Als seine Urenkelin müsse sie jetzt das Erbe antreten. Mara schrie so laut »Nein!«, dass sie davon aufwachte. Sie brauchte lange, bis sie wieder eingeschlafen war.

Am nächsten Tag, als Alena kam, erzählte ihr Mara nach der Begrüßung: »Du und deine Mafia-Geschichten, ich hab Alpträume davon bekommen.«

»Dann ist da was Wahres dran«, philosophierte ihre Freundin.

Die Studentin war äußerlich das genaue Gegenteil von Mara. Sie war dunkelblond, hatte blaue Augen und war über 1,70 Meter groß. Wo sie war, verbreitete sie gute Laune. Sogar Malena lächelte mehr, wenn sie zu Besuch kam. Am Samstagmittag gab es um Punkt zwölf Essen, solange Mara zurückdenken konnte. Fast immer gab es Lasagne und Salat und einen Nachtisch, einen leckeren Kuchen oder Ähnliches.

»Oh, ich freue mich, das ist die weltbeste Lasagne!«, rief Alena aus, als sie den Duft einsog, der durch die Wohnung zog.

Malena lächelte. »Ich weiß nicht, ob sie mir diesmal so gelungen ist.«

»Bestimmt«, meinte Alena.

»Ich weiß nicht, ich weiß nicht«, widersprach Malena.

Nach einem kleinen Salat wurde die Lasagne aufgetischt.

»Leute, ich hab einen Bärenhunger«, meinte Alena mit strahlenden Augen. »Ich freue mich schon seit gestern auf das Essen. Deine Lasagne schmeckt immer besser als im Restaurant.«

Malena lächelte und meinte: »Ich hoffe, ich habe sie nicht zu lange im Ofen gelassen.«

Als die Teller gefüllt waren, wurde es für kurze Zeit still am Tisch, bis Alena fragte: »Wo ist denn Nonna Maria?«

»Sie ist oben, es geht ihr nicht so gut. Mit ihren knapp achtzig Jahren hat sie so einige Wehwehchen«, erklärte Malena. »Ich bringe ihr nachher etwas zu essen hoch.«

»Ich habe Angst, dass sie langsam senil wird«, warf Mara ein.

»Die Arme«, sagte Alena und aß weiter. »Ich mochte sie schon immer – als wir klein waren, hat sie uns oft Gummibärchen gegeben.«

»Wirklich?«, fragte Malena. »Dabei wusste sie doch genau, dass ich nicht wollte, dass du so viel Süßes isst«, sagte sie zu Mara.

Die beiden jungen Frauen kicherten. Alena nahm einen großen Bissen und man hörte ein zufriedenes »Mmmm«.

»Wisst ihr, dass ich mir früher immer gewünscht habe, bei euch zu leben?«, fragte Alena, als sie den Mund wieder frei hatte.

Mara sah sie überrascht an. »Echt?«

Alena nickte. »Bei euch war alles so ordentlich und geregelt.«

»Und ich fand es bei euch super, deine Mutter war immer so lustig und hat sich lustige Spiele ausgedacht.«

Alena dachte nach. »Stimmt.« Nach dem nächsten Bissen meinte sie: »Vom Chaos zu Hause bin ich jetzt in das Chaos des Studentenwohnheims gezogen.«

»Willst du nicht bei uns einziehen?«, fragte Mara.

»Das würde ich gern tun, aber ich weiß nicht, ob du das aushalten würdest, ich bin nicht so ordentlich wie du.«

»Das stimmt wohl«, antwortete Mara und grinste.

»Wie schön, dass ihr noch so gut befreundet seid«, meinte Malena melancholisch.

Die zwei blickten sich an, dann meinte Alena: »Wir haben uns schon immer gut verstanden, seit der ersten Klasse. Für mich war Mara eine Verbündete. Wir sind beide bei einer alleinerziehenden Mutter groß geworden, außerdem war sie eine super Schülerin und ich konnte immer bei ihr abschreiben.«

Mara sah zu Alena und sprach in einem hohen Ton: »Soso, ich war also nur zum Abschreiben gut.«

Alena verwuschelte ihr die Haare. »Natürlich nicht, du warst meine beste Freundin.«

Mara sah sie an und sagte: »Ich weiß, dass du schon damals eine große Klappe hattest.«

»Echt, schon damals? Oh Mann, damit schlag ich alle in die Flucht.«

Sie lachten. Danach berichtete Alena von ihrem Psychologiestudium und dem Treiben an der Uni. Sie konnte das auf eine so unterhaltsame Weise, dass Mara und ihre Mutter wie gebannt zuhörten.

»Hast du eigentlich einen Freund?«, erkundigte sich Malena plötzlich.

»Gerade nicht«, sagte Alena und wechselte prompt das Thema: »Als Kind habe ich deine Mutter immer bewundert, ich fand sie sah aus wie eine Adlige.«

»Mama, Alena hat die Theorie entwickelt, dass wir gar keine arme Bauernfamilie sind, sondern Nachkommen eines Mafia-Klans aus dem Süden Italiens«, frotzelte Mara.

Die beiden Freundinnen lachten, doch Mara sah, dass ihre Mutter erschrak. Sie fing sich jedoch sehr schnell und lächelte mit. Beim Nachtisch, einem leckeren Obstsalat, fragte sich Mara, ob an Alenas Theorie doch etwas dran war.

Anschließend sahen sie nach Nonna, die wieder einmal vor dem Fernseher eingenickt war. Diesmal träumte sie wohl nichts, sie sah friedlich aus.

Alena und Mara gingen daher wieder ins Erdgeschoss, um sich noch ein Weilchen bei einem guten Espresso zu unterhalten. Bald darauf verabschiedeten sie sich von Maras Mutter. Alena musste am Nachmittag zu ihrem Ferienjob in der Mannheimer Psychiatrie, doch vorher wollten die Freundinnen noch einen Spaziergang machen.

»Deine Mutter muss zwar zum Lachen gezwungen werden, aber ich finde sie echt nett. Hab mich schon immer wohl bei euch gefühlt«, sagte Alena, als sie draußen waren.

»Und ich hatte immer gehofft, dass mich deine Mutter adoptiert«, erwiderte Mara.

Alena sah sie verblüfft an. »Ach du liebe Zeit! Meine Mutter ist die Chaotin schlechthin!«

»Aber so liebenswürdig und lustig, ich fand es herrlich bei euch.«

Alena hakte sich bei Mara ein, während sie die Straße entlang spazierten, in der ihr Haus stand. Hier schien die Zeit stehen geblieben zu sein. Die Häuser waren fast ausnahmslos aus den Fünfziger- oder Sechzigerjahren. Einige modernisiert, andere nicht. Mara fühlte sich wohl in diesem Stadtteil, ihre Mutter und sie hatten hier ihr ganzes Leben verbracht. Die Straße war nicht gerade eine Flaniermeile, aber es umgab sie ein provinzieller Charme. Sie weckte die Hoffnung, dass dahinter eine wunderschöne Wiese kam und genau so war es. Bisher gab es hier kein Neubaugebiet, sondern üppige Felder, die sich scheinbar endlos ausdehnten.

»Wie sieht es bei dir aus, Mara, irgendeinen Kerl kennengelernt?«

»Nee, wie denn? Absolute Wüste.«

»Du musst zu einer unserer Partys kommen, da wimmelt es nur so von Typen, vor allem bei den Ingenieursstudiengängen. Da gibt es ein paar ganz nette Fänge.«

»Ach, ich weiß nicht. Es ist immer dasselbe ... wenn mir jemand gefällt, dann mag er mich nicht, und die Typen, die etwas von mir wollen, sind immer so brave, nette Typen mit Halbglatze«, beschwerte sich Mara.

»Das kenne ich, aber man muss eben einfach um die Richtigen kämpfen, denn eigentlich sind Männer einfach gestrickt.«

»Genau davon halte ich nichts, ich denke, entweder mag er mich von Anfang an oder nicht. Ich glaube nicht, dass man jemanden zum Lieben zwingen kann.«

»Und hier liegt der Unterschied zwischen uns«, sagte Alena und verwuschelte erneut Maras Haare. »Du bist eine Träumerin und ich lebe in der Gegenwart.«

Mara dachte darüber nach.

»Du nimmst alles so an, wie es ist, deshalb lebst du noch bei Mutti und kannst ihrem Einfluss nicht entkommen«, sagte Alena.

»Ich weiß nicht ... Vielleicht liegt das in der Familie? Meine Mutter lebt ja auch noch im gleichen Haus wie Nonna. Nonna hat keinen Mann, Mama hat keinen, ich finde auch keinen.«

»Quatsch, das glaube ich nicht! Aber ihr schon. Deshalb fügt ihr euch eurem vermeintlichen Schicksal und dadurch wird es Realität.«

»Hast du das aus deinem Psychologiestudium?«, zog Mara sie auf, obwohl ihre Worte sie getroffen hatten.

»Vielleicht«, erwiderte Alena lachend. »Aber es stimmt!«

Eine Weile gingen sie nebeneinander her, ohne etwas zu sagen.

Schließlich brach Alena das Schweigen: »Was ich bei euch auch komisch finde: Ihr seid Italiener und du warst noch nie in Italien.«

Mara zuckte mit den Schultern. »Nonna sagte immer, da gäbe es nichts und niemanden mehr aus unserer Vergangenheit und dass Deutschland unsere Heimat sei.«

»Aber bist du nicht mal neugierig zu sehen, wie es da so ist?« Alena blieb stehen: »Warte mal ... ich hab eine Idee ...«

Mara schaute sie mit großen Augen an.

»Wir fahren gemeinsam dorthin und lernen ein paar süße Italiener kennen! Luigi, Mario, Vittore oder andere schnuckelige Namen«, rief sie.

Mara prustete los und Alena fiel in ihr Lachen ein.

»Ich weiß nicht einmal, wo wir genau herkommen«, meinte Mara schließlich.

»Wie, du weißt es nicht?«

»Ich glaube, Nonna hat schlechte Erinnerungen an Italien, sie hat damit abgeschlossen. Deshalb hat sie nie etwas erzählt.«

»Da muss aber etwas ganz Schlimmes passiert sein. Und was ist mit euren Verwandten?«

»Nonna sagt immer wieder, dass wir dort keine Familie mehr haben.«

»Das kann doch nicht sein. Die Italiener haben alle riesige Familien. Wir fahren dorthin, sobald mein Ferienjob vorbei ist.«

»Was? Aber ich weiß nicht, ob ich mir freinehmen kann.«

»Du fährst doch nie in Urlaub, bestimmt bekommst du locker zwei Wochen frei. Außerdem, Mara, du musst den Chef doch nur ein paarmal mit deinen Rehaugen anschauen und er liegt dir zu Füßen.«

»Klar«, erwiderte Mara mit ironischem Unterton.

»Ist doch so. Ich muss immer alle Waffen einsetzen und du klimperst einmal mit den Wimpern und schaust unschuldig und alle machen, was du willst.«

»Das ist nicht wahr.«

»Es ist dir nur nicht bewusst.«

Nach dem Spaziergang schwang sich Alena auf ihr Fahrrad und fuhr in ihr Studentenwohnheim nach Mannheim. Obwohl ihre Mutter in Heidelberg wohnte, bevorzugte Alena ihre eigenen vier Wände. Mara sah ihrer Freundin nach. Sie bewunderte sie und beneidete sie auch ein bisschen für ihre Kühnheit und den Mut, das Leben zu leben, das sie sich wünschte.

3.

In der nächsten Woche wurde der Rollladen im Büro repariert, doch jetzt war es längst nicht mehr so warm und an manchen Tagen musste man bereits eine Windjacke tragen. Nonna ging es zunehmend schlechter. Mara besuchte deshalb jeden Tag direkt nach der Arbeit als erstes ihre Großmutter.

»Guten Tag, Nonni, wie geht es dir?«

Ihre Großmutter lag in ihrem Bett, die Haare nicht so schön gekämmt wie sonst, sie hatte abgenommen in den letzten Wochen und sah blass aus. Mara gab sich Mühe zu lächeln.

»Mir ist schlecht und ich habe schreckliche Kopfschmerzen.«

»Du musst vielleicht mehr trinken.«

Ihre Großmutter sah gequält aus. »Ich habe weder Hunger noch Durst.«

»Soll ich dir etwas Leckeres kochen?«

Mara erwartete keine positive Antwort auf diese Frage, doch zu ihrer Überraschung sagte Nonna: »Ich hätte Lust auf Feigen.«

»Auf Feigen?«

Mara überlegte, wo sie auf die Schnelle Feigen herkriegen sollte. Sie hatte den kleinen Feigenbaum im Garten, doch der brachte nur wenige Früchte und die zweite Ernte des Jahres war noch nicht reif.

»Soll ich schauen, ob wir noch welche im Garten haben?«, fragte Mara dennoch.

Die Großmutter lächelte und nickte.

Mara ging in den Garten und fand tatsächlich ein paar Feigen, die schon einen leichten Lila-Ton angenommen hatten. Mara war sich nicht sicher, ob sie wirklich schmecken würden, aber sie pflückte drei und brachte sie ihrer Großmutter. Doch als diese die Früchte probierte, sagte sie: »Die sind nicht aus unserem Garten!«

»Aber natürlich Nonna, ich habe sie gerade geholt.«

»Aber ich wünsche mir Feigen aus meinem Garten.«

»Welchen meinst du, Nonna? Wir haben keinen anderen Garten.«

»Der Garten bei unserem Haus, unserem schönen Haus in Pliva.« Die alte Frau lächelte jetzt sogar. »Dort, wo ich geboren bin, wo mein Bruder geboren wurde.«

»Nonna, seit wann hast du einen Bruder?«

»Vincenzo, mein großer Enzo!«

Mara sah ihre Großmutter verwundert an und fragte: »Wo ist Vincenzo denn?«

»Bei Gott, hoffentlich«, erwiderte die alte Frau und hatte Tränen in den Augen.

Mara wurde bewusst, dass sie ihre Großmutter noch nie hatte weinen sehen.

»Gibt es das Haus noch?«, fragte Mara, einerseits aus Neugier, andererseits, um sie abzulenken.

»Ich weiß nicht, aber es war schön und groß und der Garten ... ich liebte den Garten! Wir haben Verstecken gespielt zwischen den Zedern. Doch mein Lieblingsplatz war unter dem Feigenbaum.«

Mara holte ein Glas Wasser. »Komm, Nonni, du musst trinken«, bat sie.

Die Großmutter trank ein paar Schlucke und schloss die Augen.

»Ich frag mal Mama, ob wir dir eine Kopfschmerztablette geben können, dann geht es dir sicher bald besser.«

Nonna entgegnete nichts.

Ihre Mutter stand in ihrem Wohnzimmer und bügelte. Sie überlegte kurz, als Mara sie um Rat fragte. »Ich bin kein Arzt, aber ich denke, wir können ihr eine Tablette geben.« Sie stellte das Bügeleisen mit einer Wucht ab, die das Bügelbrett zum Wackeln brachte.

»Sie soll einfach mehr trinken, meine Güte, ist das denn so schwierig?«, schimpfte sie.

Dennoch ging sie mit Mara nach oben, aber die alte Frau war eingeschlafen.

»Was machen wir jetzt?«, fragte Mara und fühlte sich hilflos.

»Wir schauen später nach ihr und versuchen, sie zum Trinken zu bewegen. Ich mache in der Zwischenzeit die Bügelwäsche fertig. Hast du etwas zum Bügeln?«

Eigentlich hatte Mara sich vorgenommen, Nein zu sagen, wenn ihre Mutter ihre Wäsche machen wollte, doch sie hasste bügeln. Deshalb sagte sie leise: »Ein paar Blusen.«

»Bring sie runter.«

Mara nickte. Sie ging in ihre Wohnung und ärgerte sich im Nachhinein. Sie wollte selbstständiger sein, doch es gelang ihr irgendwie nicht. Sie brachte ihrer Mutter die Blusen und sagte: »Danke Mama, ich hatte diese Woche keine Zeit, aber in Zukunft werde ich auf jeden Fall wieder selbst bügeln.«

Ihre Mutter lächelte. »Ist schon gut, ich hab ja Zeit.«

Mara stand daneben und sah ihrer Mutter beim Bügeln zu. Sie hatte eine dieser modernen Bügelstationen, aus der es nur so zischte und dampfte.

»Siehst du, es geht ganz schnell«, meinte ihre Mutter.

»Mama, glaubst du, Nonna stirbt bald?«

Ihre Mutter schaute kurz von ihrer Wäsche auf. »Nein, das glaube ich nicht, das dauert noch, so etwas geht nicht schnell.«

»Nonna redet von ihrem Geburtshaus und dass sie so gern die Feigen aus ihrem Garten essen möchte.«

Ihre Mutter lachte bitter auf. »Deine Großmutter fantasiert.«

»Ich weiß nicht, es klang nicht so. Sie hat sogar den Ort genannt, aber ich hab den Namen vergessen.«

»Und was hat sie gesagt?«

»Dass sie in einem schönen, großen Haus gelebt hat und einen Bruder hatte.«

Ihre Mutter bügelte weiter und entgegnete nichts.

»Stimmt das, Mama?«

»Ja, sie hatte einen Bruder, dieser ist leider früh gestorben. Und ein großes Haus? Na ja, in der Erinnerung ist jedes Haus groß.«

Mara überlegte, ob ihre Mutter recht hatte.

»Ich kümmere mich gleich um Nonna«, versprach Malena, als sie die Blusen gebügelt hatte, und drückte sie Mara in die Hand.

Die junge Frau ging zurück in ihre Wohnung, setzte sich auf die Couch und überlegte, welchen Ort ihre Großmutter erwähnt hatte. Irgendetwas mit *P*. Sie nahm ihr Tablet und versuchte verschiedene Varianten. *Pilvo? Planovo? Plitono?*, doch es kam nichts Sinnvolles dabei heraus.

Die nächsten Tage verliefen ereignislos. Mara ging nach Feierabend immer zu ihrer Großmutter, der es körperlich wieder besser zu gehen schien. Irgendwie hatte es Malena geschafft, sie aufzupäppeln. Doch geistig wirkte sie immer abwesender. Auf Maras Versuche, sie noch einmal auf ihren Geburtsort oder ihren Bruder anzusprechen, reagierte die alte Dame nur mit Schweigen. Hatte sie vielleicht wirklich fantasiert, als sie von diesem Ort erzählt hatte? Mara wusste es nicht. Sie hatte furchtbare Angst, ihre Nonna zu verlieren. Wenn sie dement wurde, würde sie sich vielleicht bald nicht mehr an ihre Enkeltochter erinnern.

An einem Abend saß ihre Großmutter wieder einmal auf der Couch und schaute ihre neue Lieblingsserie auf Spanisch.

»Nonna, wie geht es dir?«, fragte Mara besorgt.

Die alte Dame sah sie an. »Ich weiß nicht, Kind, ich weiß nicht.«

»Hast du Kopfschmerzen?«

Ihre Großmutter schüttelte den Kopf. »Nein, ich fühle mich aber nicht gut.«

Mara setzte sich zu ihr und schaute die Sendung ein bisschen mit. Dabei hielt sie ihre Hand.

»Du hast neulich von deinem Geburtshaus erzählt«, meinte sie plötzlich.

»Hab ich das?«

Wieder einmal schien ihre Großmutter sich an nichts zu erinnern.

»Du hast die Feigen erwähnt, die es dort gab«, wagte Mara noch einen Versuch, ihre Erinnerung zu wecken. Zu ihrem großen Erstaunen erhellte sich Nonnas Gesicht.

»Ja, die waren wunderbar.«

»Besser als die aus unserem Garten?«, fragte Mara.

»Kein Vergleich.«

»Wie hieß noch mal der Ort, wo ihr gelebt habt?«

Noch vor einem Jahr hätte ihre Großmutter das Gespräch in eine andere Richtung gelenkt oder so etwas gesagt wie *Ich kann mich nicht mehr erinnern*. Diesmal sagte sie gar nichts.

»Es klang sehr melodisch, irgendetwas mit P«, wagte sich Mara weiter vor.

»Pliva«, antwortete ihre Großmutter, »einer der schönsten Orte der Welt. Doch ich war seit meiner Jugend nicht mehr dort, vielleicht gibt es ihn auch nicht mehr.«

»Aber warum denn, Nonni? Andere fahren doch auch immer in ihre Heimat, um Urlaub zu machen.«

»Das ging nicht, zu viel Unglück ist dort passiert.«

»Was ist denn passiert?«

Ihre Großmutter seufzte und Mara sah, wie sich Tränen in den dunklen Augen der alten Frau bildeten. »Wir haben eine schwere Last zu tragen«, sagte sie leise.

»Was denn, Nonna, den Tod deines Bruders?«

Jetzt liefen der Großmutter Tränen über die Wangen. Doch sie sagte nichts.

»Sollen wir mal dort hinfahren?«

»Ich kann nicht«, erwiderte ihre Großmutter.

»Vielleicht würde es dir dort besser gehen?«, meinte Mara hoffnungsvoll.

»Nein, nein, ich kann nicht dorthin.«

In diesem Moment kam Malena herein. »Hallo ihr zwei.«

Sie trug etwas auf einem Tablett.

»Was ist denn los?«, fragte sie, als sie die bedrückte Stimmung bemerkte.

»Nonna hat von ihrem Dorf erzählt«, erklärte Mara.

»Mama, lass doch die Vergangenheit ruhen.«

»Ich kann nicht«, sagte die Großmutter. »Ich kann nicht. Ständig muss ich daran denken.«

»Mama, das ist doch ewig her.«

»Aber der Fluch lastet immer noch auf uns.«

»Das stimmt nicht«, die Stimme ihrer Mutter wurde immer lauter. »Mutter, du bist alt und redest wirres Zeug.« Mara erschrak über ihren scharfen Tonfall.

»Deshalb sind wir so unglücklich«, fuhr die alte Frau fort.

»Mama, es wird Zeit für deine Medizin.« Malena stand auf und ging in die Küche. Sie kam mit einer Tablette wieder. »Das wird dich etwas beruhigen«, meinte sie. Sie nahm das halbvolle Glas Wasser vom Tisch und gab es der alten Frau mit der Tablette. Anschließend sagte sie zu Mara: »Schatz, ich werde jetzt Nonna waschen und ihr etwas zu essen geben.«

Dies war eine klare Andeutung, dass Mara gehen sollte.

»Soll ich dableiben und helfen?«, fragte sie dennoch.

Malena sah ihr in die Augen: »Nein, das musst du nicht.«

Mara konnte nicht widersprechen. Sie war noch nie in der Lage gewesen, sich ihrer Mutter zu widersetzen. Malena war zu autoritär und schon durch ihre strengen Gesichtszüge flößte sie ihr etwas Angst ein, obwohl sie wusste, dass ihre Mutter sie über alles liebte. Neben der ernsten und strengen Mutter gab es auch die liebevolle Malena, doch häufig war sie einfach abwesend und traurig.

Mara hätte gerne noch weiter mit ihrer Großmutter gesprochen, nun da sie recht klar zu sein schien und so viel erzählte, doch sie wusste, dass ihre Mutter das nicht erlauben würde. Deshalb gab sie ihrer Nonna einen Kuss und ging nach oben.

In ihrer Wohnung setzte sich Mara auf die Couch. Sie nahm ihr Smartphone und gab den Namen des Ortes ein, wie sie ihn verstanden hatte: *Pliva*. Der erste Treffer war ein Fluss in Bosnien. Aber als sie weiterscrollte, erschien ein kleiner Ort in der Nähe von Venedig auf dem Bildschirm: *Pliva, Provincia di Treviso.* Also hatte Nonna doch die Wahrheit gesagt, wenn sie sie früher nach ihrer Heimat gefragt hatte. Sie waren nicht aus Sizilien, wie Alena vermutet hatte. Es gab sogar eine kleine Webseite über den Ort. Mara war aufgeregt. Venetien – das hatte niemand erwähnt!

Auf der Seite waren die Hauptstraße, die Kirche, eine Pizzeria und ein paar alte, herrschaftliche Häuser zu sehen. Mara schickte den Link zur Webseite an Alena.

»Wir sind keine sizilianische Mafiafamilie. Hier kommen wir her.«

Offensichtlich war Alena beschäftigt, denn sie antwortete nicht.

Der Gesundheitszustand ihrer Großmutter bereitete Mara Sorgen. Deshalb schaute sie abends noch einmal nach ihr. Die alte Dame lag wach in ihrem Bett und starrte an die Decke.

»Nonna, kannst du nicht schlafen?«

Ihre Großmutter drehte sich zu ihr. »Das ist auch eine Last des Alters, du dürftest endlich mal so lange schlafen, wie du möchtest, kannst aber nicht. Ich liege stundenlang wach. Das ist nicht schön.«

Mara streichelte ihr über die Schulter. »Das tut mir leid.«

Sie zog sich einen Stuhl ans Bett und setzte sich. Eine Weile schwiegen sie.

Plötzlich fragte ihre Großmutter: »Wie geht es dir, Bella?«

»Gut, Nonna.«

»Bist du verliebt?«

Mara lächelte. »Nein, Nonna, ich bin immer noch alleine.«

»Oh, das ist schade, aber der Richtige kommt bestimmt noch«, tröstete ihre Großmutter sie und klang dabei traurig.

»Vielleicht«, erwiderte Mara unbestimmt.

»Eine Frau, die nicht geliebt hat, ist wie eine Biene, die noch nie den Honig probiert hat, oder wie eine Flasche guten Weins, die noch nie geöffnet wurde.«

Mara wunderte sich über diese romantischen Worte und fragte: »Nonna, hast du schon mal jemanden geliebt?«

Plötzlich erhellte sich das Gesicht ihrer Großmutter, so hatte sie die alte Frau noch nie gesehen.

»Oh ja.« Sie strahlte. »Ich durfte die große Liebe kennenlernen.«

»Opa?«

Nonna machte eine wegwerfende Handbewegung. »Nein, den doch nicht.«

Mara war überrascht. Ihre Großmutter, die großen Wert auf gutes Benehmen und vor allem Sittlichkeit legte, sprach so über ihren Ehemann? Und sie erzählte von einer großen Liebe, die anscheinend nicht ihr Ehemann gewesen war.

»Er ist nur der Vater deiner Mutter, ein ganz einfach gestrickter Mensch«, fuhr ihre Großmutter fort.

»Nonna, du bist doch auch eine Bauerntochter«, ermahnte Mara sie.

Die alte Dame lächelte nur und seufzte: »Wenn du das Haus gesehen hättest, in dem ich geboren wurde, es war eine herrliche Villa, mein Schatz.«

Mara kratzte sich am Kopf. »Ich verstehe nicht.«

Doch in Gedanken war ihre Großmutter schon wieder woanders.

»Du musst im Leben einmal geliebt haben, auch wenn der Verlust der Liebe einem fast die Lebenskraft raubt.«

»Nonna, das klingt ja wie aus einer Telenovela.«

Ihre Großmutter lächelte verträumt.

»Wie hieß denn deine große Liebe?«, fragte Mara.

Es dauerte, bis die alte Frau antwortete.

»Er sah gut aus, war klug, weltgewandt. Ich wusste, dass es nie einen anderen geben würde.«

»Hat er dich auch geliebt?«

Die alte Frau überlegte einen Moment und sagte: »Er hat es niemals gesagt, aber er war so zärtlich ...«

»Und warum habt ihr nicht geheiratet?«, wollte Mara wissen.

»Das war unmöglich.« Die alte Frau sah ihrer Enkelin direkt in die Augen. »Vielleicht kannst du uns erlösen.«

»Wie meinst du das, Nonni?«

Ihre Großmutter blickte ins Leere. Dann strich sie Mara übers Haar und antwortete: »Ich bin alt und rede dummes Zeug.«

Die junge Frau blieb noch ein Weilchen bei ihr, doch ihre Großmutter sagte nichts mehr und bald darauf schloss sie müde die Augen.

Mara ging nach oben und sah auf ihr Smartphone. Alena hatte geantwortet: »*Venedig also. Nun wissen wir, wo uns die nächste Reise hinführt.*«

Mara lächelte.

»*Es ist noch spannender, anscheinend lebte dort die erste große Liebe meiner Oma und es gibt irgendein Geheimnis, das sie nicht verraten möchte*«, schrieb sie.

»*Das klingt romantisch, da müssen wir unbedingt hin.*«

Den Gedanken an Urlaub fand Mara schön. Sie war noch nie in Italien gewesen, obwohl sie mit ihrer Mutter schon viele Reisen in fremde Länder unternommen hatte. Ihr Vater Francesco stammte aus Sizilien und hatte kein Interesse an dieser Insel, da seine Eltern nicht mehr lebten und er keine Geschwister hatte. Seine Mutter war schon älter gewesen, als sie ihn geboren hatte, und die Hoffnung auf ein zweites Kind war ihr leider verwehrt geblieben. Francesco liebte Deutschland und die Berge. So führte jeder Urlaub nach Österreich, in die Schweiz und nach Deutschland. Mara kannte sich gut in den Bergen aus, wäre jedoch viel lieber in den warmen Süden gefahren. Ihre Mutter bevorzugte Studienreisen, denn Bildung war ihr immer sehr wichtig gewesen. Daher hatte Mara viele Länder bereist und sich kulturell weitergebildet, doch meistens langweilte sie sich auf den Reisen. Sie hatte mit ihren achtundzwanzig Jahren noch nie einen Urlaub gemacht, bei dem sie einfach nur Spaß hatte und faul in der Sonne lag.

»Sonne ist Gift für die Haut. Wenn ich meine ganzen Kolleginnen sehe, die alle nur die Sonne angebetet haben ... Die sehen jetzt aus wie Brathähnchen mit Falten, ich dagegen habe kaum welche.« Das war der Kommentar ihrer Mutter, wenn Mara sie fragte, ob sie nicht mal zusammen in den Süden fahren wollten. Tatsächlich hatte Malena nicht viele Falten und sobald sich die ersten Sonnenstrahlen zeigten, trug sie entweder einen großen Hut, schmierte sich mit einem hohen Lichtschutzfaktor ein oder blieb im Schatten.

Urlaub nur mit Alena, das wäre lustig, dachte Mara. Allein irgendwohin zu fahren, das traute sie sich nicht. Doch Alena hatte kein Geld für einen größeren Urlaub. Als Kind war sie immer mit ihrer Mutter auf den Bauernhof ihrer Großtanten gefahren und hatte vom Mittelmeer geträumt. Jetzt als Studentin hatte sie jede Menge Zeit, aber immer noch kein Geld. Deshalb hatten Mara und Alena sich noch nie gemeinsam ihre Reisewünsche erfüllt. Mara arbeitete zwar schon seit einiger Zeit und ihre Ausbildung hatte sie längst erfolgreich absolviert, doch sie hatte auf Drängen ihrer Mutter ihre Wohnung renoviert, das Bad komplett neu machen lassen und die Küche frisch gefliest – es war auch dringend notwendig gewesen, das Design stammte noch aus den Siebzigern – und dafür einen kleinen Kredit aufgenommen.

Alena hatte mittlerweile vier weitere Nachrichten geschickt.

»*Wann fahren wir?*« – »*Wie fahren wir?*« – »*Ich bin pleite.*« – »*Oh, ich freue mich.*«

Mara lächelte. Da klingelte ihr Telefon.

»Ich muss eigentlich lernen und was machst du? Machst mich ganz wild auf Urlaub. Jetzt überlege ich schon, was ich einpacke, statt zu lernen«, sagte eine aufgeregte Alena am anderen Ende.

»Entschuldige, ich habe nur geschrieben, dass wir nicht aus Sizilien kommen.«

»Aber dein Vater kommt von dort.«

»Aber ganz sicher nicht aus einer Mafiafamilie«, widersprach Mara.

»Hast ja recht«, pflichtete Alena ihr bei.

Es entstand eine kurze Pause.

»Wann wollen wir fahren?«, fragte Alena. »Mein Ferienjob läuft nur noch diese Woche.«

»Ich weiß nicht, ich muss erst mal auf der Arbeit nachfragen.«

»Dann wird nichts daraus.«

»Wieso soll nichts daraus werden?«

»Wie oft haben wir Urlaube geplant?«

»Aber wir sind doch schon zusammen weggefahren.«

»Ja, ein paar Städtereisen. Das ist doch kein richtiger Urlaub, eher Stress. Wir müssen das noch anschauen, dies noch bestaunen ...«

»Stimmt, aber das Dorf ist auch nicht direkt am Meer.«

»Aber nicht weit weg, wir schauen uns an einem Tag das Dorf deiner Großmutter an und vielleicht noch Venedig und danach ab ans Meer«, schlug Alena vor.

Mara war überrascht, wie schnell Alena einen Plan gemacht hatte. Zögerlich stimmte sie zu. Alena sprach unterdessen schon darüber, was sie alles mitnehmen würden. Schließlich verabschiedeten sie sich.

Ihre Mutter war alles andere als erfreut, als sie erfuhr, dass Mara gerade eine Urlaubsreise nach Pliva geplant hatte.

»Das ist kein schöner Ort, warum musst du dorthin? Das ist nicht das Urlaubsitalien, das du dir vorstellst«, erklärte sie.

Sie brachte weitere Argumente, warum es absolut keine gute Idee war, dorthin zu fahren. Mara hörte nur halbherzig zu, traute sich jedoch nicht, etwas zu erwidern. Sie fühlte sich wie immer machtlos gegen die Worte ihrer Mutter. Aber hatte sie sich nicht vorgenommen, mutiger zu werden?

Schließlich überwand sie sich und fragte: »Warum redest du so darüber, du warst doch selbst noch nie dort?«

Ihre Mutter sah sie verärgert an. »Weil meine Großeltern keine guten Erinnerungen an diesen Ort hatten. Sie wollten niemals wieder dorthin, weil der Ort sie sehr unglücklich gemacht hat.«

Mara schluckte und sagte nichts mehr.

Am nächsten Tag ging Mara, nachdem sie ihren Rechner angeschaltet hatte, gleich zu ihrem Chef. Sie hatte sich vorgenommen, sicheren Schrittes ins Büro zu laufen und nach dem ungeplanten Urlaub zu fragen, obwohl sie wusste, dass das Büro dünn besetzt war. Die Worte ihrer Mutter hallten noch immer in ihren Gedanken nach. Doch sie wollte endlich einmal mutig sein und ihr Leben in die eigene Hand nehmen. Vielleicht würde sie erfahren, warum sie so war, wie sie war, wenn sie mehr über ihre Familiengeschichte herausfand. Und nun, da Nonna anfing, von der Vergangenheit zu erzählen, war der Zeitpunkt gekommen, sich darum zu kümmern. Wenn sie jetzt nichts unternahm, würde sie es nie tun, das wusste sie.

Vor Herrn Schmelchers Tür holte sie noch einmal tief Luft. Sie sah auf den Urlaubsschein in ihrer Hand, den sie bereits zu Hause ausgedruckt hatte. Jetzt bloß keine weichen Knie bekommen! Bevor sie es sich anders überlegen konnte, klopfte sie an die Tür.

Herr Schmelcher bat sie herein und lächelte sie freundlich an. Mara beschloss, nicht lange Smalltalk zu machen, sondern brachte sofort ihr Anliegen vor.

Ihr Chef sah sie entsetzt an und fragte: »Sie wollen allen Ernstes jetzt, wo so viele Kollegen weg sind, in den Urlaub fahren? Wie soll das denn gehen?«

Mara fühlte sich sofort eingeschüchtert. »Na ja, ich dachte, dass gerade nicht viel los ist und ich muss meinen Urlaub ja eh, also, irgendwann muss ich ihn nehmen.«

»Irgendwann, aber doch nicht jetzt, wo sich fast das ganze Haus am Meer sonnt. Außer den Familienvätern und -müttern ist kaum einer hier.«

Herr Schmelcher sah sie so verzweifelt an, dass Mara nur nickte und ohne Widerrede sein Zimmer verließ.

In ihrem Gemeinschaftsbüro traf sie auf ihre Kollegin, die sie bereits am Vorabend per SMS über ihre Urlaubspläne informiert hatte.

»Und?«, fragte Nicole.

Mara schüttelte den Kopf und ärgerte sich mehr über sich selbst als über ihren Chef.

»Das kommt davon, wenn man so nett ist. Du musst ihm mal richtig die Meinung sagen, dann geht das schon.«

»Ach, na ja ... wenn ich gehe, bist du ganz allein«, antwortete Mara unsicher.

Nicole lächelte sie an. »Das macht doch nichts, ich mache nur so viel, wie ich kann. Und außerdem kommt Silvia ja auch bald wieder.«

Mara zuckte mit den Schultern und setzte sich an ihren Rechner, doch sie konnte sich nicht auf ihre Arbeit konzentrieren.

Eine halbe Stunde später kam die Sekretärin Melanie herein, eine große Frau mit einem üppigen Dekolleté.

»Mädels, kann jemand von euch die nächsten zwei Wochen meine Pflanzen gießen?«, bat sie freundlich.

»Fährst du in Urlaub?«, fragte Nicole.

»Ja, mein Mann und ich haben ein Schnäppchen gefunden und ich hab kurzfristig Urlaub eingereicht.«

Nicole sah zu Mara und diese schielte hinter ihrem Rechner zu Melanie.

Nicole, die immer noch Mara fixierte, fragte: »Und wie hast du das hingekriegt, Melanie?«

»Was? Die Buchung?«

»Nein, dass du so kurzfristig Urlaub bekommen hast, obwohl Hinz und Kunz in Urlaub sind.«

»Ich hab einfach gesagt, ich brauche Urlaub, ist gebucht und fertig.«

Mara merkte, wie Wut in ihr aufstieg. Bis jetzt hatte sie es immer geschafft, dieses Gefühl zu unterdrücken. Sie wusste nicht, ob es Nicoles provozierende Fragen waren oder Melanie, die ihr schon immer unsympathisch gewesen war. Sie sprang auf und ging hinaus.

»Was ist denn mit Mara los?«, hörte sie Melanie noch fragen, aber sie wartete nicht auf Nicoles Antwort.

Kurz darauf klopfte Mara wieder an Herrn Schmelchers Tür, doch diesmal trat sie einfach ein, ohne auf ein »Herein« zu warten.

»Herr Schmelcher, ich benötige diesen Urlaub und es ist mir egal, ob sich alle am Meer sonnen oder nicht. Schließlich wollen wir alle unseren Urlaub nehmen«, platzte sie heraus.

Sie sah ihn dabei so wütend und aufgebracht an, dass der Geschäftsführer nicht wusste, was er sagen sollte.

»Äh, wie bitte?«

Mara drückte ihm den Zettel in die Hand.

»Sie müssen nur unterschreiben, ich nehme immer Rücksicht auf andere, aber jetzt können auch meine Kollegen Rücksicht auf mich nehmen.«

Er seufzte, sah sie noch einmal an und unterschrieb den Urlaubszettel. Anschließend bedeutete er ihr mit einer Handbewegung, dass sie gehen konnte. Mara konnte ihr Glück kaum fassen.

»Dankeschön«, sagte sie strahlend.

Lächelnd kam sie zurück ins Büro und zeigte Nicole den Zettel.

»Siehst du, klappt doch! Silvia wird stolz auf dich sein, du fährst ganz allein mit einer Freundin in Urlaub! Ich finde, das hättest du schon viel früher machen müssen. Italien ist wunderbar!«, schwärmte Nicole.

Plötzlich machte sich eine unbändige Vorfreude in Mara breit. Sie würde wirklich nach Italien fahren!

Abends schaute sie bei ihrer Großmutter vorbei.

»Nonni, ich habe beschlossen, in deinen Geburtsort zu fahren.«

Die alte Frau reagierte nicht.

»Nonna, ich fahre nach Pliva!«

Nun drehte sich ihre Großmutter erstaunt um. »Warum?«

»Ich möchte sehen, wo du geboren wurdest, außerdem möchte ich dir, falls es noch welche gibt, diese Feigen aus deinem Garten mitbringen.«

Ihre Großmutter sah sie wortlos an.

»Du musst mir die Straße sagen, in der euer Haus stand«, bat Mara.

Nonna überlegte. »Das weiß ich nicht mehr, aber wenn du nach dem Haus der Familie Parisi fragst, wird es bestimmt jeder kennen. Aber vielleicht wurde es auch längst abgerissen ...«

»Habt ihr keine weiteren Verwandten dort?«, wollte Mara wissen. »Eine Großcousine vielleicht, die ich besuchen könnte?«

Ihre Großmutter dachte eine Weile nach. Sie schaute in die Ferne und sagte ganz leise: »Wir waren die Einzigen in Pliva und jetzt gibt es dort niemanden mehr.«

»Ach Quatsch, Nonni. Soll ich nach deiner großen Liebe suchen?«

Die Großmutter sah sie mit großen Augen an. »Wovon redest du?«

Mara lächelte. »Du hast mir davon erzählt.«

Die alte Dame wirkte erschrocken und behauptete. »Ich war nie verliebt.« Ihr Blick wirkte wieder etwas abwesend. »So eine Dummheit, nur Toren verlieben sich.«

»Aber Nonni, das klang nicht dumm, sondern sehr romantisch«, erwiderte Mara.

Doch die alte Frau antwortete nicht. Mara streichelte sanft ihren Arm.

»Vergangenes ist vergangen«, meinte ihre Großmutter knapp. Und dann fügte sie hinzu: »Unsere Familie ist verflucht.«

Mara konnte sich nicht vorstellen, welches schreckliche Geheimnis es in ihrer Familie geben konnte. Vielleicht ein uneheliches Kind? Solche Vorkommnisse waren früher ja noch eine Schande gewesen. Aber heute? Ihre Mutter und sie waren doch selbst uneheliche Kinder.

»Ach Nonni, es wird schon nicht so schlimm sein«, tröstete Mara sie.

»Soll ich dir eine Geschichte erzählen?«, fragte ihre Großmutter. »Eine traurige Liebesgeschichte, die bei uns im Ort jeder kannte?«

Ihre Enkelin nickte und die alte Frau begann zu erzählen.

4.

»*In der Ferne, weit, weit weg ist mein Liebster.*
Er ist weggegangen und hat sich nicht verabschiedet.
Jetzt suche ich ihn, Tag und Nacht.
Hast du ihn gesehen?
Weit, weit weg ist mein Liebster.
Augen und Locken, dunkel wie die Nacht.
Der Schönste aus seiner Mutter Schoß.
Hast du meinen Liebsten gesehen?«

Während Angelina das alte Lied sang, fühlte sie so sehr mit diesen Liebenden mit, dass ihr Tränen über die Wangen liefen. Sie wusch an diesem Spätsommertag die Wäsche in dem kleinen Bach und war ganz allein. Sie liebte die Einsamkeit, denn so konnte sie vor sich hin träumen.

Ihr dickes Haar hatte sie zu zwei Zöpfen geflochten, die sich nun im Waschtakt bewegten. Sie trug, wie alle anderen Mädchen im Dorf, einen weißen Leinenrock und eine Bluse aus grobem Stoff. Über den Rock hatte sie eine dunkle Schürze gebunden, auf die bunte Blumen gestickt waren.

Lina, wie sie meist genannt wurde, wurde bald sechzehn und sie fragte sich in letzter Zeit sehr oft, wie es wohl war, sich zu verlieben. Im Dorf war sie der Liebe bisher nicht begegnet, dafür sah sie diese umso häufiger in ihren Tagträumen. Darin kam ein gutaussehender Mann mit schwarzen Locken ins Dorf geritten. Er war adliger Herkunft und gerade im Krieg verletzt worden. Lina fand ihn zufällig am Bach, kümmerte sich aufopfernd um ihn und pflegte ihn gesund. Natürlich verliebte er sich in seine Retterin mit den großen grünen Augen und bat um ihre Hand. Alle im Dorf bewunderten das schöne Paar und später sangen und tanzten alle auf ihrer Hochzeit.

In ihrer Traumwelt war es so schön, dass sie die Arbeiten in der Realität in der letzten Zeit eher abwesend erledigte. Sie hörte oft nur halb zu, wenn ihre Mutter Vida ihr Dinge auftrug. Als sich Vida neulich bei einer Nachbarin über den Zustand ihrer Tochter beschwert hatte, hatte diese gefragt, ob Lina vielleicht verliebt sei. Das brachte sowohl Mutter als auch Tochter zum Nachdenken. Vida fing an, sich Sorgen zu machen und Lina hatte das Gefühl, wirklich verliebt zu sein. Nur in wen?

Während sie in Gedanken war, fiel ein kleines Steinchen ganz in ihrer Nähe ins Wasser. Das Mädchen erschrak und blickte auf. Da sie weder etwas sah noch hörte, machte sie weiter mit ihrer Arbeit, bis sie wieder in ihrem Liebeslied versunken war. Erneut fielen kleine Steinchen in den Bach, dabei spritzte ihr das Wasser ins Gesicht.

»Matteo, bist du das?«

Keine Regung, sie rief noch einmal.

»Matteo, ich weiß, dass du es bist, jetzt zeig dich endlich!«

Statt einer Antwort flogen wieder ein paar Steinchen. Ganz bestimmt war es Matteo. Wer sonst würde auf diese kindische Art auf sich aufmerksam machen?

»Wenn du jetzt nicht mit diesen Kinderspielchen aufhörst, rede ich kein Wort mehr mit dir.«

Lina horchte einen Augenblick. Als sich nichts regte, wusch sie weiter die Seife aus ihrer Wäsche. Plötzlich tauchte ein großer Schatten hinter ihr auf und legte sich über sie. Lina war sich auf einmal gar nicht mehr sicher, ob es Matteo war. Sie hörte auf zu singen und wusch die Wäsche immer vorsichtiger. Plötzlich berührte sie jemand an der Schulter, sie schrie auf, drehte sich um und schlug blindlings zu.

Der Kerl schrie kurz auf und wich zurück. Es war Matteo.

Wie gern würde ich diese Lippen küssen, dachte Matteo für einen kurzen Moment und hielt sich die schmerzende Wange. Zum Glück hatte Lina sich bereits wieder umgedreht, um eine Bluse auszuwringen, und sah nicht, wie er sie mit seinen Blicken verschlang.

»Hab ich dich erschreckt?« Er kicherte.

»Ich bin gestorben vor Angst. So etwas Kindisches!«

Matteo wusste nicht, was er darauf antworten sollte. Er hatte doch nur einen Spaß machen wollen.

»Hilf mir besser mit der Wäsche.«

Während sie das sagte, legte Lina das letzte nasse Kleidungsstück in den Korb und schob ihn in seine Richtung. Wortlos nahm Matteo den Korb und sie gingen in Richtung Dorf. Lina spielte immer noch die Eingeschnappte und schwieg ebenfalls.

Als das erste Haus von Pliva in ihr Blickfeld kam, roch Matteo frischen Apfelkuchen. Anna, die hier am Dorfrand wohnte, war für ihre Backkunst bekannt und man sah ihr und ihrer Familie ihre Liebe zum Essen deutlich an. Da im Dorf jeder jeden kannte, hatte niemand Angst, dass irgendetwas gestohlen wurde. So hatte Anna ihren Kuchen unbedacht auf die Fensterbank gestellt, damit er schneller abkühlte.

Linas Augen blitzten, als ihr ein Gedanke kam. Sie drehte sich zu Matteo um und sagte mit gespielter Wehleidigkeit: »Ich hab den ganzen Tag gearbeitet und hab bis jetzt noch nichts gegessen, außer ein bisschen Brot.«

Matteo blickte sie an und lächelte spitzbübisch.

»Halt mal«, sagte er und gab ihr den Wäschekorb.

Lina erwiderte sein Lächeln und beschleunigte ihren Schritt.

Als Matteo auf das Haus zulief, fing Annas Hund an zu bellen. Wie konnte er nur den Hofhund vergessen! Zum Glück war er angekettet. Jetzt war es an ihm, schnell zu handeln. Er rannte zum Fenster und brach den Kuchen in der Mitte auseinander. Er nahm eine Hälfte und warf ein kleines Stück davon vor dem Hund auf den Boden, der daraufhin sofort ruhig wurde. Nun hastete Matteo zurück. Schon hörte er Anna aus dem Garten kommen.

Der Junge holte Lina schnell ein. Sie kicherten, während sie davonrannten und hinter den nächsten Häusern verschwanden. Ein paar Sekunden später hörte man Annas wütende Stimme durch das Dorf hallen.

»Gott möge dich töten, du Missgeburt! Schämen solltest du dich, du Dieb!«

Zum Glück hatte sie nicht gesehen, wer ihren Kuchen gestohlen hatte, sonst hätte Matteo daheim etwas erleben können. Doch der saß zusammen mit Lina längst unter einem Kirschbaum und lachte, bis ihm die Rippen wehtaten. Als sie den Kuchen auseinanderbrachen, dampfte er leicht. Es war ein einfacher Rührkuchen mit vielen Eiern, sodass der Teig fast orange war, bedeckt mit ein paar Apfelschnitzen und Mandeln. Lina schloss die Augen und atmete tief den Geruch ein.

»Herrlich«, seufzte sie.

»Frieden?«, fragte Matteo.

Lina ließ ihn noch einen Moment zappeln, doch dann lachte sie los. Matteo war erleichtert.

»Liiina! Lina!«

Die Mutter schrie mit ganzer Kraft. Sollte ruhig das ganze Dorf erfahren, dass sie ihre Tochter suchte. Vida war Mitte fünfzig, sah jedoch aus wie fünfundsechzig. Ihr Mann war früh gestorben und sie und ihre Tochter lebten von den Almosen ihrer zwei älteren Brüder und der Geschwister ihres verstorbenen Mannes. Doch auch die mussten sparen, da ihre Söhne jetzt vom Militär eingezogen worden waren. Es waren schwere Zeiten. Hoffentlich war dieser furchtbare Krieg bald zu Ende. Vida hatte vorgestern im Dorf gehört, dass Mussolini vom König entmachtet worden war und sie einen neuen Präsidenten hatten. Aber was verstand sie schon von Politik? Gott sei Dank war Vidas ältere Tochter bereits verheiratet, an einen Bauern in einem anderen Ort, einige Kilometer entfernt. Kinder hatten sie noch keine und das belastete das junge Paar, aber wenigstens war sie versorgt.

Vida hatte ihr Leben lang hart gearbeitet, doch langsam wurde ihr Rheuma schlimmer und die Arbeit fiel ihr zusehends schwerer. Zum Glück war ihr das Haus ihres Mannes geblieben. Es lag etwas abseits am Ortsausgang und bestand nur aus einem Raum, der notdürftig mit Tüchern in zwei Wohnbereiche unterteilt war.

Lina half ihr viel, doch sie wollte ihre Tochter nicht zu sehr beanspruchen, denn sie sah schon lange, dass diese mit außerordentlicher Schönheit gesegnet war. Vida wusste, dass ihre Kräfte nicht ewig reichen würden, um sich und Lina durchzubringen. Deshalb hatte sie den festen Plan, ihre Tochter gut zu verheiraten. Das war ihr Ass im

Ärmel. In einem Jahr würde sie anfangen, mit ihrer Tochter die umliegenden Dorffeste zu besuchen. Dafür musste Lina neben ihrer Schönheit auch Tugend und Fleiß mitbringen, das war Vidas Verantwortung. Deshalb brachte sie ihr Sticken, Stricken und Backen bei und wachte über ihren guten Ruf. Keiner durfte etwas Schlechtes über die Ehre ihrer Tochter sagen.

Umso mehr störte es Vida, dass Lina die ganze Zeit mit Matteo zusammenhing, diesem Bauernburschen, der langsam seine Triebe entdeckte. Vor Kerlen wie ihm musste sie ihre Tochter beschützen, nicht, dass sie sich, Gott bewahre, ineinander verliebten.

Eigentlich – das wusste sie noch aus ihrer eigenen Jugend – interessierten sich Mädchen eher für ältere Jungen, aber ihre Großmutter hatte einen drei Jahre jüngeren Mann geheiratet. Nicht, dass es ihr mit ihm besser ergangen wäre. Im Gegenteil, er war ein Trinker gewesen und hatte sie geschlagen. Vor allem aber wünschte sich Vida für Angelina einen Mann, der ihr etwas bieten konnte. Matteos Eltern ging es zwar gut, aber was der Hof abwarf, reichte nicht, um mehrere Familien durchzubringen und Matteo würde ihn einmal gemeinsam mit seinem älteren Bruder bewirtschaften.

Vida schaute zum Himmel, um ungefähr die Zeit abzuschätzen. Sie musste ihre Tochter finden. Lina war schon am Vormittag weggegangen, um die Wäsche zu waschen und hätte längst zurück sein müssen. Ob sie sich wieder mit diesem Bauernlümmel herumtrieb?

Matteo und Lina sahen Vida von Weitem in ihre Richtung kommen. Schnell kletterten sie auf den Kirschbaum.

»Der Wäschekorb!«, rief Lina, die als Erste oben ankam.

Matteo sprang noch einmal herunter, reichte ihr den Korb nach oben und folgte ihr dann.

Das junge Mädchen wusste, dass seine Mutter schlecht sah und sie die beiden hier oben nicht entdecken würde. Am Kirschbaum blieb Vida tatsächlich stehen und blickte hinauf, doch erkennen konnte sie anscheinend nichts. Nach einem kurzen Moment wandte sie ihren Blick wieder ab. Matteo und Lina hatten Mühe, sich das Lachen zu verkneifen. Was sie dabei ganz vergaßen, war die nasse Wäsche. Ein paar Tropfen fielen genau auf Vida.

»Es regnet, dabei sah es heute so nach Sonne aus«, rief ihre Mutter erschrocken. »Ach, herrje, ich muss die Wäsche reinholen, die ich zum Bleichen auf die Wiese gelegt habe.«

Die Mutter drehte sich wieder um und Lina atmete auf. Doch in diesem Moment fiel Matteo der Kuchen hinunter. Vida blickte wieder hinauf in den Baum.

»Lina, bist du das?«

Die beiden Jugendlichen schwiegen und Linas ganzer Körper schüttelte sich vor unterdrücktem Lachen. Matteo beobachtete sie heimlich und hätte sie am liebsten berührt.

»Wenn du heimkommst, kannst du was erleben!«, rief Vida in den Baum hinauf und wandte sich zum Gehen.

Als sie außer Sichtweite war, sah Lina Matteo an und fragte: »Was ist mit dir? Warum schaust du so traurig? Wegen des Kuchens? Ich backe dir einen neuen. Eier haben wir genug und die Äpfel kannst du mir bringen.«

Matteo wusste nicht, was er darauf erwidern sollte. Sie kletterten vom Baum und liefen zu Linas Haus. Diesmal sah Vida sie schon von Weitem. Sie empfing die beiden mit einer Salve von Flüchen: »Schämst du dich nicht, deiner armen Mutter solch einen Schrecken einzujagen? Besser hätte ich dich nicht geboren, du faule Kuh, dir zeige ich es gleich!«

Das Fluchen war eine ganz besondere Art der Liebkosung in diesen ländlichen Gebieten. Die Kinder begriffen sehr schnell, dass die Verwünschungen und Flüche eigentlich Liebesbezeugungen der Eltern oder der Großeltern waren. Deshalb waren sie keinesfalls verletzt, sondern sahen die rauen Worte als eine Art und Weise, Zuneigung auszudrücken. Meistens wurde darüber gelacht und später wurden dieselben Flüche an die eigenen Kinder weitergegeben. Die Menschen trauten sich kaum, nette Worte zu ihren Kindern zu sagen, wenn diese älter als vier Jahre waren, sondern nannten sie Nichtsnutze oder Idioten oder drohten, aus ihnen Hackfleisch zu machen. Und das alles aus inniger und purer Liebe. Die Lebensbedingungen waren schwierig, die Kinder müssten abgehärtet werden, sagten einige. Die Eltern müssten an jemandem ihren Frust ablassen, sagten andere.

Vida schimpfte jedoch in letzter Zeit deutlich mehr als sonst. Sie war wohl sehr angespannt. Aber ihre Tochter wusste, wie sehr sie sie eigentlich liebte. Sie konnte es nur nicht so recht zeigen.

Als Vida nun einen Besen nahm, um ihre Tochter zu schlagen, lachten die beiden jungen Leute und Lina wich ihr gekonnt aus.

»Mammina, ich habe den ganzen Tag Wäsche gewaschen, ist das der Dank?«

»Lüg mich nicht an, lüg mich nicht an!«, rief Vida erbost.

Matteo lachte noch lauter. Die Mutter bemerkte das und wurde umso wütender.

»Und du, Popelesser, was lachst du? Hast du zu Hause nichts zu tun? Oder suchst du dir ein Mädchen? Ha, noch Windeln tragen, aber den Frauen hinterherjagen.«

»Ich habe ihr nur geholfen, das macht man doch unter Nachbarn«, gab Matteo zurück.

»Warum musst du ständig meiner Lina hinterherrennen?«

»Ich renne ihr nicht hinterher, ich habe ihr nur geholfen.«

»Jaja. Lina, du gehst jetzt hinters Haus, die Wäsche aufhängen.«

»Mamma, er ist unser Nachbar und hat mir wirklich nur geholfen.«

»Hinters Haus, sage ich.«

Lina gehorchte.

Matteo war betrübt, als Lina verschwand. Der Gedanke, nach Hause zu gehen, gefiel ihm nicht. Er wollte bei ihr bleiben. Lina und er hatten schon als Kinder viel Zeit miteinander verbracht und den ganzen Tag auf der Straße gespielt, wie es die Kinder im Dorf eben taten. Doch in letzter Zeit hatte sich etwas verändert.

Lina war etwas älter als er, bald sechzehn. Außerdem war sie das schönste und anmutigste Mädchen weit und breit. Viele Burschen waren von ihr angetan, denn sie war von erhabener, zerbrechlicher Schönheit. Darin unterschied sie sich von den meisten Dorfmädchen. Die anderen waren hübsch, weil sie jung waren, doch ihre Art war grob. Nicht so seine Lina. So wie sie, stellte Matteo sich Adlige vor, keine Mädchen aus einem abgelegenen Dorf. Dabei waren Linas Vorfahren allesamt einfache Menschen, das wusste er. Die Familie ihrer Mutter stammte eigentlich aus dem benachbarten Jugoslawien und hatte sich hier und dort angesiedelt, um sich mit harter Arbeit durchzuschlagen. Die Feldarbeit, die vielen Kinder und die groben und betrunkenen Männer nahmen den Frauen innerhalb kürzester Zeit ihre jugendliche Schönheit.

Lina wirkte in dieser Welt wie eine seltene Rose, die besonderer Pflege bedurfte und im Gemüsegarten ihres Dorfes auffiel. Ihr Wesen konnte man sich nur als ein Versehen der Natur erklären. Hier im Veneto mischten sich die Einflüsse vieler benachbarter Völker und die gut durchmischten, durch Jahrtausende vererbten Merkmale hatten in diesem Mädchen zur Perfektion gefunden.

Lina hatte einen dunklen Teint, hohe Wangenknochen, eine kleine spitze Nase, smaragdgrüne Augen und dichtes dunkelbraunes Haar. Sie war klein, sehr schlank, und unter der schmutzigen alten Bluse waren hübsche weibliche Formen zu erahnen.

Matteo atmete tief ein. Höflich verabschiedete er sich von Vida und wandte sich zum Gehen, doch sobald sie im Haus war, schlich er um die Hütte herum und verabschiedete sich nochmals von Lina. Sie war jetzt ernst.

»Geh endlich nach Hause, ich bekomme nur Ärger wegen dir!«, zischte sie.

Matteo lachte und zog sie an den Zöpfen, doch darüber ärgerte sich Lina noch mehr.

»Hör auf mit dieser Kinderei!«

Plötzlich hörten sie wieder die Mutter. Sie hatte zwar schlechte Augen, aber ihr Gehör war immer noch einwandfrei.

»Angelina, ist dieser Popelesser etwa immer noch da?«

Lina verdrehte die Augen und bedeutete Matteo, sich zu verstecken.

Laut antwortete sie: »Nein, Mutter, ich bin allein.«

Vida schaute misstrauisch aus dem Fenster, doch sie kam nicht heraus.

»Geh jetzt«, sagte Lina, als die Mutter wieder verschwunden war.

»Ich wünsche euch einen schönen Abend, Nachbarin«, verabschiedete sich Matteo und ging, wenn auch widerwillig.

Nachdem die Wäsche aufgehängt war, ging Lina ins Haus, wo ihre Mutter sie schon erwartete. Vida schloss rasch die Tür hinter ihrer Tochter.

»Willst du, dass alle über uns reden, du dumme Gans? Du bringst noch Schande über mich! Schämen solltest du dich. Ich rackere mich ab und tue alles, nur damit du es mal besser hast. Und was machst du? Wegen diesem kleinen Teufel wird sich noch das ganze Dorf das Maul über dich zerreißen.«

»Aber wir kennen uns doch schon so lange. Wir sind miteinander aufgewachsen, was soll mir Matteo denn antun? Außerdem ist er noch ein Kind!«

»Ts, ts, auch er hat ein Ding!«

Lina konnte nicht anders, sie musste kichern. Als ihre Mutter darüber nachdachte, was sie gerade gesagt hatte, lachte auch sie.

Matteo ging mit hängendem Kopf nach Hause. Ohne Lina war alles trostlos und unbedeutend. Er aß lustlos seine Gemüsesuppe und dachte dabei an sie. Seine Geschwister, sein Vater, seine Mutter, sie hatten an Bedeutung verloren. Für ihn zählte nur dieses Mädchen mit den wunderschönen smaragdgrünen Augen. Nur in ihrer Nähe fühlte er sich lebendig. Lina und er gehörten zueinander. Das stand für ihn fest.

5.

»Und was geschah dann?«, fragte Mara.

Aber ihre Großmutter wirkte mit einem Mal sehr müde. Das Erzählen musste sie angestrengt haben. Mara bohrte deshalb nicht weiter nach und ließ sie schlafen.

Wann immer sie ihre Großmutter in den nächsten Tagen auf die Geschichte ansprach, starrte Nonna nur ausdruckslos ins Leere. Dabei hatte sie beim Erzählen so klar gewirkt wie seit Langem nicht mehr. Doch es half alles nichts, Mara drang nicht mehr zu ihr durch.

Mara fragte sich, warum Nonna ihr diese Geschichte erzählt hatte? Wer waren Matteo und Lina? Wollte ihre Großmutter sie vor einer tragischen Liebe warnen? Oder hatte es nichts weiter zu bedeuten?

Die Tage vergingen wie im Flug und der geplante Urlaub kam immer näher. Mara musste ihrer Mutter bald erzählen, dass sie trotz ihrer Warnungen nach Italien fahren würde, schließlich war sie kein Kind mehr. An einem Abend zog ihre Mutter gerade die Schuhe an, um ins Theater zu fahren.

Mara atmete tief durch, nutzte die Chance, dass Malena in Eile war und sagte: »Mama, Alena und ich werden nach Italien fahren.«

Sie sah sie an. »Aha, spielst du jetzt die Trotzige?«

»Nein, Mama, aber ich bin erwachsen und ich will endlich selbstständig in Urlaub fahren und den Geburtsort meiner Großmutter kennenlernen. Ich möchte mir meine eigene Meinung bilden.«

Ihre Mutter wich einen Schritt zurück. Ihr Gesichtsausdruck ähnelte dem von Herrn Schmelcher, als Mara das zweite Mal in sein Büro gegangen war. War es ihr gelungen, ihrer Mutter klarzumachen, dass sie fest entschlossen war aufzubrechen? War das der erste Schritt zur neuen, selbstbewussten Mara?

»Ist ja schön und gut, dass du da hin willst«, gab ihre Mutter plötzlich nach. »Aber es reicht bestimmt, wenn ihr einfach nur durchfahrt. Ich weiß wirklich nicht, warum du das alte, fast verlassene Dorf deiner Großmutter überhaupt besuchen möchtest. Viel gibt es dort nicht zu sehen. Fahrt besser gleich nach Venedig.« Ihre Mutter verdrehte die Augen und fügte hinzu: »Was bringt es dir, dorthin zu fahren?«

Diese Frage war typisch für ihre Mutter und früher hatte sich Mara immer davon beeinflussen lassen. Doch diesmal beschloss sie, stur zu sein.

»Ich will es einfach wissen, außerdem spricht Nonna in letzter Zeit oft von ihrem Elternhaus.«

Malena sah sie überrascht und fast etwas entsetzt an. »Das Haus gibt es bestimmt nicht mehr, dort ist wahrscheinlich mittlerweile ein Parkplatz oder eine Pizzeria.«

»Mama, du bist immer so negativ«, beschwerte sich Mara.

»Ich bin nur realistisch.«

»Warst du denn schon einmal dort?«, fragte Mara. »Hast du gewusst, wie der Ort heißt? Du hast mir nie davon erzählt.«

»Deine Großmutter hat den Namen früher vielleicht ein-, zweimal erwähnt. Und nein, ich war nie dort, weil es ein fast verlassenes Dorf ist, das nichts mehr mit unserer Familie zu tun hat.«

»Das ist mir egal, ich will es einfach besuchen, und je mehr du dagegen bist, desto mehr reizt es mich, mir den Ort genauer anzuschauen.«

Ihre Mutter war überrascht von dieser Reaktion, denn sie war es gewohnt, dass Mara sich fügte. Beleidigt erwiderte sie: »Dann sage ich eben nichts mehr.«

Die nächsten Tage las Mara Reiseführer, besorgte dies und jenes und schaute nach preiswerten Unterkünften. Sie sah sich auf ihrem Tablet unzählige Pensionen und Hotels an. Doch in dem Ort selbst schien es keine passende Unterkunft zu geben. Pliva war wohl wirklich so unbedeutend, dass es für Touristen nichts zu sehen gab.

Eines Abends rief Alena an und verkündete: »Ich hab eine ganz süße Pension gefunden, zu einem unschlagbaren Preis. Ist etwas außerhalb des Ortskerns, aber das stört doch nicht.«

Sie schickte Mara den Link. Es war eine alte Villa mit einem großen Garten. Sie sah von außen sehr schön aus, doch es gab wenige Fotos von den Zimmern und Mara ahnte, dass sie entweder alt und heruntergekommen waren oder einfach nur hässlich.

»Ich wollte schon immer mal in einem Palazzo wohnen«, schwärmte Alena.

»Ich weiß nicht, ich hab ein nettes Hotel in der nächstgrößeren Stadt gefunden, von dort aus können wir sicher auch überall hinfahren.«

»Ach komm«, ließ Alena nicht locker.

»Du weißt, wie pingelig ich bin.«

»Jaja. Pack einfach dein eigenes Kopfkissen und eine Dose Desinfektionsspray ein.«

Mara war immer noch nicht begeistert von der Idee.

»Aber wenn es zu dreckig ist, bleiben wir nur eine Nacht und suchen uns danach etwas anderes«, gab sie schließlich nach.

»Wunderbar«, freute sich Alena.

Schließlich kam der Abend vor der Abreise. Mara ging zu ihrer Großmutter, um sich zu verabschieden.

»Nonni, ich bringe dir Feigen mit, falls ich welche finde.«

Sie lächelte. »Mach Fotos, damit ich sehen kann, wie Pliva jetzt aussieht.«

Mara nickte und gab ihrer Großmutter einen Kuss. Sie versuchte, noch etwas über Pliva und die Vergangenheit zu erfahren, erhielt aber keine Antworten. Die alte Frau war wieder einmal in ihrer Welt versunken. Mara stellte ihr ihre Telenovela ein und ging dann in ihre Wohnung.

In der Nacht wurde Mara von ihrer Mutter geweckt, die an ihre Wohnungstür klopfte.

»Steh auf, Schatz, Nonna geht es so schlecht, dass ich den Krankenwagen gerufen habe.«

Mara rannte im Pyjama nach unten.

Die Großmutter sah blass aus und hatte Tränen in den Augen.

»Ich habe so schreckliche Kopfschmerzen.«

Der Krankenwagen kam und Mara ging während der Untersuchung in den Flur, da das Zimmer zu klein für so viele Personen war. Nach ungefähr fünfzehn Minuten kam ihre Mutter ebenfalls hinaus und sagte mit belegter Stimme: »Sie nehmen sie mit.«

Mara kamen die Tränen. »Meinst du, sie stirbt?«, fragte sie erschrocken.

Ihre Mutter sah sichtlich besorgt aus. »Ich weiß nicht.«

Nachdem der Krankenwagen weg war, zog sich Mara schnell um und sie fuhren ebenfalls ins Krankenhaus. Es dauerte ewig, bis sie zu ihrer Großmutter konnten. Schließlich konnten sie mit dem Arzt sprechen. Dieser meinte, es sei das Alter und sie hätte zu wenig getrunken. Deshalb hatte sie einen Infusionsbeutel erhalten.

Er sah sie ernst an und sagte: »Jemand muss sicherstellen, dass sie genügend trinkt.«

»Das versuchen wir ja, aber wir können sie doch nicht zwingen«, verteidigte Malena sich.

Der Arzt nickte. »Wir behalten sie heute Nacht bei uns.«

Mara sandte Alena eine Nachricht. »Wir können morgen nicht fahren, Nonna geht es sehr schlecht.«

Ein trauriger Emoji war die Antwort.

Bald darauf durften sie zu ihrer Großmutter ins Zimmer. Die alte Frau sah schon etwas besser aus. Als sie Mara erblickte, fragte sie: »Warum bist du noch da?«

Mara antwortete irritiert: »Weil es dir nicht gut geht.«

»Du wolltest doch nach Pliva fahren!«

»Das mache ich jetzt natürlich nicht, du bist viel wichtiger, Nonna.«

»Nein, nein, du musst fahren, es ist wichtig.«

So energisch hatte Mara ihre Großmutter schon lange nicht erlebt, vor allem nicht in letzter Zeit.

Malena schaute sie überrascht an und sagte beruhigend: »Mutter, du bist erschöpft.«

»Du musst fahren, es ist wichtig«, wiederholte die alte Frau.

»Wozu?«, fragte Malena.

»Ich spüre es«, sagte sie. »Ich spüre es einfach.«

Dann schwieg sie und schloss erschöpft die Augen.

»Nonna, ruh dich aus«, bat Mara.

Die alte Dame öffnete nicht die Augen, sagte aber: »Ich werde noch nicht sterben, fahr ruhig.«

Malena war sichtlich unglücklich über diese Worte und Mara war hin- und hergerissen. Als ihre Mutter mit dem Arzt vor die Tür ging, winkte Nonna Mara noch einmal zu sich.

»Er hieß Matteo. Aber er lebt bestimmt nicht mehr«, sagte ihre Großmutter, plötzlich ganz klar.

»Wer?«, fragte Mara. »Deine große Liebe?«

Sie erhielt keine Antwort.

»Du meinst den Jungen aus der Geschichte, oder?«, erkundigte sie sich.

»Ich möchte eigentlich nur wissen, ob er lebt und wie es ihm geht«, murmelte die alte Frau, ohne ihre Frage zu beantworten. »Er kann das Rätsel unserer Familie lösen.«

»Ich werde ihn suchen«, versprach Mara und streichelte ihr über die Wange.

Ihre Großmutter lächelte.

»Gut. Aber geh jetzt. Ich muss mich ausruhen.«

Nachdem sie sich verabschiedet hatten und ins Auto gestiegen waren, sah Mara ihre Mutter an: »Was soll ich tun?«

»Sie wird wohl wirklich noch nicht sterben. Der Arzt meint, es sei nur ein Schwächeanfall gewesen. Aber mir wäre es lieber, wenn du hierbleiben würdest.«

Mara nickte nachdenklich.

Als sie zu Hause war, telefonierte sie mit Alena.

»Du hast doch deine Großmutter gehört«, sagte ihre Freundin. »Wenn wir machen wollen, was sie sich wünscht, dann müssen wir fahren. Also ab ins Bett, und wenn du ausgeschlafen bist, melde dich.«

Mara tat wie geheißen, konnte jedoch lange nicht einschlafen, sie war viel zu aufgeregt. Unzählige Gedanken gingen ihr durch den Kopf. Erst gegen sechs Uhr morgens fiel sie in einen tiefen Schlaf. Um dreizehn Uhr wachte sie auf und rief gleich Alena an. Sie beschlossen, erst am nächsten Tag zu fahren, und nur, wenn es ihrer Großmutter wieder gut ging. Von ihrer Mutter erfuhr Mara, dass Nonna schon am nächsten Tag entlassen werden sollte. Zwei Stunden später fuhr Mara ins Krankenhaus. Leider schlief ihre Großmutter gerade.

Die junge Frau nahm ihre Hand und strich sanft darüber. Obwohl sie schlief, drückte sie Maras Hand fest. Vielleicht war es nur ein Reflex, aber für die junge Frau war es ein Zeichen loszufahren. Sie empfand es als ihren Auftrag, das Rätsel ihrer Familie zu lösen.

6.

Am nächsten Tag starteten sie um sechs Uhr morgens. »So haben wir noch etwas vom Tag, wenn wir ankommen«, meinte Alena. Jede von ihnen hatte einen riesigen Koffer, eine große Reisetasche, einen Rucksack, einige Stofftaschen und Proviant für eine mindestens fünfköpfige Familie dabei.

Sie quetschten alles in Maras Golf. Das Auto hatte ihre Mutter für sie ausgesucht. »Es ist solide und du kannst es in ein paar Jahren gut verkaufen«, hatte sie gemeint. Malena fuhr seit Jahren einen Golf und so kam für ihre Tochter nichts anderes infrage.

»Die nächsten Tage müssen wir bestimmt nicht essen gehen«, meinte Alena, als sie beide im Auto saßen, und zeigte auf den Proviant. Dann fügte sie hinzu: »Deine Mutter ist wirklich extrem fürsorglich. Schau mal, was uns meine Mutter eingepackt hat.«

Sie zeigte auf eine kleine, prall gefüllte Tüte, aus der sie Sonnenmilch Faktor 50 und ein Handdesinfektionsmittel herausholte.

»Wir werden weder Hautkrebs noch den Norovirus bekommen«, witzelte sie. »Aber das ist natürlich nur ein Teil unserer Hausapotheke, wir haben auch etwas gegen Mückenstiche, etwas zum Kühlen, falls die Mücken uns doch stechen, ein Mittel gegen Durchfall, eines gegen Kopfweh und Fieber, dieses hier ist gegen Übelkeit …«, zählte Alena auf.

Mara schaltete das Radio ein. »Wie praktisch, dass sie in einer Apotheke arbeitet.«

Alena fotografierte die ganze Zeit mit ihrem Smartphone und hatte schon zehn Bilder gemacht.

»Damit wir alles festhalten können«, meinte sie.

Anschließend zeigte sie Mara einen kleinen Stab.

»Oh nein, du hast doch nicht etwa eine dieser dämlichen Selfiestangen gekauft?«

»Klar.« Alena grinste wie ein Honigkuchenpferd. »Urlaub, wir kommen.«

Nach gut sechs Stunden Fahrt erreichten sie Italien. Mara saß am Steuer als Alena aus ihrem Rucksack plötzlich mehrere zusammengefaltete Pappschilder holte.

»Was hast du denn vor? Willst du einen Zeichenkurs absolvieren?«, wollte Mara wissen.

»Nee, was ganz anderes.«

»Jetzt bin ich neugierig.«

»Also, ich hab mal eine Hochzeitsshow gesehen, da hat die Braut erzählt, dass sie sich den Bräutigam auf der Autobahn geangelt hat. Und zwar hat sie aus Spaß auf ihren Schreibblock lustige Sprüche geschrieben, wie *Dein Auto gefällt mir!* oder *Du bist süß, hier ist meine Handynummer.*«

»Und hat ihn damit einen Unfall bauen lassen?«, fragte Mara.

»Du bist immer so negativ!«, rief Alena aus.

Sie holte einen dicken Marker aus dem Rucksack und schrieb mithilfe von Google Translator auf Italienisch: »Du bist süß!«, »Ich will ein Baby von dir« und »Küss mich an der nächsten Raststätte!« Dabei grinste sie vor sich hin. Danach begann sie, sich junge, gutaussehende Fahrer auszusuchen. Schließlich entschied sie sich für einen, der in einem Giulietta saß. Der fand die Sprüche anscheinend so gut, dass er ständig hupte und ihnen Küsse sandte. Auch Alena hatte sichtlich Spaß. Mara war es anfangs peinlich, doch schließlich ließ sie sich von der Begeisterung ihrer Freundin anstecken.

»So, und jetzt bist du dran«, sagte Alena.

»Was?«

»Komm schon. Du musst ein bisschen aus dir herauskommen. Geht es nicht darum bei dieser Reise? Die neue Mara zu entdecken? Außerdem macht es saumäßig Spaß, sich einfach mal gehen zu lasen. Wirst schon sehen.«

»Erst müssen wir tanken«, antwortete Mara, um sich etwas Bedenkzeit zu verschaffen.

Sie hielten an der nächsten Raststätte. Plötzlich parkte der Giulietta neben ihnen und der junge Mann stieg aus, lief auf Alena zu und küsste sie.

»Wow!«, meinte sie atemlos.

Er ließ einen italienischen Wortschwall los, merkte aber schnell, dass die Damen nur Englisch konnten. Leider beliefen sich seine Englischkenntnisse auf »I love you«, sodass sie sich bald von ihm verabschiedeten. Diesmal setzte sich Alena ans Steuer.

»Na, schon ein Auto ausgesucht?«, wollte sie nach einer halben Stunde wissen.

»Ich weiß nicht, das ist mir peinlich.«

»Dann setz eine Sonnenbrille auf und stell dir vor, du wärst ich und nicht du.«

Mara musste lachen, tat jedoch wie vorgeschlagen und schaute sich nach einem passenden Fahrer um. Bald darauf entdeckte sie einen grünen Land Rover älteren Baujahrs.

»Der da drin sieht doch ganz schnuckelig aus«, meinte Alena und fuhr etwas schneller, damit der Wagen sie nicht abhängte.

»Okay, dann wollen wir mal!«

Im Auto saß auch wirklich ein Mann und er war allein unterwegs. Mara konnte sein Alter schwer schätzen, er trug eine Sonnenbrille und ein T-Shirt. Von der Seite sah er ganz nett aus, allzu viel konnte sie jedoch nicht von ihm sehen. Aber es ging ja auch nur darum, einmal über den eigenen Schatten zu springen. Also hielt sie ihm das *Du bist süß*-Schild hin. Sie konnte sehen, dass er lächelte, und nahm das andere. Alena hupte, damit er darauf aufmerksam wurde. Sein Lachen war nicht zu übersehen.

»Mach weiter, hopp, wir sehen ihn eh niemals wieder.«

Mara wurde mutiger, denn es machte tatsächlich Spaß. Sie hob auch noch das dritte Schild hoch. Er hupte nicht, lachte sie aber fröhlich an. Dann fuhr er schneller, überholte sie und bog an der nächsten Ausfahrt ab.

»Tja, weg ist er, der Vater meiner Kinder«, sagte Mara halb erleichtert, halb betrübt.

»Hast du dir das Nummernschild gemerkt? Vielleicht können wir ihn ausfindig machen«, meinte Alena.

»Nummernschild? Ich kann mir gerade mal meine Handynummer merken.«

Beide lachten. Mara merkte, dass es Spaß machte, mutig zu sein.

An der nächsten Ausfahrt befahl ihnen die freundliche Frauenstimme aus dem Navi, von der *Autostrada* abzufahren.

»Es dauert noch vierzig Minuten auf der Landstraße!«, stellte Mara fest.

Sie fuhren vorbei an Wiesen und Feldern. Selten tauchte ein kleines Dorf auf, gelegentlich führte sie das Navi über schmale Feldwege.

»Ich weiß nicht, ob das richtig ist!«, rief Mara aus.

»Ach, das Navi sucht oft so sonderbare Abkürzungen. Am Ende kommt man immer an.«

Als sie zu einem unscheinbaren Schotterplatz kamen, irgendwo im Nirgendwo, verkündete die Stimme aus dem Navi: »Sie haben ihr Ziel erreicht.«

Mara parkte. Außer einem anderen Golf und einem alten Land Rover stand kein weiteres Fahrzeug hier.

»Grüne Geländewagen scheinen in dieser Gegend ziemlich beliebt zu sein«, meinte Alena.

»Bist du dir sicher, dass wir hier richtig sind?«, fragte Mara unsicher. »Das sieht irgendwie komisch aus.«

»Da drüben ist ein Schild.«

Auf einem Holzbrett stand *Villa Rosa*. Sie stiegen aus dem Wagen und tatsächlich, hinter einigen Zedernbäumen führte ein Pfad zu einem wunderschönen kleinen Palazzo, der jedoch seine besten Jahre längst hinter sich hatte. An der rechten Seite der Fassade stand ein kleines Baugerüst, anscheinend wurde aktuell renoviert. Davor befanden sich große Rosenbüsche, die in zartem Rosa blühten. Der Garten, so weit man das von der Frontseite aus sehen konnte, sah etwas verwildert aus, passte aber zum Gesamtbild dieses Hauses. An allen Ecken bröckelte die Fassade und die Farbe blätterte von den Fensterrahmen.

»Ich bin gespannt, wie es innen aussieht«, sagte Alena, während sie den kleinen Weg bis zur Eingangstür gingen und staunend ihre Köpfe erst zur einen und danach zur anderen Seite drehten. Mara machte sich auf das Schlimmste gefasst.

Hinter dem Haus befand sich eine größere Gartenanlage und auch ein weiteres Gebäude war zu erkennen. Es musste sich einmal um ein herrschaftliches Anwesen gehandelt haben, dachte Mara. Warum es wohl so heruntergekommen war?

Von irgendwoher waren erst ein Hahn und dann eine Ziege zu hören. Alena öffnete die große grüne Holztür, die erst vor Kurzem gestrichen worden war. Sie knarzte. Die jungen Frauen betraten einen großen Flur, der mit hellem Marmor ausgelegt war. Dieser hatte zwar viele Risse und war mit Bruchstücken in einer etwas anderen Farbe geflickt worden, dennoch sorgte er für ein freundliches Licht.

Direkt vor ihnen war eine Theke, auf der ein Schild mit der Aufschrift *Reception*, eine Lampe sowie ein Korb mit Bonbons standen. Die beiden Freundinnen blieben davor stehen, doch es war niemand zu entdecken.

»Eine Klingel wäre nicht schlecht«, stellte Mara fest.

»Dafür war wahrscheinlich kein Geld übrig oder es kommt eh nie jemand hier vorbei.«

»Mach mir keine Angst.«

Mara überlegte, ob sie nicht einfach ins Auto steigen und in das Hotel nahe Venedig einchecken sollten, doch Alena war schon ein paar Schritte weitergegangen und rief: »Komm, lass uns mal schauen, ob wir jemanden finden!«

Neben dem Empfang befand sich eine alte Couch mit einem kleinen Tisch. Daneben standen zwei etwas in die Jahre gekommene Flechtkörbe. An den Wänden hingen schwarzweiße Skizzen von Personen, Frauen, Männer ... eine Zeichnung von einer jungen Frau fiel Mara besonders auf. Die junge Frau war hübsch, sie hatte ebenmäßige Gesichtszüge, große Augen und das Gesicht war umrahmt von dicken Zöpfen. Mara fragte sich, ob diese Person wirklich gelebt hatte. Sie versuchte, sich dieses Mädchen in der Realität vorzustellen, aber sie wurde von einem lauten »Ciao« unterbrochen.

Die beiden Frauen drehten sich um. Vor ihnen stand ein junger Mann in Jeans und Polohemd. Er musterte sie mit seltsamer Miene, als wäre er überrascht, sie hier zu sehen. Sollte er als Angestellter nicht mehr Begeisterung zeigen, wenn Gäste kamen? Doch dann fing er sich und lächelte ein breites und sehr sympathisches Lächeln.

»Ciao«, wiederholte er noch einmal.

Mara antwortete etwas schüchtern und überlegte, was sie sonst noch sagen könnte. Der Mann sah sehr gut aus, entsprach aber nicht dem typischen Bild eines Italieners, das sie im Kopf hatte. Er hatte braune Haare und grüne Augen und etwas sehr Freundliches und Ruhiges an sich – nicht direkt der Typ südländischer Macho.

In gutem Englisch fragte er: »Sind Sie die Damen aus Deutschland?«

Die zwei nickten und Mara sah, dass Alena ihre Körpersprache veränderte. Sie übernahm das Reden und strich sich eine blonde Strähne aus dem Gesicht.

»Ja, das sind wir«, antwortete sie und lächelte. »Wir dachten schon, wir sind falsch.«

Er lächelte freundlich zurück und fuhr fort: »Nein, nein, das ist schon richtig, ich war nur gerade hinten in der Küche. Schön, dass Sie zu uns gekommen sind. Sie haben das Herrschaftszimmer, es ist im ersten Stock und hat einen schönen Ausblick. Dieses Haus ist noch authentisch aus der Zeit vor der Jahrhundertwende. Ich bin mir sicher, es wird ihnen gefallen. Würden Sie bitte diese Bögen ausfüllen?«

»Gerne«, antwortete Alena in verführerischem Tonfall.

Mara nahm den Bogen und lächelte freundlich und etwas verlegen.

Alena sagte leise auf Deutsch: »Hat sich doch schon gelohnt«, und zwinkerte Mara zu.

Als Mara dem jungen Mann ihren Pass reichte, fragte er auf Italienisch: »*È italiana?*«

Immerhin reichten ihre geringen Italienischkenntnisse, um diese Frage zu verstehen. Tatsächlich war das Einzige, was überhaupt noch auf ihre italienischen Wurzeln hinwies, der italienische Pass und ihr Nachname. Als sie geboren worden war, erhielten Kinder in Deutschland noch automatisch die Staatsbürgerschaft ihrer Eltern. Später hätte sie auch die deutsche Staatsbürgerschaft annehmen können, aber sie hatte sich nie zu diesem Schritt durchgerungen.

Etwas beschämt antwortete Mara auf Englisch: »Meine Eltern sind Italiener, aber ich spreche leider kein Italienisch.«

Der junge Mann lächelte und meinte: »Es ist gar nicht so schwer, Sie können ja mal probieren, es zu lernen.«

Mara fühlte sich wie eine Idiotin und beschloss, sobald sie zurück in Deutschland war, die deutsche Staatsbürgerschaft anzunehmen.

»Ich habe mich gleich gefragt, ob Sie Italienerin sind, als ich Sie gesehen habe, obwohl ich auch nicht der typische Italiener bin«, erklärte er. Er merkte, dass seine Worte Mara unangenehm waren und meinte: »Ob es das überhaupt gibt, die typische Italienerin?«

Er lachte.

Mara lächelte zurück: »Meine Großmutter kommt tatsächlich aus diesem Ort.«

Er wirkte interessiert. »Ach ja? Vielleicht kenne ich sie.«

»Das glaube ich nicht, sie lebt schon seit über fünfzig Jahren in Deutschland.«

»Die meisten Auswanderer kommen regelmäßig in ihren Geburtsort zu Besuch.«

»Meine Großmutter nicht, sie war seit damals nicht hier.«

Mara merkte erst jetzt, wie ungewöhnlich das klingen musste.

»Wie ist ihr Name?«, fragte er.

»Maria Grazia. Parisi.«

»Parisi?«

Er wirkte jetzt nicht mehr so selbstsicher, sondern fast etwas erschrocken. So als hätte auch er von dem Fluch der Parisi gehört. Oder bildete sie sich das nur ein? Doch er antwortete nur: »In diesem Ort gibt es keine Familie, die so heißt.« Er schwieg einen Moment.

»Aber ich kann ja mal herumfragen«, bot er an und lächelte.

Mara gefiel dieser Mann, seine Art beruhigte sie irgendwie und sie fühlte sich sehr wohl in seiner Gegenwart. Er blickte zu Alena und sagte: »So, hier sind die Schlüssel, ich bringe Sie gleich auf Ihr Zimmer. Es gibt bei uns Frühstück von acht bis elf Uhr und Abendessen auf Bestellung.«

»Grazie«, antwortete Alena kokett.

»Prego«, erwiderte er freundlich und begleitete die beiden nach oben.

Sie stiegen eine geschwungene Treppe hinauf. An der Wand hingen Aquarelle, die verschiedene Plätze, eine alte Hütte, einen Fluss und einen Friedhof zeigten. Letzteres fand Mara ungewöhnlich, aber das Bild war trotzdem hübsch. Der Maler, der offenbar versucht hatte, die Besonderheiten seiner Region einzufangen, hatte seine dokumentarische Aufgabe sehr ernst genommen.

»Ach ja, ich bin Davide«, stellte der junge Mann sich vor, als sie oben angekommen waren. »Davide Costantini. Aber nennen Sie mich bitte einfach nur bei meinem Vornamen, ja?«

Die Frauen lächelten.

»Alena. Und das ist Mara.«

Davide gab erst Alena die Hand, dann nahm er Maras und hielt sie fest. Dabei sah er ihr in die Augen und sagte: »Danke für das Kompliment von vorhin. Du bist auch süß und du darfst mich jetzt küssen, das mit dem Baby können wir später besprechen.«

Mara und Alena sahen ihn entgeistert an. Mara öffnete den Mund, um etwas zu sagen, aber es kamen keine Worte heraus. Sie merkte, wie ihr heiß wurde. War das etwa der Typ von der *Autostrada*?

Alena prustete los. »Ach, du bist der Rover-Fahrer!«

Davide nickte. »Ich habe die ganze Zeit Nachrichten gehört, um zu erfahren, ob jemand einen Unfall verursacht hat, weil zwei junge Frauen den Männern auf der *Autostrada* den Kopf verdrehen.«

Maras Mund stand immer noch halb offen und sie merkte, dass ihre Verwirrung Davide Spaß bereitete.

Alena ließ sich rasch auf das Spiel ein. »Tja, Mara, du hast nach einem Kuss gefragt und jetzt musst du zu deinem Wort stehen«, sagte sie.

Mara fühlte sich wie ein Fisch auf dem Trockenen, sie wollte irgendetwas sagen, doch es hatte ihr völlig die Sprache verschlagen. Davide grinste.

»Wir Männer werden die Frauen niemals verstehen«, sagte er theatralisch, da Mara ihn immer noch wortlos anstarrte.

Alena hatte sich währenddessen umgedreht und bewunderte die schöne Skizzen und Zeichnungen, die auch hier im Flur die Wände zierten.

»Haben Sie das gemalt?«, fragte sie und lenkte damit zum Glück von dem peinlichen Thema ab.

»Nein, mein Großvater, als er noch etwas jünger war.«

»Die sind sehr schön.«

»Das stimmt. Meinem Großvater gehört diese Villa. Leider wohnt er nicht hier. Im Gegensatz zu mir mochte er das Haus nie und wollte es schon abreißen lassen.«

»Das wäre viel zu schade!«, rief Alena.

Davide lächelte. »Na ja. Wenigstens lässt er mich meinen Traum leben. Ich hatte schon lange den Wunsch, dieses Gebäude in eine Pension umzuwandeln. Noch stehe ich ganz am Anfang. Ich hoffe, dass ihr euch wohlfühlt. Und uns weiterempfehlt«, er lächelte Mara jetzt direkt an und zwinkerte ihr zu.

Von dem großen Flur im oberen Stockwerk gingen mehrere Zimmer ab. Drei alte Holzstühle standen neben den Türen und am Ende des Flurs befand sich eine Kommode aus dunklem Holz. Darauf waren ein weißer gehäkelter Läufer und eine Vase mit frischen Blumen. Davide öffnete eine Tür.

»Hier ist euer Zimmer.«

Die zwei Frauen betraten einen großen Raum mit drei Fenstern, der sehr geräumig wirkte, weil sich nicht viele Möbel darin befanden. Außer einem großen Bett gab es nur noch einen alten Bauernschrank, eine Kommode und zwei Korbstühle. Alles war sehr sauber.

»Schön«, sagte Alena und schaute sich um. »Schau mal, die Deckenhöhe, mindestens vier Meter.«

Mara schwieg schüchtern.

»Hier ist das Bad.« Davide zeigte auf eine kleine Tür neben der Kommode.

»Wie gut, dass du deinen Großvater überreden konntest, das Haus dir zu überlassen«, sagte Alena, während sie das Zimmer bewunderte.

»Wenn ihr noch etwas braucht, findet ihr mich in der Küche oder im Garten.«

Der junge Mann lächelte beide Frauen an.

»Ach ja, der Ausblick von der Terrasse auf die Gärten ist sehr schön.«

Er öffnete die Terrassentür und machte einen Schritt nach draußen. Die beiden folgten ihm.

Auf der großzügigen Terrasse standen ein kleiner Holztisch und zwei Stühle. Mara erkannte sofort, dass diese von IKEA waren. Aber sie passten in das Ambiente.

Er hat nicht gelogen, dachte Mara. *Es ist tatsächlich ein wunderschöner Ausblick.*

Hinter dem Haus gab es eine Art Hauptgarten, der zum Verweilen einlud und in dem zahlreiche Obstbäume standen. Auch Feigenbäume waren zu sehen. Mara musste an ihre Großmutter denken und an deren Wunsch, Feigen aus dem Garten ihrer Kindheit zu essen.

Sie entdeckte auch eine Bank, auf der man sich sicher gut mit einem Buch erholen konnte. Hinter dem Garten stand das ein einstöckige Haus, das sie schon von draußen gesehen hatten. Daneben gab es zahlreiche Obst- und Gemüsebeete, in denen eine Frau mit Gartenarbeit beschäftigt war. Das Grundstück umfasste wohl einen großen Nutzgarten. Dahinter erstreckten sich Wiesen und am Horizont waren andere Häuser zu sehen.

»Wir versuchen, so viel wie möglich von dem, was in unserer Küche verarbeitet wird, selbst anzubauen«, erklärte Davide.

Mara nickte und meinte: »Aus dem eigenen Garten schmeckt es einfach am besten.«

Davide lächelte ihr zu.

»Ich geh dann mal wieder runter«, sagte er, als sie zurück ins Zimmer traten. »Und Mara, das vorhin war nur ein Spaß, ich habe euch gleich erkannt und erst überlegt, nichts zu sagen, aber ich konnte es nicht erwarten, eure überraschten Gesichter zu sehen.«

Mara wurde sofort wieder rot, sagte aber: »Ist schon gut, es ist mir schrecklich peinlich, aber ich werde es überleben.«

»Nein, nein, ich fand es sehr süß«, entgegnete er.

Als er den Raum verlassen hatte, sagte Alena: »Mara, du bist rot wie eine Tomate.«

»Ich weiß«, antwortete sie. »Dass mir immer diese peinlichen Dinge passieren müssen!«

»Ach was, du wolltest doch unbedingt den Vater deiner Kinder wiedertreffen. Dein Wunsch wurde erfüllt. Aber jetzt muss ich dringend aufs Klo.« Alena öffnete die Tür. »Das Bad ist zwar winzig, aber ziemlich neu«, meinte sie anerkennend.

Als ihre Freundin in dem kleinen Raum verschwunden war, blickte Mara zum Fenster hinaus. Sie hatte sich schrecklich blamiert. Warum hatte sie nur auf Alena gehört? Sie fragte sich, wie sie Davide jemals wieder in die Augen blicken sollte.

Plötzlich stand Alena neben ihr und rief aus: »Ist es nicht herrlich hier?«

Mara fuhr aus ihren Gedanken hoch und nickte.

»Und vor allem der hübsche Davide. Ich glaube, er hätte dich auf der Stelle geküsst, wenn du ihm wenigstens ein kleines Zeichen gegeben hättest«, fuhr Alena fort.

»Nee, der lacht sich jetzt kaputt über mich und meine Dummheit.«

»Quatsch, er fand dich super.«

»Er war nur freundlich.«

»Das sehe ich anders«, widersprach Alena.

Sie sahen eine Weile schweigend aus dem Fenster.

»Der Ausblick ist irgendwie beruhigend«, fand Mara.

»Komm, lass uns schauen, ob das Bett etwas taugt.« Alena legte sich darauf. »Die Matratzen sind gut.« Sie schaute drunter. »Ha, die sind von IKEA, wie zu Hause.«

Mara legte sich neben sie. »Es ist bequem«, gab sie zu.

Nun starrten beide an die Decke, die mit imposantem Stuck verziert war. Dieser blätterte jedoch an manchen Stellen bereits ab, einige Teile schienen auch zu fehlen.

»Hauptsache, es ist sauber«, meinte Mara.

»Ich finde es hier wunderbar«, erwiderte Alena.

Mara schloss die Augen und sah im Geiste Davide mit seinen grünen Augen vor sich, wie er sie freundlich anlächelte.

7.

Nachdem sie ihre Koffer geholt und sich frisch gemacht hatten, gingen die Frauen nach draußen. Der Garten war etwas verwildert, doch es war zu erkennen, dass sich seit einiger Zeit jemand darum kümmerte. Mara überlegte in Gedanken schon, wie sie ihn verschönern würdee, wenn es ihr Garten wäre. Doch dann schalt sie sich innerlich: Sie hatte Urlaub und daheim wartete ihr eigener Garten auf sie.

Davide erntete in den Gemüsebeeten gerade mit einer jungen Frau Tomaten.

»Die Tomatenernte ist sehr gut dieses Jahr. Wollt ihr probieren«, fragte er, als die beiden Frauen sich näherten, und hielt ihnen zwei Tomaten hin. Sie nahmen sie dankbar, rieben sie kurz an ihrer Kleidung sauber und bissen hinein.

»Köstlich!«, rief Alena aus, während der Saft über ihr Kinn lief.

»Zum Frühstück gibt es selbstgemachte Marmelade, Käse hier aus der Gegend und Eier von unseren Hühnern«, erzählte die junge Frau.

»Das ist toll. Wie lange macht ihr das schon?«, fragte Alena.

Mara schaffte es nicht, irgendeinen sinnvollen Satz hervorzubringen. Sie stand nur da und beobachtete Davide. Zum Glück sprach er nicht mehr von der peinlichen Begegnung auf der Autobahn, dafür war Mara ihm dankbar.

»Das dritte Jahr«, antwortete er.

»Und, lohnt es sich?«

»Es ist schwierig, aber ich denke, langsam spricht es sich herum, dass man hier in einem schönen Ambiente gut essen und auch über Nacht bleiben kann.«

»Ich finde es hier wunderschön«, meinte Alena verträumt.

»Es ist bestimmt sehr teuer, solch eine Villa zu unterhalten?«, fragte Mara, um endlich auch etwas zu sagen.

»Ja«, antwortete Davide knapp und seufzte. Der Gedanke an die Kosten schien ihm Kopfschmerzen zu bereiten. »Ich renoviere seit drei Jahren, aber ich bin noch lange nicht fertig. Und außerdem ist mein Großvater in dieser Hinsicht etwas stur. Er lässt nicht zu, dass etwas an dem Haus verändert und modernisiert wird.«

»Aber warum denn?«

»Nonno ist schwer zu ergründen, ich weiß nicht genau, was in ihm vorgeht. Er und dieses Haus sind wie ein altes, zankendes italienisches Ehepaar. Vielleicht lernt ihr ihn kennen, er wohnt im Dorf und kommt manchmal vorbei. Dann seht ihr, was ich meine.«

»Gern«, erwiderte Mara.

»Wollt ihr bei uns zu Abend essen?«

Die beiden Frauen sahen sich an und nickten.

»Ab zwanzig Uhr öffnen wir den Speisesaal.«

»Wir könnten noch einen kleinen Spaziergang machen, wenn wir uns beeilen«, schlug Alena vor. »Ich muss mir unbedingt die Beine vertreten.«

»Können wir denn bis zum Dorf laufen?«, fragte Mara.

Davide nickte. »Folgt einfach diesem Weg. Das Dorf ist nur einen Kilometer entfernt. Nehmt eine Karte mit der Telefonnummer von Villa Rosa mit, dann könnt ihr anrufen, wenn etwas sein sollte. Die Karten liegen am Empfang.«

Sie bedankten sich.

»Ich bin mir hundert Prozent sicher, dass er sich in dich verknallt hat«, flüsterte Alena, während sie zurück zur Villa gingen, um eine Visitenkarte der Pension zu holen. »Ich beneide dich, er hätte mir auch gefallen. Aber ich gönne es dir, schließlich hattest du seit Matthias keinen Freund mehr.«

»Es ist schwierig, wenn man schüchtern ist.«

»Stimmt, die Schüchterne, Zurückhaltende hat nur im Märchen Erfolg«, gab Alena ihr recht.

»Danke, aber was soll ich machen, wenn ich immer nur zu hören bekomme, dass wir Parisi-Frauen schlecht dran und alle Unglücksraben sind«, beschwerte sich Mara, während sie die Villa hinter sich ließen und dem von Davide beschriebenen Weg folgten.

»Das stimmt, ein bisschen depri sind sie schon, deine Oma und deine Mutter«, pflichtete ihr Alena bei.

Nach fünf Minuten stießen sie auf die Bundesstraße. Da sie keinen Feldweg entdecken konnten, benutzten sie diese in der Hoffnung, nicht überfahren zu werden. Das kleine Dorf erreichten sie nach weiteren zehn Minuten. Es war ein unscheinbares Örtchen. Maras Mutter hatte recht gehabt, als sie sagte, sie bräuchten nur einmal durchfahren. Auf der Piazza gab es eine Pizzeria, einen Bäcker und einen kleinen Gemischtwarenladen. Ein paar Mütter mit Kindern besetzten die Stühle vor der Pizzeria und neben den Hauseingängen saßen ein paar alte Männer und Frauen auf ihren eigenen Stühlen. Sie sprachen kaum, sondern starrten stumm vor sich hin. Die Kirche thronte imposant im Zentrum der Piazza, ihre Türen waren geschlossen. Ein paar Tauben ließen sich auf der Marmortreppe nieder. Als Alena und Mara kamen, wanderten alle Blicke zu ihnen.

Es kam anscheinend nicht häufig vor, dass sich Touristen hierher verirrten.

»Meinst du, hier können wir irgendwo ein Eis essen?«, fragte Alena.

»Jetzt?«, fragte Mara verwundert.

»Wieso? Wir sind doch im Urlaub. In Italien!«

»Stimmt auch wieder.« Ein Eis war vielleicht eine gute Idee, um endlich in den Urlaubsmodus zu schalten. »Sollen wir mal fragen?«

Alena lachte. »Mit unserem guten Italienisch können wir das natürlich versuchen.«

Sie fragten nach Gelato und eine junge Mutter zeigte auf eine kleine Seitenstraße. Tatsächlich befand sich dort eine kleine Bar mit drei Tischen und sechs Stühlen. Ein Schild, auf dem eine Schale Eis abgebildet war, hing an der Tür. Drinnen saßen ein paar ältere Herren und spielten Dame. Sie drehten sich nicht einmal um. Die beiden Frauen gingen zu der kleinen Eistheke. Ein Mann Mitte fünfzig kam auf sie zu und fragte etwas mürrisch: »Prego?«

»Äh, Gelato?«, fragte Alena.

Er sah sie an, antwortete mürrisch: »Sì«, und zeigte auf die Eistheke.

Alena zeigte drei Finger und sagte in einer Mischung aus Italienisch und Englisch: »*Gelato. Vanille, Chocolate and Pistacchio.*«

Der Mann antwortete kurz angebunden: »*Solo cioccolato e pistacchio.*«

Sie warfen einen Blick in die Truhe und sahen, dass alle Eiskassetten bis auf zwei leer waren.

»Dann nehmen wir, was wir kriegen können. In einer Waffel«, fügte sie hinzu und deutete auf die Waffeln.

Die beiden Frauen gingen zurück zur Piazza und setzten sich auf die Treppen der Kirche.

»Dafür, dass es nur zwei Sorten gibt, schmecken sie echt gut«, meinte Alena und schleckte genüsslich an ihrem Eis.

Mara nickte und beobachtete einen alten Mann, der die Straße entlang lief. Seine Begleiterin versuchte, ihm zu helfen, doch er wehrte sie ab und beschimpfte die Frau. Als er Mara und Alena sah, blieb er wie erstarrt stehen.

»Mist, ist es verboten, auf den Kirchenstufen zu sitzen und zu essen?«, flüsterte Alena.

»Keine Ahnung«, antwortete Mara.

Seine weibliche Begleiterin schaute zu den beiden hin, lächelte und sagte etwas zu dem alten Mann. Ihrem Gesichtsausdruck nach zu urteilen war es etwas wie: »*Na, immer noch den jungen Frauen nachschauen?*«

Der alte Mann wandte sich ab und lief weiter, drehte sich jedoch noch einmal um und starrte Mara an. Irgendetwas in seinem Blick machte ihr Angst. Seine energische Begleiterin drängte ihn sanft, in einen VW Caddy einzusteigen, der am Straßenrand geparkt war, und kurz darauf waren die beiden verschwunden. Doch Mara musste noch lange an seinen Blick denken, während sie durch die Straßen schlenderten, die wie ausgestorben waren.

»Ich frage mich, ob hier außer den paar Menschen, die auf dem Marktplatz waren, überhaupt jemand lebt?«, meinte Alena.

»Bestimmt, vielleicht bereiten die Menschen ihr Abendessen vor oder sitzen vor der Glotze, so wie wir das zu Hause normalerweise um diese Uhrzeit auch tun würden.«

»Nein, das glaube ich nicht, hier spielt sich doch das Leben draußen ab.«

»Ich denke, sie kommunizieren auch alle nur noch per Handy.«

Das schien Alena einzuleuchten.

»Apropos Essen, wir müssen zur Pension zurück, damit wir pünktlich zum Abendessen dort sind.«

»Wir haben doch noch Zeit«, entgegnete Mara.

»Nein, denn wir müssen dich vorher noch hübsch machen.«

»Ach, hör auf, Alena.«

»Nein, nein, du brauchst endlich mal wieder eine Beziehung. Und der hübsche Davide ist genau der Richtige.«

Mara wusste, dass es kein Entrinnen gab. Wenn Alena sich etwas in den Kopf gesetzt hatte, wurde das bis zum Ende durchgezogen. Das war nicht immer gut und Mara befürchtete, dass sie den armen Davide damit in die Flucht schlagen würde. Das wollte sie jedoch nicht, da sie ihn sehr nett und interessant fand.

Als sie wieder bei der Villa ankamen, standen drei weitere Autos auf dem Schotterparkplatz, zwei italienische und ein österreichisches.

»Ich bin echt gespannt auf das Essen«, sagte Alena. »Ob es wirklich so gut ist, wie Davide gesagt hat?«

»Und ich bin so satt vom Eis«, stöhnte Mara.

»Das war doch nur die Vorspeise«, gab Alena zurück.

Mara sah sie an und grinste. Sie wusste, dass viele Frauen neidisch auf Alena waren, denn sie konnte essen, ohne zuzunehmen. Alena aß alles, was sie wollte, und davon wirklich reichlich – und sie blieb schlank und hübsch. Männer fanden das meistens beeindruckend und lagen ihr schon aus diesem Grund zu Füßen. Alena liebte sich, das war aus jeder Zelle spürbar. Und deshalb versprühte sie eine Lebensfreude und Energie, um die Mara sie beneidete. So sehr sie es auch versuchte, sie fand sich nicht so wunderbar, wie ihre Freundin es ihr immer zuredete. Oft sah sie sich im Spiegel an und versuchte, Alenas Worte zu kopieren: »Ich bin schön, ich bin erfolgreich!« Ihre Freundin hatte diese Motivationstechnik in einem Seminar gelernt und kam damit wunderbar zurecht. Doch Mara fühlte sich lächerlich, wenn sie diese Worte aussprach. Und die Männer? Die lagen ihr ganz bestimmt nicht zu Füßen. Überhaupt fragte sie sich, was sie eigentlich auszeichnete. War sie dazu verdammt, durchschnittlich zu sein?

Während sie noch darüber nachdachte, waren sie am Hauptportal der Villa Rosa angelangt. Ein wunderbarer Duft nach Kräutern und Knoblauch strömte ihnen entgegen, als sie durch die Tür traten.

»Ich glaube, es gibt heute was Leckeres«, rief Alena.

Davide kam ihnen aus der Küche entgegen. Er trug eine Schürze und war offensichtlich beschäftigt. Dennoch fragte er: »Hattet ihr einen schönen Spaziergang?«

Die beiden nickten.

»In einer halben Stunde gibt es Abendessen im Salon im Erdgeschoss.« Er zeigte auf eine große Doppeltür.

»Es riecht jetzt schon herrlich«, lobte Alena.

Davide lächelte. »Ich hoffe, es schmeckt auch so.«

Er winkte ihnen und ging zurück in die Küche.

»Der sieht sogar in einer Schürze gut aus«, flüsterte Alena.

Ihre Freundin nickte zustimmend. Alena beschloss, als Erste zu duschen. Mara legte sich aufs Bett und ihr Blick fiel auf drei weitere Skizzen, die über dem Bett hingen. Eine zeigte die junge Frau aus dem Erdgeschoss. Das Mädchen blickte traurig in die Ferne. Mara fragte sich, ob die Frau, die erste Liebe oder vielleicht die Schwester von

Davides Großvater gewesen war. Sie nahm sich vor, ihn danach zu fragen, wenn sie ihn kennenlernte.

Nachdem sich die beiden Frauen für das Abendessen umgezogen hatten – statt Hosen trugen nun beide Sommerröcke – und Alena Mara leicht geschminkt hatte, gingen sie hinunter in den Salon. An der Tür blieben sie bewundernd stehen.

Der Raum war im Stil der Vierzigerjahre hergerichtet. In einer Leseecke konnte man es sich in kleiner Runde oder alleine gemütlich machen, es gab ein Bücherregal, zwei Ohrensessel und einen Couchtisch. Den meisten Platz im Raum nahmen fünf Tische ein, an denen die Gäste speisen konnten. Auf jedem lag eine gestärkte weiße Tischdecke und darauf standen jeweils eine Vase mit einer Sonnenblume sowie ein Salz- und ein Pfefferstreuer. Die Stühle wirkten bunt zusammengewürfelt, als ob jemand den kompletten Bestand eines Flohmarktes aufgekauft hätte.

An vier Tischen saßen bereits Gäste, zwei jüngere und zwei ältere Paare. Alena und Mara setzten sich an den letzten Tisch, der ihnen einen schönen Blick auf den Garten bot.

Bald darauf kam Davide aus der Küche, gefolgt von der jungen Frau, die sie schon im Garten gesehen hatten, und begrüßte sie: »Guten Abend, liebe Freunde und Gäste. Willkommen in der Villa Rosa. Heute servieren wir einen Pinot Bianco aus einem befreundeten Weingut im Friaul, dazu Antipasti, die Giuseppina selbst eingelegt hat. Danach gibt es *Polenta pasticciata ai gamberi*, Polenta mit Garnelen, als Hauptgericht *Spezzatino di agnello*, Lammragout und als Nachtisch Hefekuchen.«

Alle klatschten. Die junge Frau brachte Wasserkrüge an die Tische und fragte: »Vino?« Wenn die Frage bejaht wurde, stand kurz darauf eine Karaffe mit Wein auf dem Tisch. Für die anderen gab es selbstgemachte Limonade. Mara und Alena entschieden sich für den Wein.

Nachdem alle Gäste mit Getränken versorgt waren, kam die Vorspeise. Davide und die junge Frau trugen große Teller herein, stellten sie flink vor die Gäste auf die Tische und wünschten jedem einen guten Appetit. Auf den Tellern lagen eingelegte Zucchini, Thunfisch, Käse, Salami und Meeresfrüchte. Es sah köstlich aus.

»Oh Mann, ist das wirklich nur die Vorspeise?«, fragte Mara entsetzt.

»Das hoffe ich«, entgegnete Alena.

Alles schmeckte ausgezeichnet. Bei jedem Bissen schlossen Mara und Alena genießerisch die Augen.

»Unglaublich lecker.«

Als Nächstes kam die Polenta. Die junge Dame erklärte, dass Polenta eine besondere Spezialität in dieser Region sei.

»Stimmt«, schwärmte Alena wenig später. »Da hat sie nicht zu viel versprochen.«

Auch Mara hatte noch nichts Vergleichbares gegessen. Bisher hatte sie Polenta eher für ein einfaches, schnell zuzubereitendes Gericht gehalten, das nicht unbedingt außergewöhnlich und geschmacksintensiv war. Doch diese Polenta war anders. Sie war wunderbar cremig, schmeckte frisch und hatte doch eine sehr feste Konsistenz.

Schließlich kam die Hauptspeise. Mara war jetzt schon völlig satt, sie konnte sich nicht vorstellen, auch nur einen einzigen weiteren Bissen zu sich zu nehmen. Dabei brachte Davide ihnen das Lammragout sogar persönlich an den Tisch. Mara sah ihn wohl so leidend an, dass er fragte, ob es ihnen nicht geschmeckt habe.

»Doch, es war köstlich, die beste Polenta, die ich je gegessen habe. Ich bin nur schon satt, ich kann nicht mehr.«

Er schien ihr nicht zu glauben.

»Ich fürchte, es hat euch nicht geschmeckt.«

»Wirklich nicht«, versuchte sie ihn zu überzeugen. »Ich mache nur eine kleine Pause, okay?«

Er nickte. Dann düste er weiter, die Teller mit dem Lamm ließ er ihnen aber da.

»Der Arme, musst du ihn so leiden lassen?«, fragte Alena und zwinkerte Mara zu.

»Wieso denn? Ich bin nur so was von satt!«, rief sie.

»Iss wenigstens so viel du kannst«, schlug Alena vor.

»Wie können die Italiener so viel essen und nicht alle übergewichtig sein?«

»Das frage ich mich auch«, sagte Alena und stopfte sich das letzte Stück Fleisch in den Mund. »Aber vermutlich hatten sie kein Eis als Vorspeise.«

Mara merkte, wie ihr Magen drückte, doch sie wollte nicht als Schwächling dastehen. Die Hälfte schaffte sie gerade so. Anschließend versuchte sie den Trick aus ihrer Kindheit, alles schön in einer Ecke zusammenzuschieben, damit es nach einem Anstandsrest aussah.

»Jetzt bin ich aber auch satt«, musste Alena zugeben.

Die anderen Gäste hatten wohl den ganzen Tag noch nichts gegessen, denn ihre Teller waren alle leer. Doch der Nachtisch kam nicht. Einige der Gäste standen bereits von ihren Tischen auf.

»Ich glaube, die in der Küche haben gemerkt, dass wir eine Pause brauchen«, meinte Alena schmunzelnd.

Kurz darauf steuerte Davide wieder auf ihren Tisch zu.

»Und?«, fragte er.

»Fantastisch«, sagte Alena. »Meine Freundin isst nie viel. Die Tatsache, dass sie nur so wenig übrig gelassen hat, zeigt, dass es ihr sehr gut geschmeckt hat.«

Er lächelte. »Dann machen wir erst einmal eine Pause vor dem Nachtisch, denn der muss gegessen werden.«

»Dafür gibt es doch einen Extramagen«, entgegnete Mara.

Alle drei lachten. Bald darauf brachte die Köchin einen frisch gebackenen Kuchen, der recht unspektakulär aussah. Doch auch er schmeckte hervorragend. Heimlich packte Mara ihn in ihre Tasche, nachdem sie probiert hatte, um ihn später zu essen. Er passte beim besten Willen nicht mehr in ihren Magen.

Zum Abschluss gab es einen selbst gemachten Likör. Mara nahm sich fest vor, am nächsten Tag nach dem Frühstück bis zum Abendessen nichts zu essen, oder einfach nur um die Vorspeise und den Nachtisch zu bitten.

Übermüdet und übersättigt gingen sie ins Bett und schliefen sofort ein. Doch kurze Zeit später wachte Mara auf. Sie fragte sich, wie es ihrer Großmutter ging und beschloss, sie anzurufen. Damit sie Alena nicht weckte, ging sie ins Bad. Vielleicht war ihre Großmutter noch wach, doch falls sie schlief, würde sie das Klingeln nicht stören, denn das Telefon stand im Wohnzimmer. Tatsächlich nahm ihre Großmutter sofort den Hörer ab.

»Ciao Nonna, ich wollte mich einfach nur melden.«

»Wer ist dran?«

»Nonna, ich bin es, Mara, deine Enkelin. Ich bin gerade in Pliva.«

»In Pliva? Was machst du da?«

»Ich will dein Geburtshaus aufsuchen und ich habe einen netten jungen Mann kennengelernt«, antwortete Mara.

»Ist er hübsch?« Ihre Großmutter klang so, als würde sie lächeln.

»Sehr, Nonna, er hat wunderschöne grüne Augen.«

»Wie heißt er?«

»Davide.«

»Ein schöner Name«, meinte ihre Großmutter. »Aber gib acht, dass er dich nicht verletzt, Männern mit schönen Augen darf man nicht trauen.«

Nachdem sie aufgelegt hatte, dachte Mara über diesen Satz nach. Sollte sie vorsichtig sein? Von klein auf hatte sie diese Warnungen gehört – »*Männer sind Schweine, sie wollen nur das eine, sei nur vorsichtig!*« Sie musste zugeben, dass diese Sprüche eine große Wirkung auf sie hatten. Sie traute dem anderen Geschlecht unbewusst nicht. Deshalb war sie Männern gegenüber so verschlossen und unsicher. Das ärgerte sie. Warum konnte sie nicht so frei und selbstbewusst sein wie Alena?

Am nächsten Morgen wurden Mara und Alena von lautem Vogelgesang, gepaart mit dem Krähen des Hahns geweckt.

»Klappe«, rief Alena und zog sich ihr Kissen über den Kopf.

Es war erst sechs Uhr. Alena schlief rasch wieder ein, aber Mara lag im Bett und starrte die Decke an. Der Schlaf wollte nicht mehr kommen. Schließlich gab sie es auf, ging duschen und lief hinunter ins Erdgeschoss. Sie entschied spontan, einen kleinen Spaziergang zu machen. Ihr Weg führte sie wieder ins Dorf, es wirkte noch verlassener als am Tag zuvor. Sie setzte sich auf die Treppenstufen vor der Kirche, da dies der einzige schöne Platz war. Dort schloss sie die Augen und genoss die Ruhe.

Plötzlich drangen italienische Worte an ihr Ohr. Vor ihr stand der alte Mann vom Vortag. Im ersten Moment hatte sie Angst, als er so ausdruckslos auf sie herabblickte. Doch mit einem Mal empfand sie ihn nicht mehr als furchteinflößend. Sein Blick hatte viel eher etwas Trauriges.

»Ich spreche kein Italienisch ... sprechen Sie Englisch?«, stotterte sie auf Italienisch.

In fast fließendem Englisch fragte er: »Was machen Sie hier?«

»Urlaub.«

Er rang sich ein Lächeln ab.

»Möchten Sie sich zu mir setzen?«, fragte Mara, ohne zu wissen, warum. Irgendwie tat er ihr leid.

»Ich weiß nicht, ob ich es schaffe, wieder aufzustehen«, wandte der alte Mann ein.

Mara lächelte. »Bestimmt, sonst helfe ich Ihnen. Aber wir können uns auch dort drüben hinsetzen.«

Sie zeigte auf eine Bank. Als er nickte, stand Mara auf und ging mit ihm zu der Bank.

»Sind Sie hier geboren?«, fragte sie, nachdem sie sich gesetzt hatten.

»Ich habe fast mein ganzes Leben hier verbracht.« Er sah sie an. »Entschuldigen Sie, dass ich Sie so anstarre, aber Sie erinnern mich an ein Mädchen aus meiner Jugend.«

Ob er wohl ihre Großmutter meinte? Er lebte schon lange hier und war in einem ähnlichen Alter – oder vielleicht sogar noch ein paar Jahre älter als Nonna. Und Mara wusste, dass sie ihrer Großmutter ähnlich sah.

»Darf ich fragen, wie alt Sie sind?«, platzte Mara heraus.

»Ich?« Er lachte. »Sehr alt, mein Kind. Nächsten Monat werde ich neunundachtzig.«

»Wie sah sie aus? Ich meine, das Mädchen«, fragte Mara.

»Sie sah Ihnen sehr ähnlich. Ich habe Sie schon gestern hier gesehen und die Ähnlichkeit bemerkt.«

Und sie hatte Angst vor seinem Blick gehabt! Mara lächelte über sich selbst.

»Woher kommen Sie?«, fragte der Alte.

»Aus Deutschland.«

Er nickte. »Ein sauberes Land.«

Sie musste lachen. »So kann man es auch sehen.«

Dann betrachtete er sie wieder.

»Sehe ich ihr so ähnlich?«

Er nickte und sie bemerkte, dass er Tränen in den Augen hatte.

»Ich habe seit Jahren nicht mehr geweint, aber wenn ich Sie so anschaue, muss ich an früher denken und …« Er wischte sich die Tränen ab. »Ich bin ein alter Mann, verzeihen Sie.«

»Es zeugt von Charakterstärke, wenn man Emotionen zeigen kann.« Mara gebrauchte eine Phrase, die sie in einem Kinofilm aufgeschnappt hatte. Aber sie fand, dass diese gut passte.

»Wenn man alt wird, holt einen die Vergangenheit ein, so wie mich jetzt«, bekannte der alte Mann.

»Aber was wühlt Sie denn so auf?«

»Entschuldigen Sie, wie ist Ihr Name?«, fragte er.

»Mara.«

»Ich bin Matteo.«

Mara erstarrte, als sie den Namen hörte. Konnte das sein? War das der Matteo, von dem ihre Großmutter gesprochen hatte? Der eventuell sogar die große Liebe ihrer Großmutter war? Wobei, so genau hatte Nonna das nicht gesagt. Sie hatte ihr nur aufgetragen, einen Matteo zu suchen, der Licht in ihre Familiengeschichte bringen konnte.

Andererseits war Matteo ein sehr häufiger Vorname in Italien. Aber der alte Mann hatte gesagt, dass sie einer Frau aus seiner Jugend ähnlich sah. Damit konnte er doch nur Nonna gemeint haben. Mara überlegte, ob sie ihn nach dem Namen der Frau fragen sollte. Aber der alte Mann wirkte so aufgewühlt, dass sie nicht recht wusste, wie sie es anfangen sollte.

In diesem Moment wurden sie von der lauten Stimme seiner Pflegerin unterbrochen, die einen italienischen Wortschwall losließ. Aufgrund der Ähnlichkeit zum Französischen konnte Mara ein paar Worte verstehen und ihre Gesten sagten das Übrige. Offensichtlich war sie in großer Sorge, weil Signore Costantini verschwunden war. Und nun flirtete er mit einer jungen Frau. Mara wurde rot.

Der alte Mann lächelte. »Ich hoffe, wir sehen uns bald wieder.« Danach sah er die Pflegerin mürrisch an und sagte etwas wie: »Ich bin kein unmündiges Kind, Sie werden dafür bezahlt, höflich und freundlich zu sein.«

Mara war überrascht, wie schnell sein freundlicher Ton scharf und streng wurde. Doch er ging mit der Pflegerin mit.

Die junge Frau dachte über diese Begegnung nach. Hatte die Pflegerin ihn gerade Signore Costantini genannt? War dieser Mann etwa Davides Großvater? Andererseits konnte Mara keine große Ähnlichkeit zwischen den beiden erkennen.

»Ich wohne in der *Villa Rosa*«, rief sie ihm hinterher.

Er nickte, als sei es das Natürlichste auf der Welt, dass sie dort wohnte. *Vielleicht ist es das auch*, dachte Mara. *Schließlich ist es die einzige Unterkunft für Touristen in Pliva.*

102

Mara winkte ihm unschlüssig hinterher. Schließlich fing sie sich und ging zurück zur Pension. Sie war aufgeregt und versuchte, ihre Gedanken zu sortieren. War sie hier gerade auf ein Puzzlestück gestoßen, das ihr helfen würde, die Geschichte ihrer Familie aufzudecken?

Als sie die Villa erreichte, war Davide mit den Vorbereitungen für das Frühstück beschäftigt.

Mara gesellte sich zu ihm und fragte: »Kann es sein, dass ich gerade deinen Großvater im Ort gesehen habe? Ich habe mit einem älteren Herrn gesprochen, er hieß Matteo Costantini.«

»Ja, das ist mein Großvater«, antwortete Davide. »Er irrt ständig durch den Ort und erschreckt die Leute mit seiner schlechten Laune. Dabei sollte er sich lieber schonen. Seine Pflegerin hat keinen leichten Job, sie muss ihn immer wieder suchen.«

Davide wandte sich einer riesigen Kaffeemaschine zu und hatte offensichtlich noch viel zu tun, deshalb ließ sie ihn alleine. An einem Fenstertisch saß ein Paar, das sich im Wiener Dialekt unterhielt, ansonsten war der Frühstücksraum leer.

Mara überlegte nachzuschauen, ob Alena schon wach war, doch stattdessen setzte sie sich allein an einen freien Tisch. Sie konnte genauso gut hier auf ihre Freundin warten. Bald darauf brachte Davide ihr einen Korb mit frischem Brot, hausgemachte Marmelade und einen Cappuccino. Dabei strahlte er sie an.

Mara spürte, dass sie rot wurde. Immerhin: Auch wenn sie noch nicht wusste, ob sie bei dieser Reise etwas über das Familiengeheimnis herausfinden würde, so wurde sie doch zumindest von einem gutaussehenden Mann angelächelt. Und das fühlte sich gut an.

Plötzlich tauchte Giuseppina neben ihm auf und neckte in gutem Englisch: »Davide kommt aber häufig an Ihren Tisch.«

Mara wurde rot und Davide gab seiner Kollegin einen freundschaftlichen Seitenhieb. In diesem Moment wurde er von den Österreichern an ihren Tisch gerufen.

»Kann ich Ihnen noch etwas bringen?«, fragte Giuseppina lächelnd. Sie war Anfang dreißig und trug ein Kleid, das ihre Kurven betonte. Die dunklen Locken hatte sie zu einem großen Dutt zusammengesteckt.

Mara schüttelte den Kopf. In diesem Moment kamen die übrigen Gäste herein und Giuseppina und Davide waren so beschäftigt, dass es keine Gelegenheit mehr für Gespräche gab.

Da Alena nicht kam, frühstückte Mara allein. Anschließend machte sie einen kleinen Spaziergang durch den großen Garten hinter dem Haus. Dort traf sie Giuseppina, die jetzt Gummistiefel und eine Latzhose trug. Sie grub Kartoffeln aus.

»Sie sind aber fleißig. Ich dachte, Sie wären noch in der Küche beschäftigt.«

»Davide wird das allein meistern, ich bin am liebsten hier im Garten. Ich bin übrigens Giuseppina.«

»Seit wann arbeitest du hier in der Villa?«

»Von Anfang an«, antwortete die Italienerin, »seit Davide das alles übernommen hat. Er hat sich wirklich hohe Ziele gesetzt. Das war eine richtige Bruchbude. Als Kinder haben wir gedacht, dass es auf dem Anwesen spuken würde. Aber den Garten fanden wir toll, der war komplett zugewachsen, wie ein Urwald.«

»Hat denn niemand hier gewohnt? Nicht einmal Davides Großeltern?«

»Was? Nein, früher gehörte das Haus feinen Leuten. Davides Großvater hat es erst später erworben«, erklärte Giuseppina.

Mara nickte, doch ihre Gedanken rasten und sie versuchte, in ihrem Kopf die Puzzleteile zusammenzusetzen.

Giuseppina unterbrach die Kartoffelernte, stand auf und sagte: »Eigentlich dachten wir alle, dass dieses Haus verrotten würde, doch Davide hat den alten Mann überzeugt, es ihm zu überlassen.«

»Und wie lange kennst du Davide schon?«

Die Italienerin lachte und antwortete: »Wir sind gemeinsam aufgewachsen. Im Kindergarten waren wir unzertrennlich. Ab der zweiten Klasse hatte jeder andere Freunde, aber wir haben immer noch viel zusammen gemacht, auch später als Teenager. Doch irgendwann haben wir uns aus den Augen verloren. Ich habe Landwirtschaft studiert, er Wirtschaft. Während ich Praktika im Stall gemacht habe, war Davide in England bei großen Firmen. Er war wirklich sehr erfolgreich. Und dann zog er irgendwann nach Pliva und begann, das Haus zu renovieren. Seitdem bin ich dabei.«

So begeistert, wie Giuseppina erzählte, hatte Mara das Gefühl, dass es für sie mehr war, als nur ein Job. Die Arbeit schien sie wirklich zu erfüllen, aber vielleicht lag es ja auch an ihrem attraktiven Chef. Ob die beiden ein Paar waren? Mara verspürte einen kleinen Stich.

»Und jetzt hat Davide seine Hemden und Krawatten gegen Spaten und Kochlöffel getauscht«, fuhr Giuseppina fort.

Sie lachten beide.

»Warum hat der Großvater denn das Haus gekauft, um es danach verrotten zu lassen?«

»Ach, das weiß niemand so genau. Signore Costantini war immer ein Einzelgänger, hatte lange Jahre nur zu seiner Familie Kontakt. Er wohnt erst wieder hier, seit er in Rente ist. Vorher hat er in Mestre gelebt. Da sind Davide und ich aufgewachsen, aber in den Ferien war ich immer bei meiner Oma hier in Pliva, da hab ich meine Liebe zur Landwirtschaft entdeckt. Deshalb hab ich mich so gefreut, als Davide die Villa übernommen hat.«

»Ach so, ich dachte, Davide sei auch hier aufgewachsen, weil er die Region so liebt.«

»Nein, er kam auch nur manchmal in den Ferien zu Besuch, zusammen mit seinem Großvater. Der hatte früher einen Bruder oder eine Schwester hier. Und da haben wir manchmal im Garten des Palazzo gespielt, Feigen gegessen und uns Schauergeschichten über das Haus erzählt. Vor Signore Costantini habe ich mich immer ein wenig gefürchtet. Wie gesagt, wenn man ihm zu nahe kommt ...« Giuseppina machte eine Handbewegung, um zu zeigen, dass man sich an ihm die Finger verbrennen konnte. »Meine Oma hat mir vor vielen Jahren eine Geschichte erzählt, die sich hier in Pliva angeblich zugetragen hat. Wenn ihre Andeutungen stimmen, könnte das der Grund dafür sein, dass Signore Costantini so grantig ist.«

Mara wurde hellhörig. »Worum geht es in dieser Geschichte?«

»Es ist eine traurige Liebesgeschichte. Hier wohnten wie gesagt einflussreiche Leute, denen sehr viel Land gehörte ... Aber eigentlich müsste ich ganz von vorn anfangen.«

»Meine Großmutter hat mir auch etwas über diesen Ort erzählt.« Mara fasste kurz zusammen, was sie von Nonna über Lina und Matteo gehört hatte.

»Ja, das ist die gleiche Geschichte. Dann weißt du ja schon ein bisschen was darüber.«

»Ist der Matteo in der Erzählung Davides Großvater?«

»Ich bin nicht sicher. Meine Oma ist viel jünger als er – sie hat mit sechzehn geheiratet und hatte ein paar Monate später ein Baby. Verhütung gab's damals ja nicht. Und meine Mutter hat auch früh Kinder bekommen. Meine Oma kennt die Geschichte daher nur vom Hörensagen. Und Davides Großvater ist ein sehr schweigsamer Mann.«

»Mit mir hat er sich ein bisschen unterhalten«, antwortete Mara.

»Ja? Das ist ungewöhnlich. Na ja ... willst du wissen, was man sich im Dorf noch über Lina und Matteo erzählt? Dann sollten wir es uns gemütlich machen.«

Giuseppina setzte sich auf ein sonnenbeschienenes Fleckchen Erde. Mara tat es ihr gleich und hörte ihr gebannt zu.

8.

Der Spätsommer machte sich bemerkbar, bald würden die sonnigen Tage vorbei sein und der kühle Herbst Einzug halten. Im Ort sah man jetzt immer öfter deutsche Soldaten patrouillieren. Während die alten Männer im Dorf viel über Politik redeten – Mussolini war von den Deutschen befreit worden und hatte mit Unterstützung der Wehrmacht eine neue Republik ausgerufen, die er vom nahen Gardasee aus führte – plagten Vida ganz andere Sorgen. Wie sollte sie an ausreichend Holz kommen, damit sie den bevorstehenden Winter überstehen konnten?

Wann sollte sie sich darum kümmern, bei der ganzen Feldarbeit, die zu erledigen war? Wieder überfielen sie die Sorgen ums blanke Überleben. Sie und ihre Tochter waren ganz auf sich gestellt. Sie selbst war Mann und Frau zugleich. Es war ja nicht nur die eigene Feldarbeit, die erledigt werden musste, sondern auch die für die anderen Dorfbewohner. Jeder half beim anderen mit, so musste man keine Arbeiter bezahlen. Überhaupt fehlten die jungen Männer, die wohl noch länger im Krieg bleiben mussten, als sie gedacht hatten.

Vida ging aus dem Haus, um nach den Hühnern zu sehen. Angelina war schon dort und sammelte die Eier ein. Plötzlich hörten sie ein lautes Bellen.

»Ist das der Köter von Signore Parisi?«, fragte Vida.

Sie konnte den Hund aus der Entfernung nicht genau erkennen. Lina zuckte mit den Schultern, sie wusste nicht, wie das Tier der Parisis aussah. Als sie die Tür des Hühnerstalls verschlossen hatten und ins Haus zurückgehen wollten, blieben beide wie erstarrt stehen. Ein riesiger Schäferhund stand im Gartentor und sah sie misstrauisch an. Doch dann ertönte ein lautes Rufen und Vida sah erleichtert, dass Signore Parisi sich auf einem Pferd näherte. Auf ihn würde der Hund hören. Parisi war der einflussreichste Mann in der Gegend. Ihm gehörte viel Land und er hatte ein großes Haus, einen kleinen Palazzo. Vidas Mann hatte früher für den älteren Signore Parisi gearbeitet. Er hatte einen tödlichen Unfall erlitten, als er auf dessen Hof ein Scheunendach reparierte. Deshalb bekam Vida eine Art Rente in Naturalien.

Signore Parisi war Mitte dreißig, er sah sehr gut aus, war schlank und groß und hatte dichtes schwarzes Haar. Er trug eine elegante Hose mit Hemd und einen Hut, dazu glänzende braune Lederstiefel.

»Leo, Platz, still!«, befahl er, und der Hund setzte sich neben sein Herrchen. »Ich hoffe, der Hund hat Sie nicht zu sehr erschreckt? Wie geht es Ihnen, Vida?«

Sie versuchte zu lächeln, war aber immer noch eingeschüchtert von dem großen Hund.

»Ach, wie soll es einer armen Witwe gehen«, begann sie schließlich zu lamentieren.

Lina war das Benehmen ihrer Mutter sehr unangenehm. Ein bisschen Stolz musste man sich doch bewahren, dachte sie. Und vor allem sollte Vida sich vor dem gutaussehenden Signore nicht wie eine Bettlerin benehmen. Doch ihre Mutter hoffte wohl, dadurch etwas Mitleid zu erwecken und vielleicht mehr als nur einen Sack Mehl zu bekommen.

»Ist das Ihre Tochter?«, fragte Parisi.

Vida nickte stolz. »Das ist meine Angelina.«

»Schon so groß geworden?«

»Ja, sie ist schon fünfzehn Jahre alt.«

Er lächelte. »Und wie geht es Ihrer anderen Tochter?«

»Sie ist verheiratet und wohnt jetzt ein gutes Stück weg, bei Campocroce.«

Parisi nickte. »Kommen Sie einfach morgen bei uns vorbei, ich lasse Ihnen einige Vorräte richten. Es muss schwierig sein, allein ein Kind großzuziehen.«

»Gott allein weiß, wie schwer es ist und wie oft wir mit leerem Magen ins Bett gehen. Und jetzt kommt auch noch der Winter und ich weiß nicht, wie wir das Holz zusammenkriegen sollen.«

Peinlich berührt sah Lina zu Boden.

Parisi antwortete freundlich: »Gehen Sie einfach in meinen Wald, dort können Sie sammeln, so viel Sie brauchen. Wir werden in den nächsten Tagen sowieso einige Bäume fällen.«

»Ich bin alt, wie sollen wir das tragen?«, fragte Vida verzagt.

»Ich werde mir etwas überlegen«, versprach Parisi und lenkte sein Pferd Richtung Dorf. Er wandte sich jedoch noch einmal um und sagte: »Schicken Sie Ihre Tochter, ich werde meinen Arbeitern Bescheid geben.«

Signore Parisi sah Lina freundlich an. Fasziniert sah sie in seine blauen Augen. Sie kannte niemanden im Dorf, der diese Augenfarbe und schwarzes Haar hatte.

»Gott segne Sie und Ihre Familie für Ihre Großherzigkeit«, sagte Vida und beugte sich ehrfürchtig vor.

»Ist schon gut«, wehrte Parisi mit einer Handbewegung ab. Dann pfiff er nach seinem Hund und rief: »Leo!«

Bald war er hinter den nächsten Bäumen verschwunden.

»Gut, dass dein Vater von ihrem Dach gefallen ist und nicht von unserem, sonst wären wir verloren«, sagte die Mutter, als er weg war. »Lina, vielleicht hat Signore Parisi ja einen Cousin, den du heiraten kannst, die haben sogar ein Auto. Stell dir vor, ein Auto!«

Lina warf ihrer Mutter einen bösen Blick zu. Sie wollte nicht mit Unbekannten verkuppelt werden. Aber sie war beeindruckt von diesem gutaussehenden Mann, der auch noch so freundlich war. Den Rest des Tages dachte sie über ihn nach. Mit seinem Bild vor Augen schlief sie ein und freute sich darauf, mit ihrer Mutter die Nahrungs-mittel am Palazzo abzuholen. Vielleicht würde sie ihn dort wiedersehen.

* * *

Am nächsten Tag gingen Angelina und ihre Mutter mit einem kleinen Karren zum Palazzo der Parisi, Matteo half ihnen, diesen zu ziehen. Der Gärtner öffnete das große Eisentor.

»Hallo, Vida, wie geht es euch?«

»Gott sei Dank gibt es gute Menschen, die uns immer wieder helfen.«

»Faustina weiß schon Bescheid, sie hat in der Küche hinten die Vorräte bereitgelegt.«

»Gott segne sie«, sagte Vida.

Matteo und Lina bestaunten den Palazzo. Ein Schotter-weg führte zum Eingang, gesäumt von Bäumen und Blu-men, und vor dem Haus stand ein Automobil der Marke Lancia. Aprilia hieß das Modell. Lina hatte das Gefühl, eine andere Welt zu betreten. Hier war alles bunt und sauber und schön. Das machte ihr aber auch ein bisschen Angst.

Sie gingen um das Haus herum in den Hinterhof, wo sich ein Gemüsebeet und gleich daneben die Küche befanden. Faustina war gerade im Garten. Die kleine, dicke Frau mit dem runden Gesicht trug über ihrem dunklen Kleid eine große weiße Schürze und schützte sich mit einem Kopftuch vor der Sonne.

»Hallo, Vida, wie geht es dir?«, grüßte sie, dann sprang sie auf und lief, ohne eine Antwort abzuwarten, in die Küche.

Die drei warteten geduldig, bis sie wiederkam.

»Entschuldigt, ich musste die Suppe umrühren. Der Signore hat gesagt, ich soll euch Vorräte richten. Die Sachen stehen hier vor der Tür.«

Sie zeigte auf eine Bank, auf der zwei Säcke Mehl und einige andere eingepackte Dinge lagen. Lina und Matteo rochen luftgetrocknete Salami.

»Ich hab dir auch ein bisschen Zucker eingepackt.«

Die Köchin zwinkerte Vida zu. Die Witwe wusste nicht, was sie sagen sollte, stattdessen umarmte sie Faustina. Schließlich flüsterte sie: »Danke.« Sie weinte dabei fast.

»Hör auf, das ist nicht von mir, sondern vom Signore. Wie seinem Vater, Gott hab ihn selig, tut es ihm leid, was deinem Giuseppe passiert ist, hier bei uns auf dem Hof.«

Vida zuckte mit den Schultern und unterdrückte ein Schluchzen. Währenddessen begannen Matteo und Lina, die Waren in den Karren zu legen.

Faustina musterte die zwei genauer. »Wer ist denn der Junge?«

»Das ist Matteo, vom Olivenhof. Der hängt doch mit meiner Lina herum, seit die beiden in den Windeln lagen.«

112

»Immer noch wie Pech und Schwefel ihr zwei, was?«

Die beiden lächelten beschämt. Die Köchin ging noch einmal hinein und holte Bonbons für sie. Die Jugendlichen bedankten sich höflich und Faustina verschwand wieder im Haus. Lina warf noch einen schnellen Blick in die Küche. Diese war riesig, zweimal so groß wie das Haus, das sie mit ihrer Mutter bewohnte. Bisher war sie immer zufrieden gewesen, sie waren zwar arm, aber selten musste sie hungern. Jetzt, wo sie sah, dass es große, schöne Küchen gab, in denen Salamis hingen und Kuchen und wunderbar riechende Suppen zubereitet wurden, fühlte sie sich plötzlich arm.

Sehnsuchtsvoll betrachtete sie das Haus, doch schon rief ihre Mutter: »Lina, komm, wir müssen heim.«

Gemeinsam zogen sie den Karren. Beim Hinausgehen sahen sie den Hausherrn. Er kam Lina wie eine Erscheinung vor, wie jemand, den man nur aus der Ferne bewundern durfte.

Die nächsten Tage hatte Lina nicht viel Zeit für Matteo. Ihre Mutter spannte sie für Handarbeiten, Sticken und Putzen ein, denn sie wollte ihre Tochter für den Heiratsmarkt vorbereiten.

An einem Morgen ging Vida zu Matteo, als dieser gerade die Schweine fütterte. Der Junge wohnte mit seinem Bruder und seinen Eltern etwas näher am Ortskern. Auch sie waren Bauern, einfache Leute, aber sie hatten Kühe, Schweine und einige Olivenbäume und sie kamen einigermaßen über die Runden. Zwei ihrer Töchter waren bereits glücklich verheiratet, die eine mit dem Schuster Peppe, die andere hatte sich einen Lehrer geangelt. Die dritte arbeitete als Hausmädchen in der Stadt.

»Hast du Lust, meiner Lina beim Holzsammeln in Signore Parisis Wald zu helfen?«, fragte Vida. »Damit sie nicht allein dorthin gehen muss.«

Eigentlich wäre Matteo sofort mitgegangen, doch er erinnerte sich, dass Lina in letzter Zeit etwas abweisend gewesen war, und deshalb sagte er stolz: »Ich kann nicht, ich muss meinen Eltern helfen.«

Vida sah ihn lange an und rügte schließlich: »Aha, nur wenn es um Dummheiten geht, bist du zur Stelle, was?«

»Na gut, dann morgen, ich kann morgen mitkommen.«

»Danke, mein Junge.«

Sie lächelte, blieb noch kurz stehen und sagte: »Nach dem Mittagessen.«

Matteo nickte und wandte sich wieder den Schweinen zu.

Am nächsten Tag gingen Lina und Matteo schweigend miteinander durch den Wald und sammelten abgebrochene Äste. Es gab nicht viele, doch schließlich entdeckten sie eine große Eiche, die auf dem Boden lag. Die Arbeiter mussten sie vor Kurzem gefällt haben und die Äste waren bereits abgesägt worden.

»Die nehmen wir«, sagte Lina bestimmt.

Die beiden jungen Leute waren gerade dabei, die großen Äste mit einer dicken Schnur zusammenzubinden, als sie eine Stimme hinter sich hörten: »Seid ihr schön fleißig?«

Der Signore war plötzlich aufgetaucht. Beide nickten, ohne ein Wort zu sagen. Sie waren eingeschüchtert von diesem feinen Herrn und seinem Hund, der ihn überallhin begleitete.

Matteo wagte es nicht einmal, davon zu träumen, jemals so reich zu werden wie die Parisi, und eigentlich wollte er das auch nicht. Er wünschte sich ein paar Hühner,

Schweine, ein kleines Haus ... und Lina. Mehr brauchte er nicht, um glücklich zu sein.

Doch seine Freundin benahm sich anders als sonst. Es war fast so, als hätten sich ihre Wünsche für ihr Leben verändert, seit sie einen Blick in die Küche der Parisi geworfen hatte.

Der Signore lächelte sie an und fragte: »Ist dies dein Verlobter?«

Lina warf einen Blick auf Matteo und rief: »Nein, auf keinen Fall, das ist nur ein Junge, der mir hilft.«

Matteo schaute auf. Der Satz bohrte sich wie ein Messer in seine Brust. Lina hatte sich nicht nur von ihm losgesagt, nein, sie empfand es sogar offensichtlich als undenkbar, dass er ihr Verlobter sein könnte. Tief verletzt sah er sie an, nahm das gesammelte Holz und ging davon. Lina rief ihm hinterher: »Matteo, warum gehst du jetzt?«

»Ich muss nach Hause«, kam es mürrisch zurück.

»Warte auf mich!«, rief Lina.

Sie musste sich beeilen, wenn sie ihn noch einholen wollte, aber sie musste erst ihr Holz aufsammeln. Entmutigt sah sie sich um.

»Lass ihn gehen. Ich helfe dir tragen«, sagte Signore Parisi neben ihr.

Der Herr war sich tatsächlich nicht zu schade, das Holz, das Matteo übrig gelassen hatte, aufzuheben und ihr beim Tragen zu helfen.

»Das müssen Sie nicht tun«, sagte Lina schüchtern.

»So ein schönes Mädchen darf kein Holz tragen, du bist doch eine Dame!«, meinte er mit einem Zwinkern.

Lina kicherte. Das Herz schlug ihr bis zum Hals. Sie war jetzt sogar froh, dass Matteo gegangen war. Nur weil sie gesagt hatte, dass er nicht ihr Verlobter war! Was dachte er eigentlich, wer er war? Als sie aus dem Wald traten, trug der Signore ihr das Bündel mit Holzscheiten noch bis zur Straße.

»Bis zu dir nach Hause ist es nicht mehr weit. Schaffst du es alleine?«, fragte er.

Sie nickte.

»Du kannst morgen Nachmittag wiederkommen, ich helfe dir gern beim Tragen.«

Parisi half ihr, das Holz auf ihren Rücken zu spannen und sie hauchte ein leises »Danke«.

Dann schlug sie den Heimweg ein. Obwohl das Holz schwer war, fühlte es sich sehr leicht an. Lina war überglücklich. Der feine Signore hatte ihre Schönheit bewundert! Dabei hatte sie sich bis jetzt über ihr Äußeres noch nie Gedanken gemacht. Sie drehte sich noch einmal um und sah, dass er ihr hinterherschaute. Er winkte ihr sogar zu.

9.

»Giusi!«, erklang plötzlich Davides Stimme und Mara wurde schlagartig aus der Vergangenheit gerissen, in die sie dank der Erzählung eingetaucht war. Giuseppina sagte etwas auf Italienisch, es klang wie ein Fluchwort.

»Ich hab vor lauter Erzählen meine Arbeit vergessen!«, erklärte sie dann auf Englisch. »Ich werde immer ganz wehmütig, wenn ich an diese alten Zeiten denke. Die Menschen in den ländlichen Regionen haben damals noch fast so gelebt wie ihre Vorfahren zweihundert Jahre zuvor. Sie haben die Felder mit Ochsenkarren bewirtschaftet und viele waren sehr arm. Die Moderne hat hier erst einige Jahre nach dem Krieg Einzug gehalten.«

»Du musst mir unbedingt mehr von Lina und Matteo erzählen«, bat Mara.

Vor allem wollte sie mehr über die Familie Parisi erfahren. Ihre Vorfahren? Sie war aufgeregt.

»Ich bin auch eine Parisi«, fügte sie als Erklärung hinzu.

»Ach so? Und deine Großmutter stammt von hier? Heute gibt es keine Parisi mehr in dieser Gegend.«

»Ja, das hat Davide schon gesagt. Bitte erzähl mir mehr.«

»Gerne, aber heute nicht mehr.«

Giuseppina wandte sich zum Gehen und meinte: »Es ist nur eine Geschichte, die man sich hier seit langer Zeit erzählt. Vielleicht hat sie sich jemand ausgedacht.«

Nein, das glaubte Mara nicht. »Giuseppina?«, rief sie ihr hinterher.

Die hübsche Frau mit den glatten braunen Haaren und den braunen Augen drehte sich um.

»Warum hast du mir diese Geschichte erzählt?«

Giuseppina zuckte mit den Schultern.

»Ich weiß nicht, ich liebe Märchen und Legenden.«

Mara nickte und blieb auf dem Boden sitzen. Sie dachte über das nach, was sie gehört hatte und war irritiert. In der Geschichte kamen sowohl ein Matteo als auch ein Herr Parisi vor. War diese Lina etwa ihre Großmutter? Doch das Alter passte nicht.

Schließlich raffte die junge Frau sich auf und ging hinein. Im Flur traf sie ihre Freundin.

»Wo bist du denn gewesen?«, fragte Alena.

»Im Garten. Du hast so fest geschlafen und dann hab ich mich mit Giuseppina, der Köchin und Gärtnerin unterhalten.«

»Du hättest mir einen Zettel schreiben können«, rügte Alena.

Mara wunderte sich, denn normalerweise war Alena nicht leicht zu verärgern. Ihre Freundin wirkte auch seltsam nachdenklich.

»Was ist denn los?«

»Ich habe ein Angebot für einen Job.«

»Aber das ist doch was Schönes, warum machst du denn keine Luftsprünge?«, erkundigte sich Mara verwirrt.

»Ich soll sofort anfangen«, erwiderte Alena.

Mara sah sie entgeistert an: »Du meinst, wir müssen zurückfahren, weil du sonst diesen Job nicht bekommst?«

»Ja. Es ist genau das, was ich schon immer machen wollte. Und jetzt dürfte ich da als Hiwi mitarbeiten und würde gutes Geld verdienen.«

»Und was ist das für ein Job?«

»In einem Forschungszentrum, die machen da unterschiedliche Studien und ich dürfte das organisieren. Die brauchen jemanden ab nächster Woche, weil sie irgendwelche Abgabefristen einhalten müssen. Die wollen das Projekt für irgendeinen Wettbewerb anmelden. Die Studentin, die sie eigentlich dafür eingestellt hatten, ist kurzfristig ausgefallen – hat sich im Urlaub verliebt und ist in den sonnigen Süden gezogen oder so. Und ich war von den Bewerbern auf Platz 2. Das ist echt eine Riesenchance, vor allem, weil die Aussicht besteht, dort übernommen zu werden.«

Mara nickte verwirrt und meinte mit gespielter Freude: »Herzlichen Glückwunsch! Dann fahren wir eben heute zurück.«

Bei dem Gedanken wurde sie schrecklich traurig.

»Nein, zwei Tage kann ich noch bleiben«, widersprach Alena. »Als Hiwi arbeite ich ja sowieso nur ein paar Stunden pro Woche. Ich nehme morgen Abend oder am Sonntag den Zug, dann kannst du noch länger bleiben.«

»Alleine?«, fragte Mara entsetzt.

»Du bist erwachsen! Außerdem bist du hier gut aufgehoben.«

»Auf keinen Fall«, protestierte Mara.

»Komm, lass uns erstmal eine Tasse Kaffee trinken«, bat Alena.

Die Küche hatte jedoch schon geschlossen. Auf dem Weg zurück zum Zimmer begegneten sie Davide.

»Kann ich euch helfen?«, fragte er.

»Könnten wir einen Kaffee bekommen? Alena hat das Frühstück verpasst.«

»Ich schaue mal, was ich tun kann«, antwortete er. »Kommt mit.«

Die beiden Frauen folgten ihm in den Salon, wo Davide in der Küche verschwand. Wenig später kam er mit zwei Tassen Cappuccino, etwas Brot und Marmelade heraus.

»Ich hoffe, das stillt euren Hunger.«

Die beiden lächelten und bedankten sich.

»Und was wollt ihr heute unternehmen?«, fragte Davide.

»Was empfiehlst du denn?«, fragte Alena.

»Ihr könnt natürlich nach Venedig fahren, aber es gibt auch hier in der Gegend ein paar sehr hübsche Dörfer und einige Wanderwege.«

»Jetzt ist es schon so spät und ich muss am Nachmittag noch was tun ... lohnt sich das überhaupt, heute nach Venedig zu fahren?«

»Eher nicht, die Fahrt dauert etwa zwei Stunden«, antwortete Davide.

»Dann machen wir das lieber morgen. Vielleicht könnten wir heute wandern gehen? Nach der langen Fahrt gestern brauche ich dringend etwas Bewegung. Was meinst du?«, wandte sich Alena an Mara.

Diese nickte, in Gedanken immer noch bei der geplanten Abreise ihrer Freundin, und Davide erklärte ihnen, welche Routen sie nehmen konnten. Nachdem sie etwas von ihren mitgebrachten Vorräten und Getränken eingepackt hatten, machten die beiden sich auf. Unterwegs sprachen sie kaum, was für beide eher unüblich war. Doch Alena schien in Gedanken schon bei ihrer neuen Stelle und Mara wanderte im Geiste zwischen Alenas Vorschlag, alleine in der Villa Rosa zu bleiben, und Giuseppinas Geschichte hin und her. Sie wollte unbedingt wissen, wie es weiterging.

Auf einer Wiese machten sie Rast und aßen ihre Vorräte. Danach legten sie sich in den Schatten eines Baums und genossen die Ruhe. Die Gegend war wirklich wunderschön und das Wetter um diese Jahreszeit herrlich, nicht zu warm und nicht zu kalt. Am frühen Nachmittag machten sie sich auf den Rückweg.

Zurück in der Pension, musste Alena telefonieren und verschiedene Mails schreiben, um wegen des neuen Jobs alles in die Wege zu leiten. Mara nahm ihren Reiseführer und ging in den Garten. Dort traf sie auf Davide.

»War die Wanderung schön?«

»Ja, die Umgebung ist wirklich herrlich.«

»Wenn ihr möchtet, kann ich euch am Sonntag in ein kleines Dorf hier in der Nähe fahren, in dem es noch sehr alte Häuser und eine sehenswerte Piazza gibt.«

»Das ist sehr nett von dir, aber meine Freundin muss leider wieder zurück, sie hat einen neuen Job.«

Davide schien dies nicht zu gefallen. Er fragte: »Reist du auch ab?«

Mara nickte. »Ja, alleine macht mir Urlaub keinen Spaß.«

»Aber das wäre viel zu schade! Du hast ja fast gar nichts gesehen. Lass doch uns etwas zusammen unternehmen!«, schlug der junge Mann vor.

Mara sah ihn überrascht an. Sie wusste nicht, wie sie das deuten sollte.

»Oder möchte deine Freundin, dass du mit ihr zurückfährst?«, erkundigte Davide sich.

»Nein, sie sagt, ich soll bleiben.«

»Das ist eine gute Freundin«, erwiderte er. »Es gibt viel zu entdecken, das Meer, Verona, Padua, neben Venedig gibt es hier viele interessante Städte.«

Der Blick in seine smaragdgrünen Augen hielt Mara davon ab, sein Angebot abzulehnen, aber sie war weiterhin unschlüssig.

»Ich verspreche, mich um dich zu kümmern«, meinte er lächelnd.

Ihr Herz klopfte bei seinen Worten. Nachdenklich sah sie ihn an und suchte nach einer Antwort.

»Ich frage mich, was aus der kühnen Frau geworden ist, die ein Kind von mir wollte?«, neckte Davide sie.

Mara wurde rot und stotterte: »Das war die magische Sonnenbrille, die ich an dem Tag getragen habe.«

»Die solltest du unbedingt suchen«, erwiderte er und sie hatte Schmetterlinge im Bauch.

Bevor sie etwas erwidern konnte, hörte sie Giuseppina nach Davide rufen. Hinter den dichten Büschen war sie jedoch noch nicht zu sehen. Ob die Frau in ihn verliebt war? Sie wusste es nicht, deshalb wäre es Mara unangenehm gewesen, wenn Giuseppina sie hier zusammen angetroffen hätte.

»Dann suche ich mal die Sonnenbrille«, sagte Mara daher und rang sich ein fröhliches Zwinkern ab. Anschließend ging sie so an ihm vorbei, dass die Pflanzen sie vor Giuseppina verdeckten.

Im Zimmer war Alena gerade dabei, ein Telefonat zu beenden.

Sie sah Mara an und sagte: »Es ist alles geregelt, dann werde ich mal eine günstige Zugverbindung suchen.«

Mara freute sich für ihre Freundin, hatte aber auch Angst, alleine in Pliva zu bleiben. Bisher war immer jemand an ihrer Seite gewesen, um ihr zu helfen, ihre Mutter, ihre Großmutter oder eben Alena.

»Aber du bleibst auf jeden Fall hier. Du wirst sehen, es wird bestimmt super. Davide wird sich sicher gut um dich kümmern«, meinte ihre Freundin mit einem Augenzwinkern. »Wer weiß, vielleicht wäre ich da nur im Weg?«

Mara fragte sich in diesem Moment, ob Alena Davide vorgeschlagen hatte, etwas mit ihr zu unternehmen, weil er einen ähnlichen Satz benutzt hatte. Mochte er sie wirklich oder war das eher eine Gefälligkeit?

Alena hatte sich schon wieder ihrem Tablet zugewandt und suchte im Internet nach den Zugverbindungen. Mit einem Seufzer nahm Mara ihr Telefon und rief ihre Großmutter an. Die alte Dame war gut aufgelegt und fragte interessiert nach allem, was sie bisher erlebt hatte.

Als sie aufgelegt hatte, verkündete ihre Freundin: »Ich nehme einen Zug am Sonntagmorgen. Dann bin ich abends daheim und kann am Montag anfangen. Und morgen fahren wir nach Venedig!«

Mara nickte und fragte sich, wie es wohl wäre, mit Davide in diese romantische Stadt zu fahren.

Sie entschieden, am Abend nicht in der Pension zu essen, sondern in die Pizzeria im Dorf zu gehen, denn Alena wollte gern echte italienische Pizza essen. Sie war wegen ihres neuen Jobs sehr nervös. Beim Essen sprach sie über die Möglichkeiten, die dieser ihr bot. Obwohl Mara ihr sonst immer sehr gern zuhörte, war sie heute abgelenkt. Sie dachte an den sympathischen Davide und merkte, dass sie gern in seiner Nähe gewesen wäre.

»Kann es sein, dass du mir gar nicht zuhörst?«, fragte Alena plötzlich.

»Nein, äh doch, ich höre dir zu«, schwindelte Mara und versuchte, sich besser zu konzentrieren.

Alena sah sie an und nickte, als ob sie etwas wüsste, das Mara selbst noch nicht klar war.

Am nächsten Tag standen Mara und Alena früh auf und gingen bald darauf in den Salon, um zu frühstücken. Betrüb sahen sie, wie der Regen gegen die Scheiben klatschte.

»Eigentlich wäre ich ja heute gerne nach Venedig gefahren«, sagte Alena. »Aber bei dem Wetter? Das passt bestimmt nicht zu der Vorstellung, die ich von der Stadt habe.«

»Venedig ist ja ziemlich weit weg, wir können im Internet nachschauen, ob das Wetter dort besser ist«, schlug Mara vor.

»Das machen wir. Aber wenn es dort auch regnet, werde ich einfach packen und Souvenirs kaufen. Mein Zug geht morgen schon kurz nach halb zehn, außerdem haben die Läden am Sonntag bestimmt geschlossen.«

»Aber du bist doch wegen Venedig hergekommen!«, wandte Mara ein.

»Keine Angst, ich werde schon noch zu meinem Venedigbesuch kommen. Jetzt, wo ich so gut verdiene, kann ich mir vielleicht sogar einen Flug leisten«, frotzelte Alena. Plötzlich wurde sie ernst. »Genieß du deine Zeit hier und denke nicht daran, was ich verpassen könnte.«

Das Internet zeigte für Venedig Dauerregen an. Nach dem Frühstück begann Alena daher damit zu sortieren, was sie Mara im Auto mitgeben würde und was sie gleich mitnehmen wollte. Sie hatte viel zu viel Gepäck, um alles im Zug zu transportieren, und ihre Sommerkleidung würde sie in Deutschland nicht so schnell wieder benötigen.

Mara wusste nicht, was sie mit sich anfangen sollte, denn Alena wollte keine Hilfe. Unschlüssig ging sie durchs Haus in der Hoffnung, Giuseppina zu treffen. Vielleicht hatte sie ja Zeit, ihr zu erzählen, wie es mit Matteo und Lina weitergegangen war? Die junge Italienerin war in der Küche, doch sie hatte viel zu tun und Mara empfand sie als etwas abweisend. War es wegen Davide? Mara fühlte sich ein bisschen schuldig, denn ihr war Giuseppina sehr sympathisch.

Als sie zurück ins Zimmer kam, telefonierte Alena gerade lautstark. Mara nahm ein Buch, das sie vor ihrer Abreise in einer kleinen Buchhandlung in der Altstadt gekauft hatte. Die junge Buchhändlerin war ganz begeistert gewesen, als Mara ihr erzählte, dass sie nach Italien reisen wollte. »Sie müssen dort unbedingt das Mandeleis probieren«, hatte sie ihr geraten. Anschließend hatte sie ihr einen Krimi von Patricia Highsmith ans Herz gelegt, *Venedig kann sehr kalt sein.* »Sie werden sicher besseres Wetter haben, als in diesem Roman«, hatte sie gemeint, »aber die Atmosphäre in der Stadt ist gut eingefangen.«

Mit dem Buch ging Mara hinunter in den kleinen Salon und freute sich darauf, es sich in einem der Lesesessel gemütlich zu machen. In einem der beiden Ohrensessel saß Matteo Costantini, Davides Großvater. Sie ging auf ihn zu und begrüßte ihn herzlich, doch er sah sie etwas verwirrt an.

»Kennen wir uns?«, fragte er. Dann dachte er nach und fragte hoffnungsvoll: »Maria?«

Sie schüttelte den Kopf. »Nein, ich bin Mara. Wir haben uns gestern an der Kirche im Dorf kennengelernt.«

Nun schien er sich zu erinnern. »Verzeihen Sie mir, ich bin ein alter Mann, mein Gedächtnis ist nicht mehr so gut. Aber ich erinnere mich an Sie, natürlich.«

»Sie sind der Großvater von Davide, nicht wahr?«, fragte Mara.

Er nickte.

Sie lächelte. »Ich habe gehört, dass dieses Haus Ihnen gehört.«

Der alte Mann sah sich um. »Ja, leider ... Ich hätte es längst abreißen lassen sollen, aber Davide liebt es so sehr.«

»Warum mögen Sie es nicht?«

Er zuckte mit den Schultern. »Das ist eine sehr alte Geschichte.«

»Hat es mit Lina zu tun?«, fragte Mara spontan. Sie wollte wissen, ob der alte Mann der Matteo aus der Geschichte war. Seiner Reaktion nach zu urteilen hatte sie ins Schwarze getroffen.

Er sah sie erschrocken an. »Woher kennen Sie Lina?«

Mara vermutete, dass sie eine alte Wunde aufgerissen hatte. »Hier hängen so viele Zeichnungen von ihr. Ich habe Giuseppina danach gefragt und sie hat mir von Lina erzählt«, sagte Mara aufs Geratewohl und zeigte dabei auf eines der Bilder, auf dem die junge Frau zu sehen war. Es war eine Mutmaßung, dass es sich dabei um Lina handeln könnte, aber auch damit schien sie recht zu haben.

Jetzt lächelte er. »Ja, sie war ein schönes Mädchen, nicht? Die Zeichnungen habe ich alle Jahre später gezeichnet, aus meiner Erinnerung.«

»Waren Sie in Lina verliebt?«

»Oh, ja, sie war meine erste Liebe und ich liebte sie mit einer ehrlichen, kindlichen Liebe.«

»Ich habe von Giuseppina ein bisschen über sie erfahren. Möchten Sie mir mehr davon erzählen?«

Der alte Mann sah Mara mit seinen wachen braunen Augen an, die gar nicht zu seinem müden Gesicht passen wollten. Sie versuchte, sich ihn als jungen Mann vorzustellen, aber es wollte ihr nicht so recht gelingen.

»Ich habe einmal jemandem diese Geschichte erzählt und danach habe ich sie fast selbst vergessen. Jetzt kommen Sie«, er sah sie an, »und ich habe das Gefühl, die

Geschichte wiederholt sich.«

Mara verstand nicht, was er damit meinte.

»Die Geschichte wiederholt sich«, sagte er noch einmal. Dann atmete er tief ein und begann zu erzählen.

10.

Herbst 1943

Lina veränderte sich. Vor allem äußerlich. Sie hatte sich die Haare auf Schulterlänge schneiden lassen und trug sie nun offen, im Dorf ein Skandal, aber es stand ihr gut. Die alte, zerlumpte Bluse und den Rock hatte sie gegen ein neues Kleid getauscht, das sie aus einem abgelegten Kleid ihrer Schwester genäht hatte. Matteo wurde in diesen Tagen bewusst, dass die unbeschwerte Zeit ihrer Kindheit vorbei war. Doch er wollte es nicht akzeptieren.

Immer wieder besuchte er Lina zu Hause. Sie ließ ihn herein, doch sie war abwesend oder hatte keine Lust, mit ihm spazieren zu gehen.

»Matteo, ich bin eine Frau, ich kann nicht mehr mit dir spielen, ich muss mich jetzt aufs Heiraten vorbereiten«, sagte sie und er wusste, dass sie dabei nicht an ihn dachte.

Sogar Vida hatte Mitleid mit dem Jungen, wenn er etwas Lustiges erzählte und Lina nicht einmal darüber lachte. Stattdessen wirkte sie abwesend oder sagte nur: »Das ist Kinderkram, Matteo.«

Mit der Zeit besuchte Matteo sie immer seltener und eines Tages sagte Vida zu ihm, dass Angelina jetzt eine Frau sei und keine Zeit mehr für Dummheiten habe. Von da an besuchte er sie nicht mehr. Aber er sah sie oft vor ihrem kleinen Haus sitzen und häkeln oder stricken. Aus einem alten Kleid nähte Vida ihrer Tochter eine Schürze, die Lina mit feinen Stickereien verzierte. Lina sah jetzt noch hübscher aus und Matteo litt sehr darunter, dass sie keine

Zeit mehr mit ihm verbrachte. Außerdem bat sie ihn nicht mehr, sie beim Holzsammeln zu begleiten.

Eines Abends hörte Matteo seine Mutter mit einer Nachbarin reden. Diese erzählte: »Vida, das dumme Weib, lässt ihre Tochter alleine Holz holen. Jemand hat neulich gesehen, wie sie allein mit dem Signore geredet und gekichert hat.«

»Aber was soll denn der Signore mit ihr anfangen, er ist doch verheiratet?«, konterte Matteos Mutter. »Und sie ist doch noch ein Kind!«

»Du kennst doch die Männer, sie ist ein reifes Früchtchen und hübsch dazu.«

Matteos Herz blieb fast stehen, als er das hörte. Nein, das konnte nicht sein. Am liebsten hätte er der Nachbarin ins Gesicht geschlagen. Dieses alte Lästermaul! Stattdessen schlug er mit der Faust auf den Tisch. Doch dann erinnerte er sich, wie Lina den Signore bei ihrer ersten Begegnung im Wald angeschaut hatte.

Matteo beschloss, Lina das nächste Mal zu folgen, wenn sie in den Wald ging. Immer wieder lungerte er in der Nähe ihres Hauses herum und spähte aus der Entfernung, ob sie sich wieder auf den Weg machen würde.

Ein paar Tage später kam Lina aus der Hütte, nahm die Seile, mit denen sie die Holzscheite zusammenbinden wollte, und marschierte Richtung Wald. Matteo folgte ihr in einigem Abstand. Da er den Weg kannte, hatte er keine Angst, sie aus den Augen zu verlieren. Immer wieder versteckte er sich hinter Bäumen und Sträuchern, die am Wegesrand standen, aber seine Freundin schaute nie zurück.

Schließlich erreichte Lina den Wald und kurz darauf die Stelle, an der sie damals gemeinsam Holz gesammelt hatten. Die riesige Eiche war verschwunden, stattdessen lag davor ein großer Hügel mit Holzscheiten und kurzen Ästen. Matteo versteckte sich in sicherer Entfernung hinter einer fast ebenso dicken Eiche.

Lina schaute sich kurz um und begann, einige Scheite und Äste zu einem Bündel zusammenzuschnüren. Gerade, als er dachte, dass alles bloß Geschwätz sein musste, und aus seinem Versteck treten wollte, um ihr zu helfen, kam der Signore – zu Fuß und ohne seinen Hund – den Weg entlang. Er begrüßte Lina und half ihr, das Holz mit den Seilen zusammenzubinden. Als dies erledigt war, holte er aus seiner Tasche eine kleine Glasflasche und ein kariertes Küchentuch. Er schlug dieses auseinander und Matteo meinte, darin Kuchen zu erkennen.

»Der Mandelkuchen ist frisch und hier habe ich Kirschsaft.« Parisi sah das Mädchen an. »Komm, setz dich zu mir, der Kuchen ist sehr lecker. Er wird dir gut schmecken.«

Die beiden setzten sich auf einen großen Baumstumpf. Parisi erzählte Lina etwas und sie lachten, dann strich er ihr mit der Hand über den Kopf. Sie senkte schüchtern den Blick. Matteo fühlte sich wie gelähmt, Eifersucht übermannte ihn. Es war weniger ein Gefühl, sondern eine starke Macht, die begann, in jede Zelle seines Körpers einzudringen.

In diesem Moment hätte er am liebsten geschrien oder den feinen Signore mit einem großen Holzstück zusammengeschlagen. Doch er tat keins von beidem. Stattdessen ballte er seine Hände zu Fäusten, bis die Finger vor Schmerz brannten. Es war für ihn wie ein kleines Ventil, über das er sich Luft machte.

Schließlich rannte er weg und stieß dabei einen lauten Schrei aus. Er sah noch aus dem Augenwinkel, wie Lina und der Signore aufhorchten. Doch durch die Bäume hatten sie ihn vermutlich nicht erkannt.

Von da an versuchte Matteo, Lina aus dem Weg zu gehen. Sie war wohl noch einige Male im Wald, um Holz zu sammeln, aber so genau wollte er das gar nicht wissen. Nachts ging Matteo manchmal zum Haus der Familie Parisi und verteilte Schweinemist vor dem Eingang. Dabei verspürte er ein kleines bisschen Genugtuung.

Er fragte sich, warum Lina mit diesem Mann geschäkert hatte. Solch ein reicher Mann würde doch niemals ein armes Bauernmädchen heiraten und Parisi erst recht nicht, denn er war ja bereits verheiratet! Hatte Vida das alles eingefädelt? Matteo wusste es nicht. Er fragte sich auch, warum sie das zuließ. Sie war doch sonst so vorsichtig und streng mit ihrer Tochter und wachte wie ein Schäferhund über ihre Ehre.

Einige Wochen später geschah etwas Eigenartiges: Lina verließ das Haus nicht mehr. Obwohl Matteo sie ohnehin nur noch selten von Weitem auf der Straße gesehen hatte, fehlte sie ihm nun noch schrecklicher als zuvor. Früher waren sie immer auf den Dorffesten gewesen, auch weil es dort reichlich Essen gab, doch in diesem Herbst wurden weder Vida noch ihre Tochter dort gesehen.

Als Vida einmal an Matteos Elternhaus vorbeikam, hörte er, wie seine Mutter sie ansprach: »Wie geht es dir, Vida?«

Vida, die sonst bei einer solchen Frage meist beim Begräbnis ihres Mannes anfing und bei Details über all ihre Wehwehchen aufhörte, sagte nur: »Gut, danke, und dir?«

Doch Matteos Mutter antwortete nicht, sie fragte weiter. »Was ist mit deiner Lina, wir sehen sie kaum. Hast du sie heimlich verheiratet?«

Vida schaute ihrer Nachbarin nicht in die Augen, als sie antwortete: »Nein, nein, es geht ihr nicht gut, sie ist schwer erkältet. Ich will nicht, dass sie sich womöglich noch eine Lungenentzündung zuzieht bei dem Wetter. Deshalb schont sie sich zu Hause.«

Als Matteos Mutter zu einer weiteren Frage ansetzte, ging Vida einfach davon, ohne sich noch einmal umzudrehen.

»Ich muss weiter, mach's gut. Grüß deine Familie!«, rief sie noch.

In die Kirche ging Vida ohne ihre Tochter. Sie kam immer im letzten Moment, bevor die Messe begann, und ging sofort, nachdem der Priester den Segen gesprochen hatte. Die Frauen tuschelten über sie.

»Irgendwas stimmt da doch nicht«, meinte die eine.

»Sie hat gesagt, ihre Tochter sei krank«, erklärte Matteos Mutter.

»Ob sie im Sterben liegt?«, fragte eine andere.

Matteo wandte sich von den tratschenden Frauen ab und verließ die Kirche. Er dachte: *Das ist doch alles altes Weibergerede!* Dennoch beschlich ihn Angst. Was, wenn Lina wirklich im Sterben lag und er sie nie wiedersehen würde? Er beschloss, selbst nach ihr zu sehen. Er hastete die Straße entlang und schlug anschließend einen kleinen, engen Trampelpfad ein, der zu Linas Haus führte. Wenn er sich beeilte, würde er es vielleicht vor ihrer Mutter schaffen. Anstatt dem Weg bis zu ihrem Haus zu folgen, lief Matteo quer durch die Felder, um Vida nicht zu begegnen.

Matteo klopfte an die Holztür. Doch es war nicht Lina, die öffnete, sondern ihre Mutter. Sie war leider schneller gewesen als er.

»Ach, Junge, was machst du hier?«, fragte sie.

»Ich wollte sehen, wie es Lina geht.«

»Besser, aber sie ist noch sehr schwach«, antwortete ihre Mutter und wollte die Tür schließen. In diesem Moment trat Lina hinter dem Vorhang hervor, mit dem der Schlafbereich abgetrennt war.

Sie sah blass und krank aus. Matteo erschrak bei ihrem Anblick.

»Lina, wie ... wie geht es dir?«, stammelte er.

Sie zuckte mit den Schultern. »Es ging mir schon mal besser.« Dann bat sie ihre Mutter: »Mamma, lass ihn reinkommen, es ist doch Matteo.«

Vida schlug die Hände vors Gesicht und ließ sich schluchzend auf einen Stuhl fallen. Matteo jagte ihr Verhalten einen Riesenschrecken ein. Musste Lina wirklich sterben? Unsicher trat er über die Schwelle.

Sie sprachen über belanglose Dinge, erst über das Wetter, danach über Matteos Familie und schließlich schwiegen sie. Die junge Frau wirkte ernst und traurig, aber in ein paar seltenen Augenblicken erkannte er die alte, freche Lina.

»Warum warst du so gemein zu mir?«, fragte Matteo irgendwann.

Sie sah auf. »Wieso war ich gemein? Du warst einfach so kindisch.«

»Ich war wie immer«, protestierte er.

»Es tut mir leid. Es war nicht meine Absicht, ich bin immer noch die alte Lina.« Sie lächelte und gab ihm einen Hieb in die Seite.

»Sind wir wieder Freunde?«, wollte Matteo wissen.

»Klar, das waren wir immer, ich war einfach nur beschäftigt. Und krank.«

Das Lächeln verschwand so rasch, wie es gekommen war.

Schließlich nahm Matteo all seinen Mut zusammen: »Lina, wirst du sterben?«, fragte er.

Sie prustete los. »Nein, wie kommst du denn darauf?«

»Die Leute reden.«

»Diese Weiber erzählen doch immer dummes Zeug. Es geht mir zwar nicht gut, aber das wird schon wieder. Ich werde ganz bestimmt nicht sterben.«

Als Matteo bald darauf nach Hause ging, fühlte er sich unglaublich erleichtert. Er erzählte auch seiner Mutter davon.

»Warum versteckt sie Vida dann, hat sie einen dicken Bauch?«, fragte seine Mutter.

»Nein«, sagte Matteo. Er sah sie verständnislos an und fragte: »Warum?«

»Vielleicht hat sie jemand geschwängert.«

Matteo starrte seine Mutter an und wurde rot, denn normalerweise sprach man über solche Dinge nicht. Wütend wollte er etwas entgegnen, doch er dachte an das Erlebnis im Wald.

»Ist nur so dahingeredet«, meinte seine Mutter beschwichtigend. »Vida passt da schon auf.«

11.

»Mittagessen, Nonno!«, rief Davide.

Fast erschrocken schaute Mara hoch. Der junge Mann trug heute ein weißes Hemd zu einer dunkelblauen Baumwollhose. Seine leicht gebräunte, olivfarbene Haut schimmerte. Mara fand, dass er umwerfend aussah.

Nachdem sie ihm zur Begrüßung zugenickt hatte, wandte sie sich wieder an den alten Mann. »Das ist so spannend! Signore Costantini, was war mit Lina los?«

»Wollen Sie wirklich die ganze Geschichte hören?«

»Natürlich, alles und zwar am liebsten gleich!«

»Ich bin ein alter Mann, ich muss mich erst ein wenig ausruhen und stärken. Ich werde Ihnen die Geschichte später weiter erzählen.«

»Nonno, hast du dir die schönste Frau hier im Hause ausgesucht?«, fragte Davide lachend.

Mara sah ihn an und kam langsam wieder in die Gegenwart zurück.

»Ich sehe, mein Enkel ist eifersüchtig«, meinte Signore Costantini spöttisch.

Davide half seinem Großvater auf und sie gingen zu einem der Speisetische.

»Diese bezaubernde junge Dame soll uns Gesellschaft leisten«, bat der alte Mann.

»Wenn sie möchte?« Davide sah Mara fragend an.

»Nein, nein, ich möchte euch nicht stören«, erwiderte die junge Frau eilig.

»Das tust du nicht«, versicherte ihr Davide. »Mein Großvater genießt die Gegenwart schöner Frauen, ansonsten ist er ein griesgrämiger alter Mann – und die gute Laune müssen wir ausnutzen.«

Signore Costantini sah seinen Enkel missbilligend an. »Die Jugend heutzutage ist wirklich unverschämt. Ich sollte dir den Hintern versohlen!«

Davide lachte und sagte zu Mara: »Alena lässt dir ausrichten, dass sie kurz ins Dorf gefahren ist, um ein paar italienische Spezialitäten zu besorgen. Sie wollte dein Gespräch nicht unterbrechen.«

Mara sah ihn verblüfft an. Sie hatte gar nicht bemerkt, dass Alena sie im Salon gesehen hatte. Die Geschichte von Matteo und Lina beschäftigte sie so sehr, dass sie beschloss, die Pension nicht zu verlassen, bis sie das Ende kannte.

Mara und Signore Costantini setzten sich an den Tisch, während Davide rasch noch ein drittes Gedeck holte. Anschließend brachte er das Mittagessen.

»Das ist *Jota*, Giuseppinas Spezialität, ein Eintopf aus getrockneten Bohnen und Kartoffeln.«

Mara probierte, nachdem sie sich gegenseitig einen guten Appetit gewünscht hatten. Es schmeckte köstlich.

»Ich dachte immer, dass in Italien nur Pasta gegessen wird«, bekannte sie.

»Das glauben die meisten, aber hier in der Gegend sind Suppen und Eintöpfe sehr beliebt.«

»Davide, nimm dir doch morgen Nachmittag frei und mach einen Ausflug mit der jungen Dame«, meinte Signore Costantini unvermittelt.

Davide sah ihn einen Moment an. »Seit wann bist du denn so gutgelaunt? Ich erkenne dich kaum wieder, Nonno.«

Der alte Mann zuckte mit den Schultern.

Davide sah Mara an: »Du hast wirklich einen guten Einfluss auf ihn«, sagte er.

»Lenk nicht ab, Junge«, rügte Signore Costantini. »Lädst du nun die junge Dame ein oder nicht?«

»Wenn die junge Dame das möchte?«, sagte Davide und schaute Mara fragend an.

Sie lächelte. »Gern! Morgen früh muss ich meine Freundin Alena zum Bahnhof fahren. Danach könnten wir los«, antwortete sie und errötete leicht.

»Morgen ist Sonntag, da habe ich sowieso frei. Der Garten ruht und Giuseppinas Nichte kommt immer, um in der Küche zu helfen. Wir könnten einen Ausflug nach Venedig machen«, rief Davide fröhlich.

»Warum nicht?«

»Höre ich da Venedig?«, erklang plötzlich eine Stimme von der Tür.

Es war Alena. Sie trug zwei riesige, prall gefüllte Einkaufstüten. »Eigentlich wollte ich nur etwas Brot, Käse und Wurst für die Fahrt einkaufen und ein paar Spezialitäten. Aber ich konnte nicht widerstehen. Schau mal, Mara, die Süßigkeiten, das Olivenöl und die Salami musst du auf jeden Fall im Auto mitnehmen. Ich nehme nur die kleine Reisetasche mit, meine Sommerkleidung kann ich ja auch im Auto lassen, leider«, seufzte die junge Frau.

»Wie viel hast du denn da eingekauft?«, fragte Mara verblüfft.

»Erst war ich beim Fleischer, danach in dem Tante-Emma-Laden und schließlich bin ich noch in der Konditorei hängen geblieben. Die Salami ist einfach die Wucht, du weißt ja, dass ich von klein auf ein Salami-Fan bin, da konnte ich nicht widerstehen. Und die hält sich ja lange.«

»Aber nicht im Auto, da wird es zu heiß. Und im Zimmer riecht es zu stark«, wehrte sich Mara.

»Ich kann die Salami in unserer Küche lagern«, bot Davide an.

»Das wäre wirklich sehr nett, aber nicht aufessen«, mahnte Alena mit erhobenem Zeigefinger und alle vier lachten.

Mara stellte Signore Costantini ihre Freundin vor und erklärte: »Davide möchte mir morgen Venedig zeigen.«

Alena seufzte und rief: »Ohne mich? Das Leben kann echt gemein sein. Aber ich gönne es euch.«

Sie war sichtlich traurig, dass sie wieder zurückfahren musste. Doch dann fing sie sich und erzählte in ihrer üblichen heiteren Art ein paar lustige Anekdoten. Ihre Fröhlichkeit war ansteckend, selbst Signore Costantini taute auf und lachte mit.

»Es ist das erste Mal, dass Großvater in diesem Haus lacht«, sagte Davide schmunzelnd.

Bei seinen Worten wurde der alte Mann wieder ernst und schien über das Gesagte nachzudenken.

Nach dem Mittagessen tauchte seine Pflegerin Svetlana auf, um ihn nach Hause zu bringen. Mara hätte gern gehört, wie es mit Lina weitergegangen war, doch der alte Mann war sichtlich müde.

»Unsere Geschichte muss wohl warten«, sagte Signore Costantini zu Mara. »Der Mittagsschlaf ist das A und O in einem warmen Land, und jetzt im Alter sowieso.«

Da Davide einige Telefonate führen musste und Alena sich daran machte, ihre Einkäufe zu sortieren, schlenderte Mara durch den Palazzo und sah sich noch einmal alle Gemälde an. Die Geschichte von Matteo und Lina umwehte ganz offensichtlich etwas Geheimnisvolles, fast

Mystisches, wenn niemand in der Lage war, alles auf einmal zu erzählen. Immerhin wusste sie nun, dass sie den richtigen Matteo gefunden hatte. Und da auch ihre Großmutter mit dieser Geschichte begonnen hatte, war er wohl der Mann, den sie in Pliva für Nonna ausfindig machen sollte. Doch wieso? Und was hatte das alles mit diesem Haus zu tun? War es vielleicht der Palazzo des feinen Signore Parisi?

Mara beschloss, Giuseppina zu fragen. Sie traf sie vor dem Haus, wo die Köchin gerade dabei war, Kisten in einen kleinen Transporter zu laden. Der Regen hatte aufgehört.

»Ich muss noch eine Bestellung ausliefern«, erklärte Giuseppina. »Im Nachbarort ist eine Familienfeier und da machen wir das Catering.«

»Schade, ich würde so gern mehr von Matteo und Lina hören«, meinte Mara bedauernd.

»Heute nicht, ich muss los, tut mir leid! Und nachher habe ich auch noch zu tun. Aber ein anderes Mal gerne. Allerdings kenne ich auch nicht die ganze Geschichte.«

»Wem gehörte eigentlich dieses Haus? Signore Parisi?«, fragte Mara.

Giuseppina zuckte mit den Schultern. »Mag sein, ich weiß es nicht. Als ich ein Kind war, stand dieses Haus längst leer. Von den früheren Bewohnern habe ich nie etwas gehört. Das hat uns als Kinder auch nicht so interessiert.«

Mara sah dem Wagen hinterher und ging wieder hinein. Als die Sonne hervorkam, beschlossen die beiden Freundinnen, zum Abschluss noch einen Ausflug in eines der malerischen Dörfer in der Umgebung zu machen. Sie besuchten ein Museum, in dem alte Landwirtschaftsgeräte

ausgestellt waren, machten viele Fotos, genossen ein leckeres Eis und gesellten sich am Abend zu den jungen Leuten
auf der Piazza. Während Alena mit einem braunhaarigen
Italiener mit blauen Augen schäkerte, konnte Mara nur an
Davide denken.

* * *

Am nächsten Tag bot Davide ihnen an, sie in seinem ur-
alten grünen Land Rover zum Bahnhof zu fahren. Dort
schoss Alena noch einige Fotos vom Gebäude und bat einen Passanten, sie zu dritt zu fotografieren. Als der Zug
einfuhr, verabschiedete Alena sich wortreich. Mara blickte
traurig dem abfahrenden Zug hinterher, dann wandte sie
sich Davide zu.

Er trug eine Ray-Ban-Sonnenbrille und Mara bemerkte
die Blicke der anderen Frauen, die ihn länger streiften als
nötig. In diesem Moment war sie stolz darauf, dass er mit
ihr hier war.

»Alena ist sehr nett«, sagte er. »Mit ihr werden Gespräche nie langweilig.«

»Ja, sie ist meine älteste und beste Freundin.«

»Da muss ich mich als Ersatz ja ganz schön ins Zeug
legen.«

Mara lächelte ihn an und nickte mit gespielt skeptischer
Miene. Sie war froh und aufgeregt zugleich. Es war schon
sehr, sehr lange her, dass sie mit einem Mann einen Ausflug unternommen hatte. Vor allem mit solch einem netten und attraktiven Mann. Ob sich mehr zwischen ihnen
entwickeln konnte? Im gleichen Moment bekam Mara
Angst, dass der Fluch, der angeblich über den Frauen in
ihrer Familie lag, real war und alles im Unglück enden

würde. Innerlich schalt sie sich für ihren Aberglauben. Doch dann dachte sie an ihre letzte Beziehung zurück und ein Stich fuhr ihr durchs Herz. Sie schüttelte diesen Gedanken ab und ermahnte sich lautlos: *Entspann dich und genieß die Zeit mit Davide! Es ist nur ein Ausflug, mehr nicht!* Schließlich glaubte sie überhaupt nicht an Schicksal oder Flüche oder dergleichen! Dennoch hatten Angst und Unsicherheit von ihr Besitz ergriffen. Mara versuchte, diese Gefühle zu verdrängen und dachte an den bevorstehenden Ausflug. Das war eine gute Ablenkung von all den Fragen, die sie in den letzten Tagen beschäftigten. Sie wollte endlich Venedig sehen!

Zwei Stunden später parkte Davide das Auto auf dem Festland vor Venedig, im Ortsteil Mestre, der eigentlich eine eigene Stadt war. Von dort nahmen sie den Zug in die Innenstadt. Die Sonne strahlte über der Lagunenstadt, und während der Zug der alten Perle näher kam, wurde Mara immer nervöser.

»Bist du schon einmal in Venedig gewesen?«, fragte Davide.

Sie schüttelte den Kopf.

»Es wird dir gefallen.«

Mara sah aus dem Fenster. Doch draußen gab es nichts zu sehen außer dem Meer, ein paar Booten und zwei langen Brücken, eine für Autos, die andere für die Bahn. Das Wasser hatte eine kräftige blaue Farbe, fast Türkis. Immerhin! Sie war endlich wieder einmal an einem richtigen Meer! In Venedig! Sie wusste noch nicht so recht, was sie von der Stadt zu erwarten hatte, doch allein in dem Namen schwang ein Versprechen mit.

Die junge Frau sah zu Davide, der ihr gegenüber saß. Ihre Blicke trafen sich und sie konnte immer noch nicht glauben, dass dieser attraktive Mann nur mit ihr unterwegs war. Bei diesem Gedanken errötete sie und sah rasch wieder aus dem Fenster.

Als sie am Bahnhof ausstiegen, strömte ihnen der Geruch von Meer entgegen. Es wimmelte nur so von Menschen. Am anderen Ende des Bahnhofsvorplatzes sah Mara Boote und Wassertaxis in den Kanälen. Sie blieb stehen und nahm diese ersten Eindrücke mit allen Sinnen auf. Es war fast etwas einschüchternd.

Die Sonne ließ die Gebäude hell erstrahlen. Geblendet suchte Mara in ihrer Handtasche nach ihrer Sonnenbrille und setzte sie rasch auf. Sie strich ihr dünnes Jeanskleid glatt und ihr Blick fiel auf die weißen Espadrilles, die einen Kontrast zu ihrer leicht gebräunten Haut bildeten. Mara hatte sich außerdem ein weißes Tuch ins Haar gebunden und Alena hatte sie kurz vor der Abreise noch leicht geschminkt.

»Du bist von Natur aus hübsch, aber es schadet nicht, dies noch ein bisschen zu betonen«, hatte sie gesagt und ihr ein Lipgloss in die Hand gedrückt. »Das trägst du regelmäßig auf, verstanden?«

Nun fühlte sich Mara wie ein Filmstar, obwohl sie nur etwas Rouge, Mascara und Lipgloss trug.

Während sie die erste Brücke überquerten, meinte Davide bewundernd: »Du siehst zauberhaft aus.«

Die junge Frau hätte beinahe reflexartig den Kopf gesenkt und ein leises Danke gehaucht. Doch sie entschloss sich in diesem Moment, eine neue Mara zum Leben zu erwecken, die lebenslustige Mara. Deshalb hob sie ihren Kopf, sah Davide in die Augen und sagte lächelnd: »Dankeschön.«

Das Lächeln, das er ihr schenkte, ließ ihr Herz höher schlagen.

Als sie die große Brücke vor dem Bahnhof hinter sich gelassen hatten, änderte sich das Stadtbild. Es waren immer noch überall Touristen, doch die moderne Welt rings um den Bahnhof war verschwunden. Die Stadt wirkte auf Mara wie ein riesiges Museum. Ihr fielen ein paar Männer mit Handkarren auf, die kleine Lieferungen zu den Restaurants und Eisdielen brachten. Es war irgendwie skurril.

Als sie durch die engen Gassen liefen, erzählte Davide ihr ein paar interessante Details zu den wunderschönen alten Gebäuden.

»Wir können zuerst ein paar Sehenswürdigkeiten anschauen und danach verschwinden wir in etwas ruhigeren Gefilden, okay?«, fragte er. »Oder hast du schon Hunger?«

Mara schüttelte den Kopf. Sie hatte im Zug einen Apfel und ein paar Kekse gegessen, die noch von dem Proviantpaket übrig waren, das ihre Mutter ihr mitgegeben hatte.

Wie Tausende anderer Touristen sahen sie sich den Markusplatz, den Dogenpalast, die Rialto-Brücke und den kleinen Markt dahinter an. Dort kauften sie jeder ein Eis. Danach ging es weiter.

Schließlich sagte Davide: »Ich denke, das reicht fürs Erste, jetzt gönnen wir uns eine Pause.«

Da er in Mestre aufgewachsen war, kannte Davide sich in Venedig bestens aus. Er führte Mara durch ein paar Seitenstraßen zu einer kleinen Osteria, die dadurch auffiel, dass sie nicht mit Schildern in englischer Sprache auf sich aufmerksam machte. Nicht einmal das Namensschild war außerordentlich auffällig gestaltet. Im Innenraum schienen außer ihnen nur Einheimische zu verkehren und auch die Bedienung sprach nur Italienisch.

Davide übersetzte für Mara das Tagesmenü und bestellte für beide das Gleiche zu essen und zu trinken. Als Vorspeise gab es *Sarde in saor*, Sardinen, die in einer Soße mit Rosinen und Pinienkernen mariniert waren, als Hauptgericht wurde frittierte Meeräsche serviert.

Während sie aßen, beobachteten sie durch das Fenster die Touristen, von denen sich auch in diese kleine Gasse noch einige verirrt hatten. Viele von ihnen machten sogar im Laufen Fotos von der Stadt. Davide und Mara amüsierten sich besonders über jene, die versuchten, mit Selfiesticks das perfekte Bild von sich zu schießen. Unter den Touristen waren ein paar, die große Kameras mit oft riesigen Objektiven mit sich herumschleppten, doch die große Mehrheit hatte nur ihre Handys dabei, in den Hosentaschen vielleicht noch winzige Utensilien wie ein Ministativ oder einen Selfiestick. Ihnen ging es vermutlich hauptsächlich darum, schöne Bilder auf Instagram oder Facebook zu posten.

»Wow, welch eine Schönheit«, sagte Davide mit ironischem Unterton, als wieder einmal eine aufgedonnerte Frau vor dem Fenster des Restaurants ein Selfie von sich schoss. »Wenn die nicht aufpasst, fällt sie gleich in den Kanal.«

Mara grinste.

»So, jetzt ist es aber wirklich an der Zeit, dass wir das auch machen«, meinte Davide dann.

Sie sah ihn entsetzt an. »Nein, das verstößt gegen meinen Ehrenkodex.«

Er lachte und sagte: »Komm, lass es uns probieren. Aber nicht hier, wir suchen uns einen malerischen Ort.«

Er bat um die Rechnung und Mara wollte ihr Portemonnaie herausholen, doch Davide wehrte ab: »Du bist eingeladen!«

Nachdem sie das Restaurant verlassen hatten, führte Davide sie um den nächsten Häuserblock. Hier endete die Gasse und mit einem Mal hatten sie freie Sicht auf das türkisfarbene Meer. Es war unwirklich, fast so, als befände man sich in einer anderen Welt, fernab der Realität. Hier waren fast keine Touristen zu sehen, lediglich zwei Frauen in einiger Entfernung, die sich auf dem Kopfsteinpflaster mit ihren Rollkoffern abmühten und wohl ihr Hotel suchten. Davide nahm Maras Hand und gemeinsam sahen sie aufs Meer hinaus. Sie drückte seine Hand sanft und war einfach nur glücklich. Ein Boot fuhr an ihnen vorbei und sie wünschte sich, der Moment würde ewig dauern. Diese Stadt wirkte auf sie wie eine alte, ehrwürdige Königin, die viel erlebt hat und so einige Geheimnisse hinter ihren alten Mauern versteckt hält.

Schließlich zog Davide sie sanft mit sich und führte sie aus der Gasse heraus zur nächsten Brücke, die über einen kleinen Kanal führte. Dort drückte er Mara an sich und zückte sein Handy. »Einmal lächeln bitte und nicht vergessen: Posen, Baby!«

Nach den ersten Fotos merkte Mara, dass es ihr tatsächlich Spaß machte. Sie formte die Lippen zu einem Kussmund, Davide machte ein ernstes Gesicht und drückte auf den Auslöser.

»Wir sind Naturtalente«, sagte er, als sie die Fotos betrachteten. Davide hatte immer noch den Arm um sie gelegt und als beide lachten, berührten sich ihre Nasenspitzen. Plötzlich hauchte er einen Kuss auf Maras Lippen und sie spürte Gänsehaut auf ihren Armen.

»Davon mache ich jetzt kein Foto«, wisperte er.

Sie nickte. »Gehört das zu deinen Aufgaben als Guide?«, fragte sie schelmisch.

»Nein, das gehört zu der Dienstleistung, um die du mich bei unserer ersten Begegnung gebeten hast. Das mit dem Nachwuchs kommt später.«

Sie gab ihm einen Klaps auf den Arm und wurde wieder rot.

Er lachte. »Und jetzt noch gewalttätig werden?« Dann fragte er: »War der Kuss zufriedenstellend?«

»Ganz gut für den Anfang«, gab Mara zurück.

Davide zog sie fester an sich. »Dann müssen wir es wohl noch einmal probieren.«

Diesmal küsste er sie lange und zärtlich und ihr wurde fast schwindlig.

»Dieser war perfekt«, sagte sie atemlos.

Er sah sie an und küsste sie wieder und meinte: »Entschuldige, wenn man einmal anfängt, eine wunderbare Frau zu küssen, kann man kaum mehr aufhören.«

Mara wurde ganz warm und einen Moment lang sah sie ihm einfach nur in die Augen. Schließlich nahm er wieder ihre Hand und führte sie durch ein Gewirr von Kanälen und schmalen Gassen. Auch hier standen überall dicht gedrängte Häuser und Palazzi, jeder Zentimeter schien ausgenutzt worden zu sein. In den Seitengassen sah man auf den Dächern viele Holzbalkone, die anscheinend in den letzten Jahren angebracht worden waren, um mehr Platz zu schaffen.

Schließlich kamen sie an einen kleinen Park, der ganz anders war als das Venedig, das Mara bisher gesehen hatte. Etwas außer Atem setzten sie sich auf eine Bank.

»Was ist eigentlich mit Giuseppina?«, fragte Mara spontan.

Davide sah sie erstaunt an. »Was soll mit ihr sein? Sie ist eine gute Freundin, die ich schon seit meiner Kindheit kenne.«

»Ach so, ich dachte nur, ihr wärt zusammen oder so.«

Als sie die Worte ausgesprochen hatte, war es ihr unangenehm.

»Nein, wieso, hat Giusi das gesagt?«, fragte Davide verwundert.

»Nein, nein. Vergiss es einfach.«

»Glaubst du, ich hab was mit Giusi und küsse dich dann in Venedig?«

»Nein, natürlich nicht. Aber ich wollte sichergehen.«

»Ich mag dich«, sagte Davide langsam und zeigte dabei mit dem Zeigefinger auf Mara.

Sie lächelte.

»Ich mag dich auch«, wiederholte sie leise und zeigte mit dem Finger auf ihn.

Er küsste ihren Finger und flüsterte etwas auf Italienisch. Sie verstand »du«, »Zucker« und »süß« und strahlte ihn an. Dann küsste er sie erneut.

»Über was hast du dich eigentlich mit meinem Großvater unterhalten?«, fragte Davide, als sie später durch den Park spazierten. »Ich finde es immer noch erstaunlich, dass er sich überhaupt so lange mit dir – oder irgendjemandem – unterhalten hat.«

»Er hat mir von einem Mädchen aus seiner Kindheit erzählt.«

»Lina«, meinte Davide spontan.

»Kennst du die Geschichte?«

»Großvater hat mir nie davon erzählt, aber ich weiß ein bisschen von Giuseppina. Ihre Familie wohnt schon immer hier, ihre Mutter und ihre Tanten wissen alles über dieses Dorf seit den letzten hundert Jahren. Ich weiß nicht, ob die Geschichte wirklich wahr ist. Manchmal denke ich, es könnte stimmen, manchmal nicht. Nonno sagt, dass die Menschen keine Ahnung haben und dumm tratschen.

Er wollte sich nie anpassen. Ich habe mich immer gefragt, warum er nach Pliva zurückgekommen ist, denn eigentlich mochte er das Dorf und seine Bewohner nie.«

»Bei meiner Großmutter war das auch so. Sie hat nie von früher erzählt. Und jetzt fängt sie plötzlich immer wieder davon an. Ich glaube, dass sie irgendwie Teil dieser ganzen Geschichte ist.« Mara überlegte. »Ich wüsste gern, wo ihr Haus gestanden hat.«

Davide zögerte kurz und meinte schließlich: »Du kannst vielleicht Giuseppina fragen. Wenn, dann weiß sie das – oder kann es herausfinden.«

Er dachte einen Moment nach und sagte: »Weißt du, ich habe Gerüchte gehört, dass mein Großvater früher ein anderer Mensch gewesen sein soll. Nicht so ... griesgrämig. Es gibt viele Menschen im Dorf, die ihm nicht über den Weg trauen. Mir gegenüber war er nie unfreundlich, aber auch nie besonders emotional. Einfach sehr verschlossen. Jetzt kommst du daher und zum ersten Mal zeigt er so etwas wie Gefühle und fängt an zu reden. Eigentlich bist du die Erste, der er eine ganze Stunde von früher erzählt hat. Das ist sehr ungewöhnlich!«

»Er sagt, ich würde ihn an jemanden erinnern.«

»Deine Großmutter?«, fragte Davide.

Mara zuckte mit den Schultern. »Zuerst dachte ich, dass sie seine große Liebe war ... aber es kommt nur Lina in seiner Erzählung vor. Vielleicht war nur meine Großmutter in ihn verliebt?«

»Wie gesagt, ich weiß kaum etwas. Meine Mutter mochte meinen Großvater nicht sonderlich, er war wohl zu grantig. Als Kind hatte ich deshalb nicht so oft Kontakt zu ihm. Erst als meine Eltern gestorben sind, sind wir uns nähergekommen.«

»Oh, wann war das?«

»Vor vier Jahren, bei einem Autounfall.«

»Das tut mir leid.«

»Ja, es war eine schlimme Zeit für mich. Das war der Hauptgrund, warum ich mein Leben verändern musste. Ich war so beschäftigt, dass ich die beiden kaum noch sah, und dann waren sie plötzlich weg.«

»Deswegen hast du deinen Job aufgegeben?«

»Den gut bezahlten, ja. Ich bin aus England zurück gezogen in meine Heimat, nur mit ein paar Ersparnissen und meinem Erbe, ohne Plan. Ich wusste lediglich, dass es so nicht weitergehen konnte. Eines Morgens bin ich spazieren gegangen und kam an dem Haus vorbei. Ich erinnerte mich daran, dass es Großvater gehörte. Es war eine furchtbare Ruine, aber ich wusste auf einmal, dass es die Aufgabe sein könnte, die ich gesucht hatte. Eine Pension in Pliva aufzubauen und den Menschen etwas zurückzugeben, anstatt immer mehr Geld zu horten. Durch die Pension kommen mehr Leute nach Pliva, sodass auch die Leute im Dorf etwas zusätzlich verkaufen können. Bisher war es nicht einfach, meine Idee umzusetzen. Die Renovierung ist sehr teuer und Pliva ist bisher kein Tourismus-Hot-Spot. Aber ich werde weiter dafür kämpfen.«

Davide dachte einen Moment nach. Schließlich sagte er: »Nach dem Tod meiner Eltern hat mein Großvater von sich aus mehr Kontakt zu mir gesucht. Außerdem ist er gläubig geworden, auch wenn er nicht wirklich in die Kirche geht. Er hat irgendwo einen Mönch kennengelernt, den er regelmäßig trifft ... Jetzt aber genug von der Vergangenheit, lass uns über das Jetzt reden!«

Mara nickte. Eine Weile schweigen sie noch. Plötzlich zeigte Davide auf ein Eichhörnchen, das am Wegrand saß, und die schöne Stimmung kam zurück. Ob es an dieser

romantischen Stadt lag, der Nachmittagssonne oder beidem, Mara fühlte sich mutig und stark und deshalb hob
sie ihren Kopf zu ihm und küsste ihn. Er schien etwas
überrascht von ihrem neu erwachten Tatendrang.

»Die magische Sonnenbrille«, flüsterte er dann mit gespielter Ehrfurcht.

Sie nickte und küsste ihn erneut. Er legte seine Arme
um sie und sie fühlte sich wie im Gymnasium, als ihr großer Schwarm sie das erste Mal geküsst hatte, glücklich und
ängstlich gleichzeitig. Doch die Angst verschwand und in ihr
wuchs ein neues Gefühl, die Leidenschaft. Ihre Hände streichelten seinen Rücken und er küsste sie noch stürmischer.

Schließlich schlenderten sie Hand in Hand aus dem
Park. Mara fühlte sich wunderbar. Sie war in Venedig
und sie war mit einem atemberaubenden Mann zusammen. Das war so romantisch! Während sie weiter durch
die Stadt spazierten, erzählte sie ihm von ihrem Leben in
Deutschland, von ihrer Familie und von ihrem Job.

»Und du?«, fragte sie.

»Ich habe die Pension. Noch ist es ein Unternehmen
im Aufbau. Es hat sehr viel Überzeugungsarbeit gekostet,
meinem Großvater klarzumachen, dass es der perfekte
Ort für eine Pension ist.«

»Wegen dieser Hassliebe zu dem Haus, von der du mir
erzählt hast?«

Davide nickte.

»Hat das etwas mit Lina zu tun?«, fragte Mara.

»Keine Ahnung.«

»Kannst du mir mehr von Lina erzählen?«

»Ich glaube, du interessierst dich mehr für meinen
Großvater und die Vergangenheit, als für mich.«

»Das stimmt nicht!«, rief Mara empört, doch sie merkte,

dass sie in ihr altes Schema abglitt. Statt die Gegenwart zu genießen, lebte sie in einer Traumwelt. Diesmal würde sie es aber nicht vermasseln!

»Ich werde dich nicht mehr über die Vergangenheit ausfragen«, versprach sie.

Davide zwinkerte ihr zu. »Das ist gut, denn eigentlich weiß ich darüber auch nicht viel mehr als du.«

Sie lächelten einander an und Mara konnte kaum noch den Blick von ihm abwenden. Schließlich riss sie sich los und gemeinsam schlenderten sie über kleine Brücken zurück zum Bahnhof. Auf dem Weg schauten sie durch die offenen Fenster in wunderschöne Salons.

Venedig zeigt sich erst in der Abenddämmerung in seiner vollen Schönheit, dachte Mara unwillkürlich.

Mit dem Zug fuhren sie nach Mestre und schließlich mit dem Auto zurück zur Pension. Mara wurde nicht müde, Davide zuzuhören, und als sie sich über Bücher und Filme unterhielten, die sie mochten, entdeckten sie viele Gemeinsamkeiten.

12.

Abends stand Mara am Fenster ihres Zimmers, in dem sie nun alleine schlief, und betrachtete den Nachthimmel. Zahllose Sterne glitzerten dort, so viel mehr, als sie im Himmel über Deutschland bisher hatte entdecken können. Mara gefiel dieses Dorf, es gefiel ihr sogar mehr als Venedig. Sie mochte die Pension und vor allem Davide. Sie entschied in diesem Moment, wie geplant zwei volle Wochen hier zu verbringen, selbst wenn sie jetzt allein war. Sie wollte in der Nähe von Davide sein. Vielleicht würde sich daraus sogar mehr entwickeln als nur ein harmloser Flirt? Gerne hätte sie diesen Wunschgedanken weitergesponnen, doch sie traute sich nicht. Es war zwar schon jede Menge passiert – Küsse und gemeinsame Stunden in einer der romantischsten Städte der Welt – dennoch kannten sie sich erst ein paar Tage.

Als Davide am nächsten Morgen hörte, dass sie trotz Alenas Abreise bleiben wollte, strahlte er und meinte: »Das ist eine gute Entscheidung.«

Mara sah ihn an und fragte sich, warum sich dieser Mann, der wahrscheinlich jede Frau haben konnte, gerade für sie interessierte. Sie stand nach dem Frühstück bei ihm am Empfang und wusste nicht so recht, was sie mit dem Tag anfangen sollte.

»Ich muss noch ein paar Dinge erledigen, danach kann ich mit dir eine Tour durch das Dorf machen oder wir können einen Spaziergang machen«, schlug Davide vor.

»Das musst du nicht.«

Er sah sie an und antwortete: »Ich möchte aber.«

»Warum hast du eigentlich keine Freundin?«, platzte es aus ihr heraus.

»Vielleicht habe ich ja bald eine.« Er sah sie unverwandt weiter an.

Mara schwieg einen Moment, hielt ihn absichtlich etwas hin und sagte schließlich: »Dann musst du sie mir vorstellen.«

Siegessicher lächelte er und erwiderte: »Das werde ich tun.«

Mara ließ ihn am Empfang zurück und ging in den Salon. Um diese Uhrzeit war niemand dort. Ihr Blick fiel auf einen kleinen runden Tisch aus Messing, auf dem Schwarzweiß-Fotografien lagen, die ihr vorher nicht aufgefallen waren. Hatte sie jemand erst kürzlich hier hingelegt? Auf den Bildern war die Villa Rosa zu sehen. Es war schwer zu erraten, wann die Fotos aufgenommen worden waren, aber die Ränder waren bereits sehr vergilbt und die Ecken teilweise bestoßen. Auf einem Bild stand ein Auto vor dem Hauptportal, ein richtiger Oldtimer, wie man ihn vielleicht in den dreißiger oder vierziger Jahren gefahren hatte. Auf einem anderen waren zwei Personen, leider war es so unscharf, dass die Gesichter kaum zu erkennen waren. Schließlich entdeckte sie ein Foto von einem hübschen Zimmer. Sie sah genauer hin und erkannte verblüfft, dass es der Salon war, in dem sie sich gerade befand! Mara sah auf. Sie ließ den Raum auf sich wirken, blickte immer mal wieder auf das Foto und versuchte so, eine Brücke zur Vergangenheit herzustellen. Der Salon sah wirklich fast genauso aus wie damals, nur die Stühle und die Tische und ihre Anordnung als Essbereich waren ein wenig anders. Ob der Raum sich seit damals nicht verändert hatte oder ob Davide ihn wieder hergerichtet hatte, konnte sie nicht sagen.

Plötzlich hörte sie ein Röcheln und erschrak. Sie stand auf, ging zur Leseecke und entdeckte Davides Großvater schlafend in einem der beiden großen Ohrensessel. Vor ihm stand ein Rollator. Den hatte Mara noch nie gesehen und sie fragte sich, ob es ihm gesundheitlich schlechter ging.

»Signore Costantini, ist alles in Ordnung?«

Sie berührte ihn, doch der alte Mann reagierte nicht. Sie lauschte auf seinen Atem, konnte aber nichts mehr hören. Voller Angst rüttelte sie ihn und plötzlich wachte er auf.

»Was ist passiert?«, rief er erschrocken.

»Geht es Ihnen gut?«

Er sah sie an und fragte schlaftrunken: »Bin ich gestorben?«

Sie schüttelte den Kopf. »Nein, Sie sind hier in der Villa Rosa. Ich bin Mara.«

Einen Moment schien er nachzudenken. Das weiße wellige Haar sah etwas zerzaust aus, doch seine Augen blickten sie jetzt wach an.

»Ich erinnere mich. Davide schwärmt von Ihnen.«

Freude durchströmte Mara und sie wurde rot.

»Soll ich Ihnen etwas zu trinken bringen?«, fragte sie.

Der alte Mann schaute sich um. »Ich habe keinen Durst.«

Mara entdeckte neben seinem Sessel eine Wasserkaraffe und ein halbvolles Glas.

»Ich freue mich, Sie zu sehen«, sagte sie. »Ich muss immer wieder an Lina denken, das Mädchen aus Ihrer Vergangenheit.«

»Ach, das war vor so langer Zeit ... Beschäftigen Sie sich nicht zu sehr mit der Vergangenheit. Das habe ich getan und deshalb viele Fehler gemacht.« Er sah sie an. »Sie erinnern mich an jemanden, den ich kannte.«

Mara nahm all ihren Mut zusammen: »An Maria Grazia?«

Er sah sie überrascht an und nickte.

»Woher wissen Sie das?«, fragte er.

»Weil meine Großmutter so heißt.«

Er sah sie erstaunt und ein wenig erschrocken an. »Lebt sie noch?«

Mara nickte. »Es geht ihr nicht so gut, deshalb bin ich hier. Ich wollte endlich den Ort kennenlernen, an dem sie geboren wurde. Sie hat mir früher nie davon erzählt, erst vor ein paar Wochen hat sie damit angefangen.«

Jetzt sah er sie fast ängstlich an, als ob er in Mara ihre Großmutter suchte.

»Sie kann nichts dafür, sie trug wirklich keine Schuld«, murmelte er.

»Welche Schuld? Woran?«

Mara erinnerte sich, dass auch ihre Großmutter im Zusammenhang mit dem Fluch einmal von Schuld gesprochen hatte.

»Ich denke, es wird Zeit, dass ich Ihnen die Geschichte weitererzähle. Wo waren wir das letzte Mal stehen geblieben?«

Mara half dem alten Mann, den Sessel etwas zu drehen, sodass sie sich ihm gegenüber setzen konnte. Dann begann er zu sprechen.

13.

In Pliva wurden immer mehr deutsche Soldaten untergebracht. Sie sollten wohl darauf achten, dass es keine Ausschreitungen gab. Matteo war das egal, er beachtete die Fremden kaum. Vom Sommer war nun in dieser eigentlich milden Region nichts mehr zu spüren und das satte Grün wich Gelb, Braun und Rot. Blätter lagen auf dem Boden und die Wege wurden schlammiger. In den letzten Tagen hatte es unentwegt geregnet. Trotzdem ging Matteo, nachdem die Arbeit bei den Tieren erledigt war, zu Lina. Vida war gerade nicht da und seine Freundin öffnete die Tür. Matteo betrachtete sie genau. Er sah auf ihren Bauch unter der Schürze, doch da war keine Wölbung zu erkennen, nur ihre weiblichen Formen. Rasch wandte Matteo seinen Blick ab und sah ihr ins Gesicht. Es war vielleicht etwas runder als sonst, doch das tat ihrer Schönheit keinen Abbruch.

»Na, was gibt es draußen?«, fragte sie zur Begrüßung.

»Nur Regen.«

Sie setzten sich in die kleine Kochecke.

»Mamma ist bei meiner Schwester. Sie kommt spät zurück«, erzählte Lina.

»Wenn sie mich hier sieht, bringt sie mich wahrscheinlich um«, antwortete er.

»Wie kommst du denn darauf?«

»Sie mag mich nicht.«

»Das stimmt nicht.«

»Warum meckert sie mich dann immer an?«

»So ist meine Mutter, je mehr sie mit dir schimpft, desto mehr will sie dir zeigen, dass sie dich mag.«

»Ich weiß nicht.«

»Doch, das stimmt, wenn du nicht da bist, sagt sie oft: *Schau mal, der Matteo, der ist gut erzogen, er macht das und das.*«

Matteo war überrascht, denn er war sich sicher gewesen, dass ihn Vida seit ungefähr einem Jahr nicht mehr leiden konnte. Eine Weile saßen sie da, ohne etwas zu sagen. Dabei fiel Matteos Blick immer wieder auf Linas Taille.

»Warum starrst du mich so an?«, fragte sie plötzlich wütend.

»Ich wollte sehen, ob du einen dicken Bauch hast.«

Lina starrte ihn entsetzt an und brach in Tränen aus. Matteo erschrak, denn er hatte seine Freundin seit ihrer Kindheit nicht weinen sehen. Er versuchte sie zu trösten, aber er fühlte sich von der Situation überfordert.

»Die Leute sind dumm, erzählen immer nur Schwachsinn, diese blöden Weiber. Ich werde ihnen das nächste Mal das Maul stopfen«, sagte er.

Lina beruhigte sich etwas. Nach einer gefühlten Ewigkeit wischte sie sich mit ihrem Ärmel über das Gesicht und sah ihm in die Augen. Neue Tränen rollten ihre Wangen hinunter.

»Es ist stimmt, Matteo. Mamma hofft, es irgendwie verheimlichen zu können, bis sie eine Lösung gefunden hat.«

Matteo hatte das Gefühl, als hätte ihm jemand mit der Faust in den Magen geschlagen. Damit hatte er nicht gerechnet. Ungläubig und entsetzt sah er sie an und Lina begann wieder zu weinen. Matteo ballte seine Fäuste und zischte: »Dieser Schweinehund! Dem werd ich's zeigen.«

Lina legte ihm die Hand auf den Arm und schluchzte: »Bitte, Matteo, das hilft doch nichts! Ich bin verzweifelt. Meine Mutter versucht, es zu vertuschen. Sie verflucht mich jeden Tag, ich weiß nicht, was ich machen soll. Am liebsten würde ich sterben. Dann wäre endlich alles vorbei.« Linas letzte Worte waren nur noch ein Murmeln.

Matteo starrte sie an.

»Nein, du wirst nicht sterben! Ich werde mir etwas überlegen ... Wir könnten zusammen abhauen«, sagte er. »Ich heirate dich! Ich überlege mir etwas. Hör bitte auf zu weinen!«

Er rang verzweifelt um Worte.

»Matteo, du bist ein echter Freund, aber das geht doch nicht. Meine Mutter hat mir geraten, dich zu verführen und zu behaupten, es sei dein Kind. Aber so etwas würde ich niemals tun! Du bist mein bester Freund, du bist wie ein Bruder für mich.«

Ihre Worte gaben ihm einen Stich, doch er lächelte sie freundlich an. Hilflos und erfolglos versuchte er, ein paar Witze zu machen, um die Situation aufzulockern. Doch schließlich resignierte er, denn Lina schien untröstlich zu sein. Er verabschiedete sich, versprach, bald wiederzukommen und ging. Auf dem Nachhauseweg brach er zusammen, seine Augen füllten sich mit Tränen. Seine unbeschwerte Kindheit gehörte ab jetzt der Vergangenheit an, das wurde ihm in diesem Moment klar.

Zu Hause riss er sich zusammen und tat so, als ob alles in Ordnung wäre. Obwohl er Lina versprochen hatte, etwas zu unternehmen, war er so in die Arbeit mit den Tieren eingebunden, dass er nicht dazu kam, sich etwas auszudenken. Er überlegte, ob es nicht wirklich die beste Lösung wäre zu behaupten, es sei sein Kind. Je mehr er darüber nachdachte, desto besser gefiel ihm diese Idee. So konnte er Lina helfen. Und er würde sein Leben mit der Frau verbringen, die er liebte.

Gleichzeitig war er schrecklich wütend auf diesen feinen Signore, der sich anscheinend keinerlei Gedanken machte. Dem es egal war, dass er ein Leben zerstörte. Es gab nichts Schlimmeres, als ein unverheiratetes Mädchen zu schwängern. Sie wurde als Hure abgestempelt, egal wie alt sie war. Sie würde immer die Hure bleiben und ihr Kind immer das Hurenkind. Lina würde in noch ärmlicheren Verhältnissen leben als ihre Mutter, wenn er nichts unternahm. Das erste Mal in seinem Leben erkannte Matteo, wie ungerecht das Leben zu Frauen war. Die Männer wurden nie verurteilt, Schuld waren immer die Mädchen.

Während Matteo darüber nachdachte, Lina zu heiraten, fragte er sich, ob sie diesen Mann liebte. Das konnte er sich einfach nicht vorstellen. Der Dreckskerl hatte sie bestimmt genötigt. Er musste ihr irgendwie helfen.

Am nächsten Tag ging er wieder zu Linas Haus, um mit ihr zu sprechen, doch niemand war dort. Auch am nächsten Tag ging er vergeblich dorthin, erst am übernächsten Tag öffnete ihm Vida die Tür.

»Lina ist nicht hier«, erklärte sie.

»Wo ist sie denn?«

»Bei ihrer Schwester. Sie muss ihr auf dem Hof helfen, jetzt, wo Maurizio auch noch im Krieg ist«, behauptete Vida.

Matteo konnte sich denken, was wirklich dahintersteckte. Vida wollte nicht, dass jemand mitbekam, wie Linas Bauch wuchs. Verzweifelt machte er sich auf den Heimweg.

In den nächsten Wochen musste er zu Hause viel arbeiten, die letzte Ernte musste eingebracht und die Vorräte für den Winter eingelagert werden. Er spielte mit dem Gedanken, Lina zu besuchen, doch er wusste nicht einmal, wo ihre Schwester wohnte. Fieberhaft überlegte er, was er für sie tun konnte. Er fühlte sich hilflos. Dennoch musste ein Plan her. Er beschloss, dass er auf eigenen Beinen stehen musste, wenn er Lina wirklich heiraten wollte.

Ende Dezember kam Enrico, ein Bruder seiner Mutter, über die Weihnachtstage zu Besuch. Er arbeitete in einer Fabrik in Mestre. Als jüngster Sohn hatte er das elterliche Haus in der Hoffnung auf ein besseres Leben verlassen. Enrico erzählte, dass für seine Fabrik Arbeiter gesucht würden und dass der Verdienst gut wäre. Jetzt, wo viele Männer im Krieg waren, war es kaum möglich, Arbeiter zu finden. Viele italienische Soldaten waren außerdem in deutsche Kriegsgefangenschaft geraten, weil sich die Armee gegen Mussolini gestellt hatte.

An einem Nachmittag, als er mit seinem Onkel allein war, fragte Matteo ihn, ob er für ihn eine Arbeitsstelle in der Fabrik organisieren könnte.

Enrico antwortete: »Ganz bestimmt, Junge. Komm einfach bei uns in der Fabrik vorbei. Ich kann den Meister schon einmal ansprechen.«

»Aber erzähl meinen Eltern erst einmal nichts davon«, bat Matteo.

»Keine Angst, Junge. Ich verstehe dich. Hier im Ort wird es irgendwann zu eng. Das kriegen wir schon hin. Den Eltern können wir es immer noch erzählen, wenn es geklappt hat.«

So hatte Matteo nun doch Hoffnung, dass er Lina aus dieser schlimmen Situation heraushelfen konnte. Kurz darauf sah er auf der Straße Lina neben ihrer Mutter. Sie war wieder zurück!

Sie ging langsam, hatte einen dicken Mantel an und schaute auf den Boden. Als sie aufblickte und ihn ansah, kamen ihm fast die Tränen. Sie sah schlecht aus, ihre Augen waren gerötet, wahrscheinlich hatte sie lange geweint. Sie senkte erneut den Kopf und ging weiter, ohne ihn zu grüßen. Matteos Magen zog sich zusammen. Lina so zu sehen, tat schrecklich weh. Er war fest entschlossen, bald mit seinen Eltern zu sprechen und bei Vida um ihre Hand zu bitten.

14.

»Und? Haben Sie es getan? Haben Sie Lina geheiratet?«, fragte Mara den alten Mann.

»Leider ist das Leben manchmal schrecklich ungerecht. Lina war von ihrer Schwester zurückgekehrt. Ihre Schwester hatte wohl zu viel Streit mit ihrem Mann gehabt, als dieser mit einer Kriegsverletzung von der Front heimkehrte. Noch ein weiteres Maul zu füttern, war ihm zu viel. Im Winter gab es auf dem Hof auch nicht viel zu tun, sodass sie Linas Hilfe nicht brauchten. Es gab so viel Streit und Tränen, dass die arme Lina keine Last sein wollte. Zu Fuß machte sie sich auf den Rückweg nach Pliva, wo ihre Mutter sie widerwillig in ihrer Hütte aufnahm. Zwei Tage nach ihrer Rückkehr bekam Lina ihr Kind. In der Nacht, viel zu früh, es ist wahrscheinlich gleich gestorben oder wurde schon tot geboren.«

»Oh nein!«

Einen Moment schwieg Matteo. »Ihre Mutter wusste es nicht besser und vergrub es hinter dem Hühnerstall«, sagte er schließlich, ohne Emotionen zu zeigen. »Sie hoffte wohl, dass damit schlimmeres Übel von ihrer Tochter abgewendet werden könnte, wenn sie jeglichen Hinweis auf die Schwangerschaft verschwinden ließ. Leider beobachtete sie jemand dabei und meldete es der Gendarmerie.«

Mara sah ihn entsetzt an.

»Lina musste ins Gefängnis, obwohl sie unschuldig war.

Der feine Signore, von allen respektiert, hatte sie verführt und fallen lassen. Ihre Mutter war dumm und ich, ich war einfach zu jung.«

»Das ist ja furchtbar.«

Matteo schwieg betrübt.

»Aber warum musste Lina ins Gefängnis?«, fragte Mara. Ihre Stimme überschlug sich, so sehr wühlte sie das alles auf.

»Es waren andere Zeiten. Eine Frau, die unehelich schwanger war ... die Gesellschaft kannte wenig Erbarmen und die Richter auch nicht. Außerdem war Krieg, die Justiz war überfordert und alle Prozesse wurden besonders schnell abgewickelt. Der Richter war überzeugt, dass sie eine Kindsmörderin war.«

»Und dann?«

»Sie haben sie gezwungen, den kleinen Sarg, der eher wie ein Schuhkarton aussah, zum Friedhof zu tragen. Dort wurde das Baby begraben. Danach musste sie ins Gefängnis. Es war das erste Mal in meinem Leben, dass es mir völlig egal war, was die anderen dachten. Ich ging zu ihr und half ihr, den Karton zu tragen.«

»Wie schrecklich«, wiederholte Mara immer wieder. »Wie schrecklich.«

»Eigentlich war das der Moment, in dem unsere gemeinsame Geschichte erst begann. Alles, was ich zuvor für sie empfunden hatte, war nur jugendliche Schwärmerei. Jetzt übernahm ich plötzlich Verantwortung, wie ein Erwachsener. Ich bin in diesem Moment, dort auf dem Friedhof, zum ersten Mal innerlich gestorben.«

Mara traute sich nicht zu fragen, was anschließend passiert war.

»Zum Glück kamen doch Zweifel auf, ob Lina schuldig war. Ihre Mutter erklärte immer wieder, dass es eine Frühgeburt gewesen war. Lina war ja erst im fünften Monat gewesen, das Kind wäre nicht lebensfähig gewesen. Die Hebamme aus dem Nachbarort hatte Mitleid und bestätigte, dass der Leichnam so klein gewesen war, wie es nach vier bis fünf Monaten der Fall ist.«

»Dann kam Lina also frei?«, hoffte Mara.

Der alte Mann nickte.

»In den Wochen im Februar und März, in denen sie im Gefängnis war, war es noch sehr kalt. Da habe ich sie regelmäßig besucht. Es war eine schöne Zeit. Wir träumten davon zu verreisen. In die Ferne. Ich versprach ihr, sie nach ihrer Entlassung zu heiraten – wenn es sein musste auch ohne die Einwilligung unserer Eltern. Tatsächlich habe ich konkrete Pläne gemacht. Aber gerade dieser Winter war lang und im Gefängnis war es bitterkalt. Lina wurde sehr krank. Ich weiß bis heute nicht, was sie genau hatte. Damals war die medizinische Versorgung noch nicht so gut wie heute. Man versuchte es mit Hausmittelchen, Geld für einen Arzt hatte keiner. Doch all die Kräuter halfen nicht, sie wurde immer dünner und blasser.«

15.

Lina lag im Haus ihrer Mutter auf ihrem Bett aus Stroh. Der kleine, dunkle Raum wurde von den Strahlen der Frühlingssonne ein wenig erhellt. Matteo saß an ihrem Bett. Er hatte ihr einen Bund Frühlingsblumen gepflückt und Suppe von seiner Mutter mitgebracht. Linas Haare waren jetzt noch kürzer geschnitten. Für ihn sah sie damit noch hübscher aus als vorher, denn ihr braunes Haar wellte sich in den Spitzen in kleine Locken. Ihre großen smaragdgrünen Augen, versteckt unter den langen dunklen Wimpern, blickten immer noch wach.

»Wenn du wieder gesund bist, werden wir sofort heiraten«, sagte Matteo.

Sie lächelte.

Matteo fühlte sich einerseits glücklich, wenn sie ihn so ansah. Doch ihn plagten immer wieder unterschiedliche Gefühle, die ihn in manchen Nächten, wenn er wach lag und sich zu viele Gedanken machte, zu zerreißen drohten. Besonders eine Frage quälte ihn. Er hatte Angst vor der Antwort. Nun, da Lina gerade so zugänglich war, fragte er ganz spontan: »Hast du ihn eigentlich geliebt oder hat er dir weh getan?«

Sie hatte ganz sicher verstanden, wen er mit *ihn* meinte. Sofort verschwand das Lachen aus ihrem Gesicht und Matteo bereute seine Frage. Sie sah zu Boden.

»Ist nicht wichtig«, versuchte er, seinen Fehler schnell wiedergutzumachen.

Lina schien erleichtert. Matteo sprach wieder von seinen Plänen für ihre Zukunft. Doch als eine Gesprächspause entstand, sagte sie mit einem Mal: »Nein und nein.«

Matteo hob seinen Blick. »Was meinst du?«

»Ich liebe ihn nicht, aber er hat mir auch nicht wehgetan. Er hat mich zu nichts gezwungen. Was soll ich sagen. Es ist passiert.«

Die Antwort schmerzte ihn, aber gleichzeitig war er erleichtert. Sie liebte ihn nicht.

»Er war sehr freundlich zu mir«, sagte Lina. »Es hat sich gut angefühlt, von einem attraktiven, reichen Mann so viele Komplimente zu hören. Als er mehr wollte, wusste ich nicht, wie ich mich verhalten sollte. Wie konnte ich zu einem einflussreichen Mann wie ihm Nein sagen? Eigentlich wusste ich nicht wirklich, was mir geschah. Ich war doch noch ein Kind. Aber ... ich habe mich nicht gewehrt. Ich verstehe selbst nicht, wie es so weit kommen konnte ...«

Ihre Stimme wurde brüchig. Matteo nahm ihre Hand.

»Ist schon gut«, sagte er.

Matteo fragte sich, ob es an der Erziehung der Dorfmädchen lag. Alles, was ihnen beigebracht wurde, war, den Männern zu gehorchen. Niemand lehrte sie, dass sie auch eine eigene Meinung haben durften. Er war sich sicher, dass Signore Parisi ihre Unbedarftheit schamlos ausgenutzt hatte! Es schmerzte ihn, wenn er darüber nachdachte.

»Ich werde in der Fabrik in Mestre eine Arbeitsstelle bekommen und dann werden wir für immer eine Familie sein«, lenkte er das Gespräch wieder auf ein anderes Thema, um die schweren Gedanken zu vertreiben. »Dort kennt uns niemand und niemand wird dich schief angucken.«

»Das ist schön.«

Lina setzte sich in ihrem Bett auf und trank von dem heißen Tee, der auf einem Stövchen auf einem kleinen Tisch neben dem Bett stand. Sie musste immer wieder husten und konnte nicht viel sprechen, daher bat sie Matteo leise: »Erzähl mir mehr von unserer Zukunft. Du kannst so schön erzählen.«

Er sprach weiter und schmückte alles in den schönsten Farben aus, bis er merkte, dass sie eingeschlafen war. Vida saß hinter dem Vorhang in der Kochecke am Ofen und weinte lautlos. Als Matteo zu ihr ging, sagte sie immer wieder: »Mein armes Kind, mein armes Kind.«

»Warum hast du ihr nicht geholfen?«, fragte Matteo wütend. Er hatte das Gefühl, dass auch Vida an diesem Unglück schuld war.

»Ich habe es versucht, wirklich, ich wollte, dass alles wieder so wird wie früher ... es tut mir so leid.«

»Vida, ich will Lina heiraten.«

Die Bäuerin lächelte traurig und sagte: »Ach, mein Junge, du bist so treu und so verliebt.«

»Ich werde mit meinen Eltern sprechen.«

Vida sah ihn lange an. »Und du glaubst, dass sie damit einverstanden wären?«

Er dachte nach. »Das ist mir egal. Vielleicht sage ich es ihnen auch nicht. Ich werde jedenfalls mit Padre Alessio sprechen.«

Vida lächelte. »Du meinst, du kannst das Schicksal beeinflussen?«

»Ja«, sagte er mit solcher Überzeugung, dass Vida ihm das erste Mal, seit er kein kleiner Junge mehr war, liebevoll übers Haar strich.

In den nächsten Tagen strahlte die Sonne immer intensiver. Die Frühlingsblumen bedeckten die Wiesen und die Vögel zwitscherten fröhlich. Vida stellte einen Stuhl vors Haus in die Sonne. Als Matteo dort ankam, saß Lina, die immer noch schwach war, dick eingepackt im Sonnenlicht und atmete die gute frische Luft ein. Matteo lächelte sie an und gab ihr ganz zaghaft einen Kuss auf die Wange. Sie errötete.

»Ich habe mit dem Priester gesprochen. Wir können heiraten.«

»Wenn ich endlich gesund werde.«

»Nein, auch jetzt schon!«

»Aber eine kranke Braut, ich weiß nicht.«

»Das ist mir egal.«

»Was sagen deine Eltern dazu?«

»Mach dir keine Sorgen.«

Vida kam aus dem Haus und begrüßte ihren Gast.

»Mamma, Matteo will mich heiraten.«

»Ich weiß, ich weiß. Er ist ein guter Mann, was er für dich tut, ist sehr ehrenvoll ...«

Sie hielt einen Moment inne und unterdrückte die Tränen. Dann sagte sie: »Ich werde dir mein altes Brautkleid umnähen.«

Lina lächelte und musste husten.

»Vielleicht ist es doch zu kalt hier draußen. Möchtest du wieder hineingehen?«, fragte ihre Mutter.

»Nein, ich möchte einen kleinen Spaziergang mit Matteo machen.«

Vida zuckte mit den Schultern und bat: »Pass bitte auf sie auf.«

Matteo sah Vida an und nickte. Er nahm Linas Hand und sie gingen in Richtung Trampelpfad.

»Langsam«, bat Lina. »Ich bin nicht mehr so schnell, Matteo, ich komme mir vor wie eine alte Frau.«

Er lächelte. »Das bist du nicht. Du bist immer noch das schönste Mädchen der Welt.«

Er gab ihr einen Kuss und sie erwiderte ihn. Das erste Mal. Es fühlte sich vertraut an. Langsam gingen sie weiter. Matteo war glücklich. Er brauchte nicht mehr, nur Lina neben sich.

»Lass uns zum Bach gehen«, bat sie.

Matteo spürte, wie sich Lina im Gehen an ihn lehnte, sie hatte so wenig Kraft. Er hätte sie am liebsten getragen. Am Bach setzten sie sich nebeneinander auf einen alten Baumstamm. Seit dem Sommer waren sie nicht mehr am Bach gewesen, damals waren sie noch Kinder gewesen. Es schien eine Ewigkeit her zu sein. Der Platz im Wald hatte sich nicht verändert, nur sie selbst waren andere geworden. Der Bach plätscherte fröhlich vor sich hin, die Äste einer alten Trauerweide hingen fast bis ins Wasser hinunter. Früher hatten sie hier gebadet.

»Es tut mir leid, Matteo, dass ich dich so verletzt habe«, sagte Lina plötzlich.

»Ach, lass uns nicht mehr darüber nachgrübeln, wir denken nur noch an unsere gemeinsame Zukunft«, tröstete Matteo sie.

Lina sah ihn ernst an. »Du bist ein guter Mann, ein Mann zum Heiraten. Das wusste ich schon immer.«

Er lächelte stolz und nahm ihre Hand.

»Aber was ist, wenn deine Eltern dagegen sind?«, fragte Lina zaghaft.

»Wir werden das Dorf verlassen und ich werde in der Fabrik arbeiten. Dort kennt uns keiner und es wird kein

Gerede geben«, sagte Matteo bestimmt. »Wir müssen uns nur überlegen, wann wir heiraten möchten«.

»Und wenn ich nicht gesund werde?«

»Du wirst gesund, das ist doch nur ein schlimmer Husten«, machte Matteo ihr Mut.

Matteo wusste nicht, ob er seinen Eltern von seinen Plänen erzählen sollte. Er rechnete damit, dass sie ihm die Heirat mit einem unehrenhaften Mädchen nicht erlauben würden, doch er war fest entschlossen, dass Lina seine Frau werden sollte. Der Einzige, mit dem er sprechen konnte, war der Priester. Der junge Mann hörte sich in dem kleinen, dunklen Pfarrbüro geduldig Matteos Anliegen an. Padre Alessio war anders als der alte Priester, der erst vor zwei Jahren gestorben war. Er kam aus der Stadt und kannte keinen der Bewohner des Dorfes näher.

»Es ist traurig und ungerecht, was der jungen Lina passiert ist«, sagte er langsam. »Sie war zu jung, um es besser zu wissen und sich von diesem Mann fernzuhalten. Es ist sehr ehrenhaft, was du für sie tun möchtest. Dasselbe hat Josef für Maria getan, auch wenn die Dinge da natürlich ein wenig anders lagen. Deshalb kann ich dich nur ermutigen. Lina ist in der Tat ein Opfer dieses ungerechten Systems.«

Matteo mochte Alessio. Seine Predigten waren leidenschaftlich, er predigte für Gerechtigkeit. Sein älterer Bruder Nino hatte einmal gesagt, dass der Priester, wenn er kein Geistlicher wäre, sicher die kommunistische Partei anführen würde. Nino war heimlich ein Anhänger der Kommunisten und er ging nur in die Kirche, weil Padre Alessio dort predigte. Der Geistliche hatte auch zusammen mit Matteo Lina im Gefängnis besucht und sie ermutigt. Er sprach viel davon, wie wichtig es war zu vergeben. Doch das konnte Matteo nicht, nicht diesem Schweinehund Parisi. Das Dorf redete nur von Linas Schande, niemand erwähnte den Mann, der ein sechzehnjähriges Mädchen verführt und geschwängert hatte. Der Signore war immer noch fein raus. Ihm hatte die Polizei keinen Besuch abgestattet, er musste nicht in ein kaltes Gefängnis. Nur seine Frau nahm ihm das Gerede übel.

16.

Mara sah die Wut in Matteos Augen. Sie saßen nun schon seit einer Stunde in den zwei Sesseln am Fenster. Bei seinem Blick hatte Mara ein mulmiges Gefühl. Sein Gesichtsausdruck war nicht der eines ruhigen, liebevollen alten Mannes. Er schien sehr aufgebracht zu sein.

»Wir müssen nicht mehr über die Vergangenheit sprechen, wenn Sie das zu sehr aufwühlt«, sagte sie etwas unsicher.

Seine Augen schienen sie zu durchbohren und Mara bekam Angst. Sie überlegte, ob sie Davide rufen sollte. Er hatte erwähnt, dass sein Großvater normalerweise sehr grantig war und sich erst ihr gegenüber so richtig zu öffnen schien. Mara hatte diese Aussage nicht richtig einordnen können, doch jetzt hatte sie eine Idee davon, was Davide gemeint haben könnte.

»Sie hatte noch eine schöne Zeit mit Ihnen«, resümierte Mara in dem Bedürfnis, etwas Positives zu sagen.

»Aber sie hat mir niemals gesagt, dass sie mich liebt«, stellte er traurig fest. Er dachte kurz nach, seufzte und sagte: »Die Vergangenheit holt einen immer wieder ein, auch wenn man glaubt, alles vergessen zu haben.«

Aus einem Impuls heraus nahm Mara seine Hand. »Danke, dass Sie mir das alles erzählen.«

Der alte Mann drückte ihre Hand und sie half ihm auf.

»Ich muss meine tausend Schritte erledigen. Das ist mein tägliches Sportprogramm«, spöttelte Signore Costantini, doch er klang noch immer traurig.

Er nahm seinen Rollator und sagte etwas milder: »Davide hat das Haus wirklich schön gestaltet. Diesen Salon hat er beinahe wieder so hinbekommen wie früher. Wir haben alte Fotos gefunden, darauf ist er gut zu sehen. Manchmal wache ich hier im Sessel auf und denke, ich bin in der Vergangenheit. Er ist ein guter junger Mann, auch wenn er manchmal etwas zu verbissen ist, wie mit seinen Plänen für die Pension.«

»Also ich finde es gut, dass er etwas aus diesem Haus macht«, antwortete Mara.

»Ja, natürlich. Sie haben wohl recht.«

Sie verließen den Salon und Mara half ihm die zwei Treppenstufen hinab durch das Hauptportal ins Freie. Auf dem Parkplatz begrüßte Davide gerade die Pflegerin seines Großvaters.

»Sagen Sie ... ist wenigstens Maria Grazia glücklich geworden?«, fragte Matteo unvermittelt.

»Schwer zu sagen ... zumindest was die Liebe betrifft, wohl nicht. Mein Großvater hat sie verlassen, als meine Mutter noch klein war, und meine Mutter wiederum wurde von meinem Vater verlassen. Es scheint, als habe sich in unserem Leben ein Muster gebildet.«

»Das ist nicht gut«, sagte er. »Das tut mir leid ... Maria Grazia war ein zauberhaftes Mädchen.«

»Sie ist auch eine tolle Großmutter. Sagen Sie, wo war das Haus meiner Großmutter?«

Er sah sie entgeistert an, sagte aber nichts und Mara beschloss, nicht weiter in ihn zu dringen.

»Können Sie mir mehr über meine Großmutter erzählen? Woher kannten Sie sich?«

»Für heute habe ich genug erzählt, glaube ich.«

Mara sah, dass seine linke Hand zitterte. Hatte ihn das Erzählen so sehr angestrengt? Oder stieg wieder Zorn in ihm auf?

Davide kam mit Matteos Pflegerin auf sie zu und meinte schmunzelnd: »Nonno, du verbringst aber viel Zeit mit dieser Signorina.«

Svetlana sah ihn missbilligend an und sagte mit einem Augenzwinkern: »Sono gelosa.« *Ich bin jealous – eifersüchtig*, übersetzte Mara im Kopf und schmunzelte. Die füllige Pflegerin hatte einen harten osteuropäischen Akzent. Sie fügte noch etwas hinzu und alle lachten.

»Sie lassen mich einfach zu lange alleine«, flüsterte Davide Mara die Übersetzung zu.

Auf Svetlanas nächste Worte hin beschwerte sich Signore Costantini bei Mara in gespieltem Ernst: »Wie Sie sehen, werde ich wie ein Kind behandelt. Sie sagt, ich soll ein Nickerchen machen.«

Er herrschte Svetlana auf Italienisch an, stieg aber mit ihr ins Auto und die beiden fuhren davon.

Mara blickte ihnen hinterher.

»Mein Großvater mag dich«, sagte Davide.

»Ich mag ihn auch sehr. Aber er wurde richtig wütend, als er über die Vergangenheit sprach. Gegen Ende habe ich sogar Angst vor seinem Blick bekommen.«

»Ja, jetzt siehst du, was ich meine. So war er früher oft, ein sehr zorniger Mensch. Wir wussten nie so recht, auf wen oder was er wütend war.«

»Vermutlich hat es mit der Vergangenheit zu tun.«

»Das mag sein«, sagte Davide. Er machte eine wegwerfende Handbewegung, sah Mara an und lächelte: »Lass uns über etwas anderes reden. Du bist übrigens im Augenblick der einzige Gast. Die anderen sind alle abgereist und Giuseppina hat heute frei«, sagte er verheißungsvoll und mit einem Augenzwinkern.

»Wohnst du selbst auch hier im Palazzo?«, fragte Mara und versuchte, ihre Verlegenheit zu überspielen.

»Ich habe mir eine kleine Wohnung nebenan im alten Gesindehaus renoviert. Sie ist winzig, aber mir gefällt es dort.«

»Wie romantisch!«

Er lachte. »Na ja, warte, bis du es gesehen hast, dann wirst du es vielleicht nicht mehr romantisch finden.«

Sie gingen in den Garten. Als sie dort unter einem der Feigenbäume stehen blieben, nahm Davide Mara an den Händen, drehte sie zu sich und küsste sie. Mara sah ihn an und sagte: »Ich habe eine Frage an dich. Du siehst klasse aus, hast eine eigene Pension, bist ein cooler Typ, also ... warum bist du Single?«

Er lachte laut. »Dasselbe könnte ich dich fragen.«

»Ich bin eher der schüchterne Typ«, antwortete sie.

»Ich vielleicht auch«, entgegnete er.

»Nein, das glaube ich nicht.«

»Warum nicht? Weil Schüchternheit zu coolen Männern nicht passt?«

»Genau.«

»Das heißt, wenn ich wirklich schüchtern bin, magst du mich nicht?«

»Habe ich nicht gesagt.«

Er sah sie an: »Du bist so eine schöne Frau und willst mir erzählen, dass die Männer nicht bei dir Schlange stehen?«

Sie kicherte. »Nein, das tun sie nicht.«

»Da bin ich aber froh.«

Er küsste sie erneut und sie erwiderte seinen Kuss. Sie musste sich auf die Zehenspitzen stellen, um seine Lippen zu berühren. Die spätsommerliche Sonne strahlte von einem blauen, wolkenlosen Himmel und Mara fühlte, wie ihre Beine zitterten. Sie umarmte ihn und er hielt sie fest. Sie war eindeutig verliebt, verspürte gleichzeitig aber auch Angst und die altbekannten Zweifel. Während sie ihn küsste, ließ sie ihre Augen offen, um sich zu vergewissern, dass das alles wirklich real war.

Dennoch kamen ihre Gedanken nicht zur Ruhe und die mahnende Stimme in ihrem Kopf sagte: *Für ihn ist das bestimmt nur eine Urlaubsromanze. Er spielt mit dir. Was soll er schon von dir wollen?*

Doch Mara entschloss sich, die skeptische Stimme zu ignorieren und diesen wunderschönen Moment zu genießen.

»Was wollen wir unternehmen?«, fragte Davide schließlich, nachdem sie sich voneinander gelöst hatten.

»Gestern waren wir in Venedig, heute entscheidest du«, gab Mara zurück.

Er schlug vor, ein Picknick zu machen. Mara gefiel der Gedanke. Davide ging in die Küche und sie in ihr Zimmer. Dort zog sie ein blau-weiß gestreiftes Sommerkleid und Turnschuhe an und packte Wasser und ein paar Kekse in ihren Rucksack. Als sie in den Salon kam, hatte Davide einen hübschen alten Korb mit lauter Köstlichkeiten gepackt: Äpfel, Tomaten, Salami, Käse, Brot, ein kleiner Kuchen und eine Flasche Prosecco. Mara ließ ihre Finger über die Köstlichkeiten gleiten.

»Das sieht aber lecker aus! Und irgendwie ist es auch total romantisch!«

»Ich gebe zu, ich bin ein schrecklicher Romantiker«, sagte Davide. »Und die meisten Frauen mögen das nicht.«

Mara verschränkte die Arme. »Das stimmt doch nicht.«

Davide wurde ernst. »Doch, viele empfinden das als unmännlich.«

»Ich finde es wunderbar«, versicherte sie ihm. »Natürlich gemischt mit einer Prise Männlichkeit, deshalb musst du auf dem Weg noch ein Wildschwein erledigen, einen Übeltäter besiegen und mir dabei romantische Gedichte schreiben«, witzelte sie.

»Gut, ich packe gleich noch die Schrotflinte ein, und während ich das Schwein auseinandernehme, dichte ich romantische Liebeslieder.«

»Du musst natürlich später auch unsere vier Kinder versorgen, das Haus sauber halten und leckeres Essen kochen«, fügte sie lachend hinzu.

»Jawohl, das mache ich sehr gern ... wenn du, nachdem du unsere vier Kinder zur Welt gebracht hast und selbstverständlich immer noch mit dieser Figur nebenbei einen Beruf ausübst, mir abends noch den Rücken massierst, da ich ja müde vom Jagen bin.«

»Das klingt ganz schön stressig!«, stellte Mara lachend fest.

»Ja, vielleicht lasse ich das mit dem Jagen.«

»Und ich verspreche nicht, nach vier Kindern noch dieselbe Figur zu haben.«

»Dann vielleicht nur zwei Kinder.«

»Abgemacht«, sagte Mara und hielt ihm ihre Hand hin. Als er einschlug, klopfte ihr Herz bis zum Hals. Dabei hatten sie doch nur Spaß gemacht!

Davide nahm den Korb und legte noch eine kleine Picknickdecke hinein. Kurz darauf gingen sie die Landstraße entlang.

Nach ein paar hundert Metern bogen sie auf einen kleinen Trampelpfad ein. Vor ihnen erstreckten sich lange Wiesen, überwiegend waren diese sich selbst überlassen und somit blühte dort allerlei Unkraut, zur Freude von Bienen und Hummeln. Diese flogen geschäftig von Blüte zu Blüte. Mara stellte fest, dass Unkraut wunderschön sein konnte, es blühte in den unterschiedlichsten Farben und sie hatte das Bedürfnis tief ein- und auszuatmen.

Neben ihnen plätscherte ein kleiner Bach, umrahmt von alten Bäumen. Bald darauf stieg der Pfad etwas an. Am Wegesrand tauchten nun Weinreben auf. Mara war Davide immer ein paar Schritte voraus.

»Ihr deutschen Frauen seid einfach unschlagbar im Wandern«, rief er außer Puste.

»Mein Vater ist schuld daran, er ist begeisterter Wanderer, obwohl er Italiener ist«, erklärte Mara.

»Ich trage aber auch unseren Proviant, das darf man nicht außer Acht lassen.«

»Soll ich dir den Korb mal abnehmen?«

»Nein, ich schaff das schon. Außerdem ist der Anblick, wenn du vor mir herläufst, ziemlich schön.«

Sie versetzte ihm einen leichten Hieb mit dem Ellenbogen.

»Hey, du hast eben eine schöne Figur in diesem Kleidchen! Das motiviert mich, diesen Hügel zu erklimmen.«

Sie gab ihm einen Kuss, dann gingen sie weiter und Mara schwang ihre Hüften absichtlich etwas mehr als nötig. Auf der Spitze des Hügels hielten sie an. Dort reichte ihr Blick über endlose Felder, in der Ferne lag Pliva und einsam und verlassen der alte Palazzo. Sie gingen noch ein paar Schritte weiter und breiteten die kleine Picknickdecke auf einer Blumenwiese aus. Außer dem Summen zahlreicher Insekten war nichts zu hören. Es war warm und Mara war aufgeregt. Sie hatte kaum Hunger, obwohl alles wunderbar schmeckte. Davide hatte jedoch großen Appetit. Er goss Prosecco in die Gläser und sie stießen an. Mara war keinen Alkohol gewöhnt und so merkte sie, dass ihr schon das erste Glas zu Kopf stieg. Sie begann, wie ein Teenager zu kichern. Davide sah sie überrascht an.

»Bist du beschwipst?«

»Nein, nein.« Wieder kicherte sie.

»Ich glaube, du hattest was anderes im Glas als ich! Du hast jetzt genau ein Glas getrunken, oder?«

Sie nickte und musste wieder lachen.

»Du solltest noch etwas essen.«

»Okay«, sagte sie, nahm sich ein paar Trauben und begann, ihn zu küssen.

»Du bist tatsächlich von einem Glas Prosecco betrunken, ich fass es nicht! Bist du wirklich volljährig?«

Sie kicherte. »Möchtest du meinen Ausweis sehen?«

»Komm, leg dich hin«, schlug er vor.

»Ich bin nicht müde.« Trotzdem ließ sich Mara auf die Decke sinken.

Davide streichelte ihr über das Gesicht und sie merkte, wie ihre Augenlider schwer wurden.

Die Hitze und der Stich eines Moskitos weckten sie. Mara öffnete die Augen und wusste einen kurzen Moment nicht, wo sie war. Sie setzte sich auf. Neben ihr saß Davide und lächelte.

»Na, du Schnarchnase, wie geht's dir?«

»Ich schnarche nicht.«

»Das glaubst aber auch nur du.«

Er machte ein paar Schnarchgeräusche.

Das konnte doch nicht wahr sein! Sie hatte an alles gedacht, als sie sich in der Pension für den Ausflug zurechtgemacht hatte. Sie hatte passende Unterwäsche angezogen, Lipgloss, Mascara und ihr Lieblingsparfüm aufgetragen und nun hatte sie geschnarcht! Wie peinlich!

»Bin ich wirklich eingeschlafen?«, fragte Mara.

»Erst nachdem wir wilden Sex hatten«, sagte Davide mit einem schelmischen Grinsen.

»Wie bitte?«

Er lachte. »Ich mache nur Spaß. Du bist sofort eingeschlafen und hast losgeschnarcht.«

»Wie lange habe ich geschnarcht ... äh, ich meine geschlafen?«

»So lange, dass ich eine ganze Zeitung gelesen und den halben Proviant aufgegessen habe.«

Sie blickte in den Korb.

»Ich habe dir aber noch Prosecco übriggelassen«, witzelte er und zeigte auf die Flasche.

»Lieber nicht.«

Mara trank ein wenig Wasser und sagte: »Erzähl mir mehr von dir.«

»Da gibt es nicht viel zu erzählen, das Meiste weißt du schon. Ich habe ein paar Jahre in einem großen Unternehmen gearbeitet und Karriere gemacht. Ich bin durch die halbe Welt gereist, habe von morgens bis abends gearbeitet und plötzlich starben meine Eltern und ich war gerade in Australien. Da wurde mir klar, dass das Leben sehr kurz ist und man es weise leben sollte. Und weise heißt für mich, dass man unbedingt das machen sollte, was man sich wünscht, und dass alle materiellen Dinge nicht glücklich machen. Nun bin ich hier und führe eine Pension. Ich werde nicht reich davon und im Moment ist es noch sehr schwer, denn wir sind doch sehr weit von Venedig und den großen

Sehenswürdigkeiten der Region entfernt. Aber diese Arbeit erfüllt mich.«

Mara nickte. Davide war nicht nur gutaussehend, er hatte auch eine tolle Lebenseinstellung. Sie konnte ihr Glück kaum fassen. Wieder fragte sie sich, warum er sich gerade für sie interessierte.

»Na, was geht in deinem hübschen Köpfchen vor?«, fragte Davide.

»Ach nichts, ich fühle mich einfach sehr wohl hier mit dir.«

»Dann bleib doch.«

»Wie meinst du das?«

»Na ja, vielleicht möchtest du auch dein Leben ändern und hier in Italien bleiben.«

»Aber mein Leben ist in Deutschland.«

»Bist du dort glücklich?«, fragte Davide.

Sie dachte nach. »Na ja, ich bin zumindest nicht unglücklich«, erwiderte sie.

Davide blickte ihr in die Augen: »Ich finde, du passt besser hierher.«

Er legte sich neben sie und sie sahen sich an. Mara konnte seinen Atem auf ihrem Gesicht spüren und sein Parfüm riechen. Ihr Herz schlug hörbar. Er zog sie näher zu sich.

»Ich mag dich wirklich sehr«, sagte er. »Weil du so natürlich bist.«

Sie gab ihm einen Kuss und hatte das Gefühl, sich nicht verstellen zu müssen. Er mochte sie so, wie sie war! Aneinander gekuschelt lagen sie auf der Decke, schwiegen und lauschten den Geräuschen der Natur.

»Die Geschichte deines Großvaters ist wirklich spannend«, unterbrach Mara irgendwann die Stille. »Hat er Lina am Ende geheiratet? War sie deine Großmutter?«

»Ich glaube langsam, dir gefällt mein Großvater besser als ich«, sagte Davide, ohne auf ihre Fragen einzugehen.

»Nein, natürlich nicht«, antwortete Mara und strich ihm durch die Haare. »Ich bin nur so schrecklich neugierig. Und ich kann noch gar nicht glauben, dass du real bist.«

Sie versanken eng umschlungen in einem langen Kuss. Ihre Lippen wollten sich nicht voneinander lösen, erst waren sie noch unsicher und zärtlich, doch bald wurden sie leidenschaftlicher. Sie hörten weder das Zwitschern der Vögel noch spürten sie die heißen Sonnenstrahlen auf ihrer Haut. Sie waren in einem kleinen Kosmos, in dem es nur sie beide gab. Nach einer Ewigkeit wanderten seine Lippen über ihren Hals zu ihrem Dekolleté. Mara spürte das erste Mal seit Langem echte Leidenschaft und starke Gefühle für einen Mann.

Plötzlich hörten sie ein lautes »Muh« und Davide hörte abrupt auf, sie zu küssen und zu berühren. Nicht weit von ihnen graste eine bunt gefleckte Kuh.

»Du bist so hübsch und so heiß ... puh, ich muss mich erst mal abkühlen«, sagte Davide und Mara errötete. »Wenn die Kuh uns hier entdeckt hat, kann jederzeit auch jemand vorbeikommen.«

Mara sah sich rasch um, doch sie konnte in der Nähe kein geschütztes Fleckchen entdecken.

»Es ist schon länger her, dass ich mit einer Frau zusammen war«, meinte Davide verlegen.

»Geht mir genauso«, Mara räusperte sich, »also, dass ich mit einem Mann zusammen war.«

Der junge Mann packte langsam die Sachen in den Korb und zog sie von der Decke hoch. Mara fühlte sich wie hypnotisiert. Sie hatte einen kleinen Vorgeschmack auf eine Leidenschaft bekommen, die sie nicht einfach aufgeben wollte. Sie wollte mehr und es fiel ihr schwer, sich zusammenzureißen. Die Kuh muhte noch einmal und brachte sie in die Realität zurück. Hier war definitiv kein guter Ort für Leidenschaft.

Davide führte sie einen anderen Weg zurück. Sie kamen an mehreren leerstehenden Häusern vorbei. Schließlich hielt Davide an einem kleinen Häuschen an, das schon sehr alt sein musste, aber hübsch aussah und gepflegt war. Rund um das Haus blühten Hortensien und Rosen, kleine Gardinen hingen an den Fenstern.

»Das ist ja süß!«, rief Mara aus.

»Ich glaube, das könnte es gewesen sein«, sagte Davide.

»Was?«

»Na ja, ein kleines Haus ... am äußersten Ortsrand ... das könnte Linas Haus gewesen sein«, erwiderte Davide.

Mara blieb stehen und betrachtete das Häuschen näher. Es war tatsächlich winzig. Sie hätte gern durch die kleinen Fenster gespäht, um zu sehen, wie es innen aussah, aber das Haus war umzäunt. Mara versuchte, sich Matteo und Lina darin vorzustellen. Das Haus lag tatsächlich sehr abgelegen. Bis zu den nächsten Häusern war es ein langer Fußmarsch. Hinter dem Haus lagen ein paar Holzbretter auf einem Stapel, vielleicht der alte Hühnerstall?

»Das Haus gehört meinem Großvater«, sagte Davide. »Aber er nutzt es nicht, vermietet es auch nicht. Wir haben uns immer gewundert, warum er es nie verkauft hat.«

»Und deshalb denkst du, dass es Linas Familie gehört haben könnte?«

»Ja, das ergibt doch irgendwie Sinn, oder?«

Davide ließ seinen Blick umherwandern.

»Mein Großvater bestellt regelmäßig einen Gärtner, um

183

den Garten pflegen zu lassen«, sagte er.

Er stellte den Korb ab, breitete die Decke aus und sie setzten sich.

»Bist du immer noch so fasziniert von der Geschichte um Lina und Matteo?«, fragte Davide. Mara nickte.

»Dann werde ich dir jetzt erzählen, was ich noch über sie weiß.«

Mara lehnte sich an ihn und hörte wie gebannt zu.

17.

Matteo trat aus dem dunklen Pfarrbüro in den warmen Frühlingsmorgen. Die Sonne schien und das hielt er für ein gutes Zeichen. Padre Alessio war ihm wohlgesonnen, er musste nur noch einen Termin für die Hochzeit mit Lina finden. Außer Vida würden sie niemanden einladen. Seinen Eltern würde er es erst danach erzählen, denn sie würden ihm nie erlauben, Lina zu heiraten, dessen war er sich sicher.

Heute wollte er seinen Onkel Enrico besuchen, um in der Fabrik vorzusprechen. Es war ein sieben Kilometer langer Marsch bis zum nächsten größeren Ort. Dort gab es ein paar Autos und Pferdekutschen. Auf der Piazza hörte Matteo sich nach einer Mitfahrgelegenheit um und fand einen Lieferanten, der ihn auf dem Anhänger seines Pritschenwagens bis nach San Donà di Piave mitnahm. Von dort aus konnte er für die letzten fünfzig Kilometer bis Mestre den Zug nehmen. Padre Alessio hatte ihm dafür etwas Geld zugesteckt, denn Matteo verdiente bei seiner Arbeit auf dem elterlichen Hof nichts.

Als der junge Mann schließlich nach einer halbtägigen Reise in der Straße ankam, die ihm sein Onkel genannt hatte, erkannte er, dass es sich bei dem Gebäude eher um eine große Holzwerkstatt als um eine Fabrik handelte. Überall standen Holzbretter herum, es wurde gesägt und gehämmert, sodass es fast in den Ohren wehtat. Matteo suchte seinen Onkel und fand ihn schließlich hinter einer Werkbank. Enrico sah heute ganz anders aus. Statt des feinen Zwirns, den er an Feiertagen trug, hatte er eine praktische Latzhose mit vielen Taschen an. Matteo musste sich erst an diesen Anblick gewöhnen.

Nach der Begrüßung brachte sein Onkel Matteo zum Vorarbeiter. Die Werkstatt brauchte noch einen Lehrling und Enrico hatte bereits mit dem Mann gesprochen und ein gutes Wort für ihn eingelegt. Der Vorarbeiter, ein stämmiger Mann Anfang vierzig, musterte ihn genau.

»Er ist noch jung«, sagte er zu Matteos Onkel.

»Aber er kann zupacken und zuverlässig ist er auch«, versicherte Enrico.

»Du kannst nächsten Monat anfangen.« Der Vorarbeiter erklärte ihm, was ihn erwartete und wie viel er verdienen würde. Es war viel weniger, als Matteo gedacht hatte.

Als sie alleine waren, ermutigte ihn Enrico: »Das ist das Anfangsgehalt, jedes Jahr wird es etwas mehr.«

»Aber Onkel, ich will doch heiraten.«

»Was? Wie willst du das denn bezahlen? Arbeitet deine Braut auch?«

Matteo schüttelte betrübt den Kopf. Er merkte, dass alles nicht so einfach war, wie er es sich vorgestellt hatte. Wenn er Lina nach Mestre bringen wollte, musste er auch noch eine Wohnung finden. Niedergeschlagen machte er sich auf den Nachhauseweg. Sein Onkel organisierte für ihn eine Rückfahrt mit dem Holztransporter, doch die letzten zehn Kilometer musste er zu Fuß gehen. Während er nach Hause lief, überlegte er, wie er das alles ohne seine Eltern organisieren sollte. Doch dann schüttelte er die traurigen Gedanken ab. Lina würde ihn heiraten! Sie würden gemeinsam eine Familie gründen. Sie würden selbstständig sein und keiner würde über sie verfügen. Mit einem Pfeifen auf den Lippen marschierte er weiter den staubigen Weg entlang.

Die nächsten Tage war Matteo damit beschäftigt, neben seiner Arbeit auf dem Hof alles für die heimliche Hochzeit vorzubereiten. Schließlich ging er zu Vida, um sie ganz offiziell um Linas Hand zu bitten. Wie es sich gehörte, klopfte er an. Als er keine Antwort bekam, klopfte er noch einmal.

»Wer ist da?«, fragte Vida.

»Ich bin's, Matteo«, rief er.

Er hatte sich gründlich gewaschen und ein sauberes Hemd und seine Sonntagshose angezogen, alles heimlich, damit es niemand bemerkte. Zum Glück war seine Familie so mit der Arbeit auf dem Hof beschäftigt, dass er das Haus unbemerkt verlassen konnte.

»Hallo, mein Junge«, grüßte Vida, als sie die Tür öffnete.

Matteo merkte sofort, dass etwas nicht stimmte. Vida schien um Jahre gealtert zu sein.

»Was ist los?«, fragte er besorgt.

Sie sagte nichts, sondern ließ ihn eintreten. Er hörte ein schweres Husten und erblickte Lina, die im Bett lag und blasser aussah als beim letzten Mal. Rasch ging er zu ihr und streichelte ihr übers Haar. Sie sah ihn an und lächelte. Dann setzte sie an, etwas zu sagen, doch ein weiterer Hustenanfall hielt sie davon ab.

»Geht es dir wieder schlechter?«, fragte Matteo besorgt.

»Nein, nein, das wird schon. Dieser dumme Husten. Ich kann nicht viel reden, erzähl mir lieber, wie es in der Fabrik war.«

Matteo strahlte. »Ich kann nächsten Monat dort anfangen! Das heißt, wir können heiraten!«

Lina lächelte. »Aber sollten wir nicht lieber warten, bis ich wieder gesund bin?«, fragte sie, wie schon so oft.

Vida mischte sich ein: »Ach, viele Mädchen haben krank geheiratet. Wenn ihr heiraten wollt, macht es gleich!«

Matteo sah sie überrascht an. Vida holte etwas, das in ein Tuch geschlagen war, aus einer alten Holztruhe, einem der wenigen Möbelstücke im Raum.

»Das Kleid ist schon fertig, doch du darfst es noch nicht sehen«, sagte sie zu Matteo.

Lina lächelte. »Mamma, darf ich es anprobieren?«

Sie nickte liebevoll und meinte: »Dann muss Matteo aber rausgehen.«

Der zuckte mit den Schultern und ging vor die Tür. Aber er konnte es nicht lassen und spähte neugierig durch das kleine Holzfenster. Dort sah er, wie ihre Mutter Lina half, ihr Nachthemd auszuziehen. Er erschrak, als er sah, wie dünn sie war. Dennoch war sie wunderschön. Ihre Brüste waren rund und weiß wie Schnee. Kurz wandte er seinen Blick ab, aber dann blickte er wieder durch das Fenster. Lina war seine Verlobte und bald würden sie das Ehebett teilen, sie hatte sicher nichts vor ihm zu verbergen.

Plötzlich hatte Lina wieder einen schlimmen Hustenanfall, sie erbrach sich fast. Matteo konnte erkennen, dass die Tücher, die sich Lina vor den Mund hielt, rot verfärbt waren. War das etwa Blut?

In diesem Moment wurde ihm klar, dass das kein einfacher Husten war. Angst überfiel ihn, seine Knie wurden weich und er lehnte sich rasch gegen die Wand der Hütte. Als er erneut durch das Fenster sah, trug Lina bereits das Brautkleid. Es war ein einfaches weißes Leinenkleid, das mit gehäkelten Spitzenrändern verziert war. Das Kleid war sehr schlicht, doch Matteo fand Lina darin wunderschön. Es war fast bodenlang und an der Taille etwas figurbetont. Mit ihren mittlerweile schulterlangen Haaren, die sich an den Spitzen leicht lockten, sah Lina aus wie eine Fee, fast unwirklich, ihre Haut glänzte hell wie Porzellan. Gerade strich Vida über die Stickereien an den Ärmeln. Sie hatte sich viel Mühe gegeben, um ihrer Tochter ein wunderschönes Kleid zu schenken.

In diesem Moment bemerkte Lina Matteo am Fenster und rief: »Hey, nicht schauen, das bringt Unglück!«

Matteo duckte sich und blieb wie betäubt vor dem Fenster sitzen. Er hatte eine wunderhübsche Braut, die er liebte, aber sie war viel kränker, als er gedacht hatte. Er träumte davon, sie nach der Hochzeit nach Mestre zu bringen und dort die besten Ärzte aufzusuchen. Er würde all sein Geld dafür ausgeben, auch wenn sie auf einer Strohmatratze auf dem Boden schlafen mussten. Sicherlich gab es ein Medikament, das ihr helfen würde.

Etwas später kam Vida hinaus auf den Hof und sagte mit belegter Stimme: »Mein Sohn, ich bin dir so dankbar für das, was du für Lina tust.«

»Ich liebe sie«, antwortete Matteo schlicht.

»Ihr Husten geht nicht weg«, meinte Vida besorgt und schaute zu Boden.

»Bald wird es wärmer und dann wird sie bestimmt gesund«, versicherte Matteo ihr.

»Hoffentlich, aber vielleicht auch nicht. Willst du sie dann immer noch heiraten?«

Matteo sah sie missbilligend an und beteuerte: »Es wird besser, es ist nur ein hartnäckiger Husten.«

Als er bemerkte, dass Tränen über Vidas faltiges Gesicht liefen, fragte er mit sanfter Stimme: »Warum weinst du?«

»Weil ich Angst habe, dass sie nicht wieder gesund wird«, schluchzte die alte Frau.

»Alles wird gut!«, widersprach Matteo fast wütend und trotzig. »Wir werden heiraten und glücklich werden und ich werde einen Arzt bezahlen, der sie gesund macht.«

Vida wischte sich die Tränen ab und nickte. »Dann wollen wir mal die Hochzeit vorbereiten.«

Drinnen musste Lina wieder husten. Matteo ging zu ihr und sie einigten sich darauf, am nächsten Sonntag zu heiraten. Da Lina so schwach war, hatte der Priester eingewilligt, zu ihr nach Hause zu kommen.

»Können wir uns wenigstens an unserer Lieblingsstelle am Bach trauen lassen?«, fragte Lina. »Zu Hause ist es so trostlos und bis zum Bach kann ich laufen.«

Matteo nickte. Er wollte alles tun, um sie glücklich zu machen. Da am Sonntag die meisten Leute zu Hause ein besonderes Essen genossen oder sich ausruhten, würden sie am Bach ungestört sein.

Der folgende Sonntag war ein herrlicher Tag, der Bach plätscherte leise, die Vögel zwitscherten und die Bäume blühten in voller Pracht.

»Das ist der schönste Tag meines Lebens!«, rief Matteo aus. Sie waren nur zu viert, er, Lina, Vida und Padre Alessio. Seine Braut wurde von ihrer Mutter geführt. Matteo hatte die beiden zu Hause abgeholt, er trug seinen besten Anzug. Vida hatte ihr bestes Kleid angezogen und ihrer Tochter einen Blumenkranz aufgesetzt. Lina sah in ihrem weißen Hochzeitskleid bezaubernd aus. *Als ob ein Zauberreich sie uns nur für kurze Zeit ausgeliehen hätte*, dachte Matteo. Dieses wunderhübsche Mädchen würde seine Frau werden! Der junge Mann platzte beinahe vor Glück, so stolz und so verliebt war er.

Padre Alessio stand bereits an der verabredeten Stelle am Bach und wartete auf sie. Er wirkte traurig, obwohl er sie freundlich anlächelte.

»Du zeigst wahre Größe«, sagte der Geistliche leise zu Matteo. Der junge Mann verstand nicht, was er damit meinte. Erst Jahre später wurde ihm die Bedeutung dieser Worte klar.

Vida setzte sich auf den umgestürzten Baumstamm und Matteo und Lina standen neben ihr und hielten sich an den Händen. Padre Alessio sah jedem von ihnen in die Augen und begann die kurze Zeremonie. Matteo hörte kaum zu, er war überwältigt von seinen Emotionen und der Schönheit der Natur. Die Sonne strahlte von einem tiefblauen Himmel, die satt grünen Blätter der Bäume raschelten sanft und die Vögel hatten nie schöner gesungen als in diesem Moment. Alle waren sie Zeugen ihrer Liebe.

Schließlich durfte er seine Braut küssen. Lina strahlte und in diesem Moment war er sicher, dass eine wunderschöne Zukunft auf sie wartete.

Nach dem Segen gingen sie gemeinsam in Vidas Hütte. Sie hatte einen Braten im Ofen und einen Kuchen gebacken. Matteo hatte ihr das Fleisch mitgebracht, denn seine Eltern hatten vor Kurzem geschlachtet. Vida schenkte sogar Wein aus.

Vor dem Essen erhob sie ihr Glas und sagte: »Auf das Brautpaar und auf meinen Schwiegersohn, der besser ist als ein Sohn. Matteo, ich habe viel mit dir geschimpft und war nicht immer nett zu dir.«

Lina und Matteo grinsten sich an.

»Nicht nett? Na ja, du wolltest mir mehr als einmal den Hintern versohlen«, gab er zurück.

»Wen man liebt, den züchtigt man, du bist auch ein wilder Bengel gewesen«, verteidigte sich Vida.

»Das stimmt«, fand Lina.

»Ich habe immer gedacht, dass du zu kindisch bist und meine Angelina einen richtigen Mann heiraten sollte. Doch du hast gezeigt, dass du trotz deiner jungen Jahre ein richtiger Kerl bist.« Sie wischte sich eine Träne ab.

Padre Alessio rief: »Auf das Brautpaar! Ihr seid das schönste Paar, das ich bisher getraut habe.«

Sie stießen an und auch Lina kostete den Wein. Es ging ihr heute viel besser als sonst. Beim Essen machte Padre Alessio sogar ein paar Witze und die Stimmung war fröhlich. Am frühen Nachmittag verabschiedete er sich und Vida verkündete, dass sie auf der Frattini-Wiese noch ein paar Kräuter für Lina sammeln würde.

»Am Sonntag?«, fragte Matteo verwundert.

»Die Sonne scheint, es ist eine gute Zeit, um Kräuter zu sammeln, und jetzt ist keine der anderen Frauen dort«, erwiderte Vida. »In zwei Stunden bin ich wieder da.«

Wenige Augenblicke später war sie verschwunden und plötzlich fingen die jungen Eheleute gleichzeitig an zu kichern.

Lina meinte: »Meine liebe Mamma. Sie wollte uns wohl alleine lassen.«

Bei diesem Gedanken wurden beide rot. Dann küsste Matteo Lina zärtlich und sie versank in seinen Armen.

Als es dämmerte, verabschiedete sich Matteo von Vida und Lina. Er wollte nach Hause gehen und seinen Eltern sagen, dass er nun verheiratet war.

In Linas Augen sammelten sich Tränen und sie schluchzte besorgt: »Sie werden mich nicht akzeptieren, ich weiß das.«

»Das wäre mir egal, wichtig ist nur, dass wir uns lieben. Außerdem wirst du nicht bei ihnen leben, sondern bei mir«, tröstete Matteo sie.

»Bitte bleib doch noch ein bisschen hier«, bat Lina.

Er konnte ihr den Wunsch nicht abschlagen. Vida vergoss ebenfalls ein paar Tränen und tröstete sich mit einigen Gläsern Schnaps.

»Ich trinke auf euch beide und auf die Liebe«, säuselte sie.

Lina lächelte, doch sie seufzte: »Obwohl es ein wunderschöner Tag war, hätte ich mir eine große Hochzeit gewünscht ... aber das wäre einfach viel zu teuer gewesen. Und unmöglich mit meiner Geschichte.«

Sie konnte ein Schluchzen kaum unterdrücken.

»Für mich war unsere Hochzeit die schönste überhaupt«, wisperte Matteo ihr ins Ohr und gab ihr einen zärtlichen Kuss.

Dann stand er auf. Es war an der Zeit, dass er seine Eltern informierte.

18.

Gegenwart

»Wer hat dir das erzählt?«, fragte Mara.

»Giuseppina.«

»Die Geschichte ist so rührend. Aber ich frage mich immer noch, was meine Großmutter mit all dem zu tun hat.«

»Ich weiß es nicht. Wenn Nonno es jemandem erzählt, dann bestimmt dir. Aber jetzt reicht es erst mal mit den Geschichten aus der Vergangenheit, wir sind wieder im einundzwanzigsten Jahrhundert angekommen«, verkündete Davide.

»Du bist auch ein guter Geschichtenerzähler, wie dein Großvater«, erwiderte Mara.

Davide lächelte und sagte: »Komm, lass uns zurückgehen.«

Als sie bei der Villa Rosa ankamen, war es still im Haus. Außer ihrem Golf und Davides altem Rover stand kein weiteres Auto auf dem Parkplatz. Irgendwo, weit entfernt, sägte jemand Holz. Das war das einzige Geräusch, das zu hören war. Mara fühlte sich plötzlich unwohl bei dem Gedanken, allein in diesem großen Haus zu übernachten.

»Bin ich heute wirklich ganz allein in der Villa?«

»Fürchtest du dich?«

»Ein mulmiges Gefühl habe ich schon«, gab Mara zu, und das war noch untertrieben.

»Es gibt zwei Möglichkeiten: Entweder übernachtest du bei mir oder ich schiebe Wache und übernachte im Nachbarzimmer.«

Mara dachte darüber nach. »Muss ich zwischen diesen beiden Alternativen entscheiden?«

Er nickte.

»Ich würde deine Wohnung sehr gern sehen, aber es wäre natürlich auch sehr ritterlich und romantisch, wenn du vor meinem Zimmer über mich wachen würdest.«

»Ich könnte auch *in* deinem Zimmer über dich wachen«, schlug Davide vor und grinste sie an.

»Du bist aber ein sehr aufdringlicher Gentleman.«

»Ich gebe mein Bestes.« Er nahm ihre Hand und forderte sie auf: »Dann komm mal mit, ich zeige dir mein privates Königreich.«

Das Gesindehaus, in dem sich seine Wohnung befand, war aus Stein und hatte bodentiefe Fenster. Vom Flur gingen drei Türen ab. Davide bedeutete Mara, nach rechts zu gehen und sie betraten einen großen Raum, der als Wohnküche diente. Auf der einen Seite war eine Kochzeile, davor ein Holztisch und Stühle. Vor dem Fenster stand eine große Couch. An der Wand hing ein Fernseher und daneben stand ein Sekretär. Das Zimmer war schön, sehr spartanisch zwar, aber die Bilder und Fotografien an den Wänden gaben ihm doch eine persönliche Note.

»Willkommen in meinem trauten Heim«, sagte Davide. Er stellte den Picknickkorb auf den Küchentisch und fragte: »Gefällt es dir?«

»Es ist nett hier.«

Mara sah sich ein paar Fotos an der Wand an. Eines zeigte wohl Davide als Kind mit seinen Eltern.

»Hast du Geschwister?«, wollte sie wissen.

Er verneinte. »Und du?«

»Ich auch nicht.«

»Zwei Einzelkinder, das könnte spannend werden.«

»Glaubst du, dass unsere Freundschaft eine Chance hat?«

»Das hängt von uns ab.«

»Aber ich reise in ein paar Tagen ab ...«

»Na und? Du wohnst nicht in Australien. Wir können einen Weg finden.«

Mara war sich da nicht so sicher.

»Du lebst entweder in der Vergangenheit oder in der Zukunft. Lass uns doch erstmal das Jetzt genießen«, bat er. »Komm, mach es dir gemütlich und ich hole uns etwas zu trinken.«

Mara gab ihm einen Kuss und setzte sich auf die Couch.

»Womit habe ich das verdient?«, fragte er.

»Ich beginne, im Jetzt zu leben«, antwortete Mara mit einem Augenzwinkern.

»Großartig!«

Davide nahm drei Zitronen aus einer Schale. »Die sind aus unserem Garten. Ich mache uns mal eine frische Limonade.«

Mara blätterte währenddessen in den Magazinen, die auf einem kleinen Beistelltisch lagen. Es waren alles Zeitschriften mit Rezepten und Gesundheitstipps.

»Bist du ein Gesundheitsfanatiker?«, fragte sie.

»Ich versuche, gesund zu leben, ja, aber ein Fanatiker? Eher nicht.«

Sie sah ihn an. »Das finde ich gut, hätte ich auch nicht als typisch Italienisch eingeordnet – aber lobenswert.«

»Wie du siehst, bin ich ein perfekter Mann. Ich bin Romantiker, lebe gesund und mache gute Limonade«, scherzte er.

Mara lachte. Davide stellte die zwei Gläser Limonade auf den Beistelltisch und setzte sich neben sie. Mara schmiegte sich an ihn.

»Ich hatte ja schon erwähnt, dass meine letzte Beziehung ziemlich lange her ist«, sagte er.

»Das passt doch, dann können wir gemeinsam unsicher sein.«

Er kuschelte sich an sie und begann, ihre Schulter zu streicheln. Mara schloss die Augen. Sie fühlte sich wunderbar entspannt. Immer wieder blinzelte sie, um zu prüfen, ob Davide auch wirklich neben ihr saß – nicht, dass sie das alles nur träumte.

»Es gibt da etwas, was ich dir erzählen wollte«, sagte er plötzlich.

»Du bist verheiratet und hast zwei Kinder?«, witzelte Mara.

Sie wartete seine Antwort nicht ab, sondern begann, ihn zu streicheln. Dabei küsste sie ihn immer wieder. Mal auf die Stirn, mal auf die Schulter. Er genoss es sichtlich.

»Ich fühle mich jetzt wie der Kater Arturo, den wir hatten, als ich klein war. Er liebte es, gestreichelt zu werden.« Davide tat so, als ob er schnurren würde.

»Nicht ablenken, also was ist, bist du jetzt verheiratet?«

Er lächelte. »Nein, nein, ich bin Single und habe keine Kinder. Noch nicht ...«

Okay, er wünscht sich also eine Familie, dachte sie.

Sie wollte gerade eine weitere Frage stellen, als Davides Handy klingelte. Nach einem Blick aufs Display nahm er den Anruf an.

»Oh, was? – Wann? – Ist er zu Hause? – Ja, ich komme gleich«, versprach Davide und beendete das Gespräch. »Mara, ich muss los, meinem Großvater geht es schlecht.«

Sie stand auf. »Oh nein, kann ich helfen?«

»Ja, er bittet sogar darum, dass du mitkommst.«

Während der kurzen Fahrt waren beide in Gedanken bei Matteo. Mara hoffte, dass es nichts Ernstes war, aber wenn sie an sein Alter dachte, wurde ihr flau im Magen.

Signore Costantini wohnte in einem dreistöckigen Haus mit einem schönen Garten, das am Ende einer Straße stand. Dahinter kamen nur noch Felder. Nachdem Svetlana ihnen die Tür geöffnet hatte, traten sie in einen großen Flur, in dem Fliesen im Schachbrettmuster verlegt waren. Bei der Einrichtung überwog schweres altes Holz und Mara musste an ihre Großmutter denken, die einen ähnlichen Einrichtungsstil hatte. Die Pflegerin führte sie durch den Flur, an den Wänden hingen Gemälde, die wertvoll aussahen. Es waren keine Menschen oder Gebäude darauf zu sehen, sondern nur Stillleben und verschiedene Landschaften.

Das Zimmer, in dem Davides Großvater lag, war sehr klein, wahrscheinlich war es nicht immer sein Schlafzimmer gewesen. Aber es lag im Erdgeschoss und war daher günstig für den alten Mann.

»Der Arzt vermutet, dass er seine Tabletten nicht genommen hat. Deshalb ist er kollabiert. Ich kann mir das wirklich nicht erklären. Ich passe doch immer auf«, beteuerte Svetlana. Sie wirkte besorgt und zugleich schien sie sich verantwortlich zu fühlen. Davide klopfte ihr beruhigend auf den Arm und übersetzte gleichzeitig für Mara.

Sein Großvater unterbrach sie: »Die haben doch keine Ahnung. Ich bin alt und sterbe bald, so ist das eben!«

»Nonno, sag so etwas nicht.«

»Es ist aber so, und für mich ist das auch gar nicht schlimm. Trotzdem ist es jetzt Zeit, euch beiden etwas zu erzählen, was noch niemand weiß. Nicht einmal die

Tratschweiber im Dorf wissen davon. Dieses Geheimnis wollte ich eigentlich mit ins Grab nehmen. Aber jetzt ist Mara da und ich möchte es ihr erzählen.«

Mara war erschrocken und gleichzeitig sehr neugierig.

Mit einer Handbewegung bedeutete ihr Signore Costantini, Platz zu nehmen. Davide holte einen zweiten Stuhl und beide setzten sich. Svetlana nickte ihnen zu und ging hinaus.

Dann begann der alte Mann, zu sprechen.

19.

Matteo stand vor seinem Elternhaus und sah unschlüssig auf die Tür. Drinnen war der Priester und unterhielt sich mit seinen Eltern, seinem Bruder und dessen Frau. Matteo hatte sich nach der Hochzeit nicht getraut, nach Hause zu gehen, und hatte zunächst noch einmal Padre Alessio besucht. Der hatte Matteo vorgeschlagen, für ihn zu sprechen. Der junge Mann hatte eingewilligt, denn seine Familie würde die Neuigkeit sicher besser von dem Priester aufnehmen.

Erneut machte Matteo kehrt und lief nervös vor dem Haus auf und ab. In diesem Moment kam Padre Alessio aus dem Haus und bat ihn herein. Er zwinkerte ihm zu und raunte: »Alles wird gut.«

Drinnen in der Küche saßen alle mit bedrückter Miene am Tisch. Die Mutter wischte sich gerade ein paar Tränen aus dem Gesicht.

»Junge, warum hast du uns nichts gesagt?«, schluchzte sie.

»Weil ich mir sicher war, dass ihr es nicht zulassen würdet.«

»Da hast du recht«, gab sein Vater wütend zurück.

Trotzdem wirkten sie auf Matteo ruhig und gefasst. Er hätte gern gewusst, was Padre Alessio ihnen gesagt hatte.

»Wann willst du deine Braut zu dir holen?«, fragte Nino.

»Wenn sie gesund ist, werden wir nach Mestre ziehen, dort kann ich bei Onkel Enrico in der Fabrik arbeiten.«

Die Mutter nickte und fragte: »Hat Enrico das gesagt?«

»Nein, sein Vorarbeiter, ich war schon dort und habe mich vorgestellt.«

»Du warst schon dort?«, rief sein Bruder ungläubig.

Matteo nickte. Sein Vater sah ihn überrascht an.

»Das hätte ich nicht von dir gedacht. Jetzt bist du wohl ein Mann geworden«, sagte er, wobei in seiner Stimme fast ein wenig Stolz mitschwang.

»Und ihr habt ohne uns Hochzeit gefeiert ...«

Matteos Mutter wischte sich neue Tränen aus dem Gesicht. Sie war traurig und enttäuscht, das konnte er sehen.

»Ich weiß doch, dass im Ort alle denken, Lina wäre eine Hure. Aber ihr wurde Unrecht getan. Sie ist ein gutes Mädchen! Sie hat nur den Fehler gemacht, einem hohen Herrn zu vertrauen.«

Der Pfarrer legte seinen Arm um Matteo und erklärte: »Euer Matteo hat großherzig und aus Liebe gehandelt.«

Matteos Familie war sehr religiös, und wenn der Priester etwas sagte, dann galt das auch.

Seine Mutter nickte und erwiderte: »Sobald Lina gesund ist, soll sie hierherziehen. Ich weiß zwar nicht, wo ihr schlafen wollt ...«

Ihre Schwiegertochter Angela mischte sich ein: »Wir könnten den Schuppen herrichten, noch eine helfende Hand wäre doch gut.«

Die anderen schienen über ihre Worte nachzudenken und nickten schließlich. Matteo war seiner Schwägerin sehr dankbar.

»Sobald alles geregelt ist, ziehen wir nach Mestre«, sagte er.

Sein Vater nickte erneut.

»Dann müssen wir wohl Vida als Nächstes zu uns einladen«, überlegte Matteos Mutter.

»Am Sonntag nach der Kirche können wir hier zusammen zu Mittag essen«, bestimmte sein Vater.

»Ich weiß nicht einmal, ob sie eine Aussteuer hat«, stammelte Matteos Mutter immer noch fassungslos.

»Bestimmt, so wie ich Vida kenne, hat sie damit schon bei ihrer Geburt angefangen«, erwiderte sein Vater trocken.

Als Padre Alessio merkte, dass die Familie mit der Neuigkeit zurechtkommen würde, verabschiedete er sich. Matteo erfuhr niemals, was er seiner Familie erzählt hatte und warum alle so beherrscht gewesen waren.

Im Haus seiner Eltern war kein Platz für Lina, dafür war es zu klein. Matteo schlief mit seinen Eltern in der Küche, das Schlafzimmer hatten sein Bruder, dessen Frau und ihr Kind bezogen. Matteo war es recht, dass Lina noch bei ihrer Mutter blieb, auch wenn er nachts gern bei ihr gewesen wäre. Doch sie war noch nicht gesund und dort konnte sie sich besser erholen. Tagsüber besuchte er sie, so oft es seine Arbeit auf dem Hof erlaubte. Sie war zwar fröhlich und vor allem erleichtert darüber, dass ihre Schwiegereltern sie angenommen hatten, doch sie war zu schwach, um aus dem Haus zu gehen. Die Schwiegereltern besuchten sie auch nicht – alle warteten darauf, dass sie gesund wurde.

Matteo und Nino begannen, den Schuppen leerzuräumen. In der warmen Jahreszeit konnten sie sich hier ein gemütliches Nest einrichten. Matteo war jedoch klar, dass er so schnell wie möglich nach Mestre ziehen musste. Wenn er es nicht bald tat, würde der Vorarbeiter einen anderen Lehrling einstellen.

Da es Lina nicht besserging, zog Matteo schließlich schweren Herzens allein nach Mestre. Er kam bei seinem Onkel unter und arbeitete jeden Tag sehr hart. Samstagmittags fuhr er mit dem Lastwagen in Richtung Heimat oder er nahm den Zug. Abends sah er als Erstes nach seiner Frau. Ihr Gesicht hellte sich auf, wenn er in ihre Hütte trat.

Nachts schlief er in der Küche seiner Eltern, doch schon mit dem ersten Hahnenschrei machte er sich wieder auf den Weg zu seiner Lina. Sonntags ging er nicht in die Messe, doch Vida ließ keinen Gottesdienst aus. Die seltenen Zeiten zu zweit waren für beide sehr kostbar, denn schon nach dem Mittagessen musste sich Matteo auf den Rückweg machen.

Im Sommer bekam Matteo vier Wochen unbezahlten Urlaub, um seinen Eltern auf dem Hof zu helfen. Das tat er gern, denn seine Familie versorgte Lina und Vida oft mit Lebensmitteln. Er freute sich, nun mehr Zeit mit seiner Frau verbringen zu können. Doch so sehr Matteo es auch hoffte – Lina wurde nicht gesund. Im Gegenteil, es ging ihr immer schlechter. Ihr war auch immer kalt, sodass sich Matteo abends, wenn er sie besuchte, oft neben sie ins Bett legte, um sie zu wärmen.

Eines Morgens ging es Lina besonders schlecht. Sie hustete und spuckte Blut und das Leintuch, das sie sich vor den Mund hielt, war voller roter Flecken. Vida bat Matteo, den Priester zu holen. In diesem Moment wurde ihm der Ernst der Lage bewusst und er begriff, was Padre Alessio und seine Schwiegermutter schon länger ahnten. Verzweiflung machte sich in ihm breit.

20.

Signore Costantini liefen Tränen über die Wangen.

»Und so schlief sie eines Morgens in meinen Armen ein«, beendete er seinen Bericht.

Mara weinte, so ergriffen war sie von der tragischen Geschichte. Davide saß nur still da und sah seinen Großvater mitfühlend an. Mara nahm seine Hand.

»Das war der Tag, als etwas in mir starb und sich dafür etwas anderes, Hässliches, Starkes in mir ausbreitete. Ich wollte Rache für deine Großtante«, erklärte der alte Mann und sah dabei Davide an.

Mara rief verwundert aus: »Deine Großtante?«

Auch Davide sah überrascht aus. Er drehte sich zu Mara und sagte: »Mein leiblicher Großvater starb kurz nach dem Krieg an Malaria. Sieben Monate später kam mein Vater auf die Welt. Meine Großmutter hatte es nicht leicht, aber Matteo unterstützte die Familie, wo er nur konnte. Irgendwann holte sich meine Großmutter bei der Arbeit auf dem Feld eine Blutvergiftung. Matteo adoptierte daraufhin meinen Vater, der damals vierzehn Jahre alt war. Er ermöglichte ihm eine Lehre in seiner Fabrik, und so konnte mein Vater sich ein gutes Leben aufbauen. Das ist alles, was ich bisher wusste.«

»Deine Großmutter hatte eine Schwester ... Lina«, erklärte Matteo.

»Davon hat Vater nie erzählt«, antwortete Davide betroffen.

»Er wusste es selbst nicht«, erwiderte sein Großvater knapp.

Mara versuchte, alle Puzzlestücke in ihrem Kopf zusammenzusetzen. Dann war Davide also Linas Großneffe, deshalb die smaragdgrünen Augen, die auch immer wieder in den Erzählungen über Lina erwähnt wurden. Für einen Moment schwiegen alle drei.

»Ich wollte Parisi zerstören für alles, was er Lina angetan hatte«, sagte der alte Mann. »Ohne ihn hätte sie sich nicht diese Krankheit geholt und wäre am Leben geblieben. Doch was konnte ich tun? Wie sollte ein halbes Kind wie ich Rache üben?« Matteo sah Mara und Davide an. »Wochenlang schlich ich um das Haus der Parisi herum. Ich überlegte, wie ich ihn auslöschen konnte. Ich konnte den Anblick nicht ertragen, wie er sonntags spazieren ging mit seiner ach so glücklichen Familie, Vater, Mutter und zwei Kinder.«

Mara und Davide wagten es nicht, Fragen zu stellen.

Plötzlich stieß der alte Mann hervor: »Ich entschloss mich, alles in Flammen aufgehen zu lassen. Für Lina.«

21.

Der junge Mann beobachtete den Brand von seinem Versteck aus. Alle waren in Aufruhr, Menschen rannten aus dem brennenden Haus und schrien. Dunkle Wolken hatten sich – wie ein böses Omen– über dem Abendhimmel zusammengezogen.

Matteo wartete darauf, dass sich Genugtuung in ihm breitmachte, doch nichts dergleichen passierte. Er war verwirrt und aufgeregt zugleich. Er sah die zwei Kinder, die vor dem Haus auf und ab liefen, während die Mutter panisch schrie. Dann stürmte das kleine Mädchen plötzlich wieder ins Haus. Niemand der Erwachsenen schien es zu bemerken.

Matteo zitterte. Er wollte Gerechtigkeit für Lina, aber er konnte doch nicht zulassen, dass dieses kleine Mädchen verbrannte! Es durfte nicht noch ein unschuldiges Opfer geben!

Ohne auch nur einem Moment länger darüber nachzudenken, verließ er sein Versteck und rannte an den panisch schreienden Menschen vorbei in den brennenden Palazzo. Niemand bemerkte ihn. Das Haus war bereits voller Rauch, doch die Flammen hatten sich noch nicht überall ausgebreitet. Matteo sah sich um, konnte aber nichts sehen, weil der Rauch in seinen Augen brannte. Irgendwo hörte er einen Hund bellen. Kam das aus dem Obergeschoss? Er hielt sich den Jackenärmel vors Gesicht und hastete blindlings die Treppe hoch. In einem großen Schlafzimmer entdeckte er das Mädchen, das neben einem Schäferhundwelpen kniete und diesen umklammerte. Panik stand ihr ins Gesicht geschrieben.

»Keine Angst!«, rief Matteo, auch, um sich selbst Mut zu machen.

Aus dem Treppenhaus schlugen bereits die Flammen. Matteo kniete sich hin, packte das Kind an den Armen und hielt es fest. Sie ließ den Hund jetzt los. Die Kleine sah ihn angsterfüllt an, ihre großen dunklen Augen waren stark gerötet. Der Hund bellte unaufhörlich.

»Dir wird nichts passieren«, versicherte Matteo ihr.

Er nahm einen kleinen Bettvorleger vom Boden auf und legte ihn dem Mädchen über Kopf und Schultern. Er nahm sie auf den Arm, gab dem Hund ein Zeichen, dass er ihm folgen sollte, was dieser tatsächlich tat, und rannte mit ihr aus dem Zimmer. Im Flur hatte sich bereits dichter Rauch ausgebreitet und beide mussten husten. Matteo sah sich um. Am anderen Ende des Flurs schienen noch keine Flammen zu lodern. Auch der Hund lief in diese Richtung und bellte ihm zu.

»Gibt es dort hinten ein weiteres Treppenhaus?«, fragte Matteo die Kleine, doch diese hustete nur und antwortete nicht.

Der Rauch brannte in Matteos Augen. Er setzte einen Fuß auf die Treppe vor ihm, doch die Flammen schlugen ihm entgegen und er sprang zurück. Vielleicht gab es hinten einen Dienstbotenaufgang?

Matteo rannte mit der Kleinen im Arm den Flur hinauf und suchte nach Türen, aber es gab nur eine große Flügeltür am Ende des Ganges. Sie war verschlossen. Der Hund stand neben ihm und bellte. Das Mädchen hustete. Kurz entschlossen trat er mehrmals gegen die Tür, bis sie aufsprang.

Dahinter lag ein großes Zimmer mit einem breiten Himmelbett, wahrscheinlich das Schlafzimmer der Hausherren. Matteo sah sich im Zimmer um, er suchte nach weiteren Türen. Es gab nur eine, doch dahinter befand sich keine Treppe, sondern ein Durchgang zu einer Kleiderkammer ohne Fenster.

Er ging wieder ins Schlafzimmer und legte das Mädchen kurz auf dem Bett ab. Er wusste, dass er schnell handeln musste. Suchend sah er sich im Zimmer um. Sein Blick fiel auf die Gardinen. Hastig riss er eine herunter. Sie war mindestens vier Meter lang. Zum Glück waren die Zimmerdecken so hoch! Er zog am Stoff, dieser wirkte recht stabil. Nun riss er ihn von oben bis unten durch, um eine schmalere Stoffbahn zu erhalten, die er besser knoten konnte. Rasch band Matteo ein Stoffende an den dicken Bettpfosten. Anschließend öffnete er das Fenster und blickte hinaus. Bis zum Boden waren es wahrscheinlich fünf Meter. Er knotete das zweite Gardinenstück an das erste. Durch die Knoten hatte er einiges an Länge verloren, ein weiterer Meter war es vom Bett bis zum Fenster.

Matteo sah noch einmal zum Himmelbett. Es schien ihm unmöglich, das massive Holzgestell alleine bis zum Fenster zu schieben. Sein Blick fiel auf die zweite Gardine, als aus dem Flur ein lautes Krachen ertönte, so, als seien gerade Balken eingestürzt. Sie mussten sofort raus! Rasch band er das andere Ende der Stoffbahn um den Bauch des Mädchens, das ängstlich auf dem Bett lag. Er nahm es auf den Arm und ging zum Fenster. Ihm blieb jetzt keine Zeit zum Nachdenken.

»Hör mir genau zu!«, befahl er dem Mädchen.

Die Kleine sah ihn an und nickte.

»Ich lasse dich jetzt herunter. Dir wird nichts passieren, ich klettere dir gleich hinterher.«

Ihr Blick fiel auf den Hund.

»Der Hund kommt auch mit, keine Angst.«

Er nahm ihre Hände und sah, dass ihr linker Arm starke Verbrennungen aufwies. Sie hatte es im Schock wohl nicht einmal gespürt. Vorsichtig reichte er ihr den Welpen, den sie fest umklammerte. Er ließ sie hinab, bis die Gardine voll spannte. Nun baumelte das Mädchen mit dem Hund etwa anderthalb Meter über dem rettenden Boden. Matteo stieg auf das Fenstersims, schlang seine Beine um die Gardine und schaffte es, sich Stück für Stück nach unten zu lassen.

Auf halber Strecke rutschte die gesamte Konstruktion ab. Matteo krallte sich fest und die Kleine schrie. Irgendwie musste sich das Bett durch ihr gemeinsames Gewicht nun doch bewegt haben. Krachend kam es an der Wand zum Stehen.

Das provisorische Seil sackte gut einen Meter, dann fing es sich mit einem harten Schlag. Sie wurden gegen die Hauswand geschlagen, doch Matteo spürte den Schmerz nicht.

Er drückte sich mit einem Bein von der Wand ab und blickte nach unten. Der Boden war nun nicht mehr weit. Der Welpe wand sich in der Umklammerung der Kleinen, aber sie ließ ihn nicht los. Ohne lange nachzudenken, ließ sich Matteo auf den Boden fallen. Der kleine Hund bellte.

Matteo richtete sich auf, nahm dem Mädchen sanft den Hund aus den Armen und ließ ihn auf den Boden springen. Anschließend band er das Mädchen los. Er nahm es in den Arm, trug es weg von dem brennenden Haus und stellte es in sicherer Entfernung auf den Boden. Von irgendwoher hörte er Stimmen. Er sah die Kleine noch einmal kurz an, dann lief er weg.

In der Ferne war ein Donnergrollen zu hören. Anscheinend waren die dunklen Wolken ein Vorbote eines Sommergewitters gewesen. Erst am Bach machte er halt. Er hustete stark und schöpfte gierig das Wasser, um den Hustenreiz zu stillen. Danach wusch er sich das Gesicht, das völlig verrußt war, bis er plötzlich Stimmen hörte.

Hastig versteckte er sich auf einem Baum. Matteo war schon immer ein guter Kletterer gewesen, nicht so gut wie Lina, aber in der Not war er besonders flink.

Durch die Hochzeit, Linas Krankheit und ihren Tod hatte Matteo die Geschehnisse in seinem Land und der restlichen Welt nur am Rande mitbekommen. Es war Krieg, doch dieser hatte sich bislang nicht in seinem Dorf abgespielt. Zwar waren einige junge Männer in den Krieg gezogen, doch alle Neuigkeiten wurden auf der Piazza ausgetauscht und dort war Matteo schon lange nicht mehr gewesen. Jetzt beobachtete er aus seinem Versteck auf dem Baum, wie vier Männer und zwei Frauen unten am Bach Rast machten. Es waren Italiener und sie waren nicht von der Armee. Matteo hörte ihnen aufmerksam zu. Sie besprachen, wie sie am besten unbemerkt nach Mestre kommen könnten. Warum wollten sie dorthin? Hielten die Partisanen sich nicht in den Bergen im Norden auf? Während Matteo noch darüber nachdachte, hatte er eine Idee.

Er kletterte vorsichtig und leise vom Baum herunter, ohne dass sie ihn bemerkten. Dann ging er auf sie zu und rief im Gehen laut »Hallo!«. Die sechs drehten sich erschrocken zu ihm um, einer zielte reflexartig mit einem Gewehr auf ihn. Matteo ging trotzdem langsam weiter, die Hände erhoben, damit sie sehen konnten, dass er ein junger Mann war, von dem keine Gefahr ausging.

»Was machst du hier?«, fragte einer der Männer.

»Ihr seid von der Resistenza, oder?«, fragte er.

Von seinem Bruder hatte er gehört, dass sich Männer und Frauen zusammentaten, um gegen die Faschisten zu kämpfen. Die Leute antworteten nicht.

»Ich will mit euch gehen«, sagte Matteo, selbst überrascht von seinem Mut. Doch er hatte nichts mehr zu verlieren.

Einer der Männer lachte. Ein anderer, bärtig und ungefähr Mitte dreißig, sah ihn ernst an.

»Du bist noch ein Kind, warum sollten wir dich mitnehmen?«, fragte er.

»Weil ich für Gerechtigkeit kämpfen will, gegen Besatzer und Bösewichte.«

Es war erstaunlich, wie leicht ihm das Lügen fiel. Er würde sich ihnen anschließen. Er würde für immer von hier verschwinden und alles, was passiert war, hinter sich lassen.

Eine junge Frau mit kurzen schwarzen Haaren sah ihn an und lächelte. »Ich finde, das ist ein guter Grund«, sagte sie. Sie trug Hosen wie ein Mann.

»Was sagen deine Eltern dazu?«, wollte der Bärtige wissen, der wohl der Anführer war.

»Die sind tot.«

Im Geiste bat Matteo seinen Vater und seine Mutter um Entschuldigung. Die Leute sahen ihn einen Moment schweigend an.

»Kennst du dich hier in der Gegend aus?«, fragte der Anführer schließlich.

Matteo nickte.

»In Ordnung, du kannst mitkommen, aber bring uns erst etwas zu essen. Und wenn du uns verrätst –« der Mann sprach nicht weiter, sondern fuhr mit seinem Zeigefinger quer über seinen Hals.

Matteo fuhr ein Schauder über den Rücken. Er nickte und lief zu seinem Elternhaus. Mittlerweile hatte es zu regnen begonnen. Niemand war dort. Alle schienen zu dem brennenden Palazzo gerannt zu sein, um beim Löschen zu helfen oder zu verhindern, dass das Feuer auf die Felder übergriff. Die Felder! In Gedanken sprach Matteo ein kurzes Gebet und bat den Herrgott, er möge die armen Bauern verschonen. Danach nahm er Brot, etwas Käse und Salami und packte alles in einen Jutesack. Er stopfte noch ein Hemd, eine Hose und warme Strümpfe dazu, mehr brauchte er nicht. Auf dem Rückweg ging er bei Vida vorbei. Sie saß auf einem Stuhl unter dem Vordach ihres Hauses und schälte Kartoffeln.

»Matteo, was ist los?«, fragte sie alarmiert, weil er so zügig auf sie zukam.

»Vida, ich gehe mit den Partisanen weg. Sag das bitte meiner Mutter. Sie soll sich keine Sorgen machen.«

»Aber warum?«

»Ich kann hier nicht mehr leben.«

Die Witwe begann zu weinen und schluchzte: »Jetzt verliere ich auch noch meinen Sohn.«

»Nein, du verlierst mich nicht, ich verspreche, auf mich aufzupassen. Und wenn ich zurückkomme, werde ich mich um dich kümmern.«

Sie umarmten sich und Vida gab ihm einen Kuss.

»Pass auf dich auf, mein Junge«, bat sie.

Matteo nickte und verließ sein Dorf für eine lange Zeit.

22.

Der alte Mann machte eine Pause. Davide gab ihm etwas zu trinken.

»Ich war zwar fest entschlossen, in den Krieg zu ziehen, wusste aber gar nicht, was mich erwartete. Mein Gott, war ich naiv. Krieg ist eine hässliche Sache, eine sehr hässliche Sache«, sagte er. »Wenigstens griff das Feuer damals nicht auf die Felder über. Zum Glück kam der Regen. Es war fast wie ein übernatürliches Zeichen, dass der Palazzo noch nicht dem Ende geweiht war. Sie konnten es noch löschen, sogar die Steinmauern des Palazzo blieben erhalten.«

Davides Großvater sah erschöpft aus, und obwohl sein Blick wach war, versagte seine Stimme. Er hustete und trank noch einmal Wasser.

»Ende 44 begann die Wehrmacht mit großangelegten Aktionen gegen die Resistenza, die zuvor in den Bergen im Norden mehrere Gebiete unter ihre Kontrolle gebracht hatte und zahlreiche Partisanenrepubliken ausgerufen hatte. Doch jetzt durchkämmte die Wehrmacht mit einem Großaufgebot jedes einzelne Dorf und verbreitete Schrecken. Den Widerstandskämpfern blieb nichts anderes übrig, als sich in die Ebenen zurückzuziehen. Eines ihrer neuen Ziele war der Eisenbahnknoten in der Gegend um Mestre, über den der gesamte Bahnverkehr zwischen Italien und Deutschland lief. Aber wir haben nicht nur Sabotageaktionen durchgeführt, wir haben auch die Kasernen angegriffen ...«

Wieder machte Davides Großvater eine Pause.

»Nonno, ich denke, du solltest dir etwas Ruhe gönnen, du kannst uns die Geschichte auch später noch zu Ende erzählen.«

»Nein! Ich will sie endlich loswerden, die Wahrheit.«

Davide und Mara sahen sich ratlos an. Mara hätte gern mehr gehört, aber sie wusste nicht, ob es den alten Mann zu sehr anstrengen würde.

In diesem Moment kam Svetlana herein und sagte etwas auf Italienisch. Anschließend wiederholte sie in gebrochenem Englisch: »Sie besser gehen, Signore Costantini – Ruhe.«

Als der alte Mann sie böse ansah, verließ sie das Zimmer wieder. Er verdrehte die Augen.

»Nonno, du musst wieder zu Kräften kommen«, versuchte Davide, ihn umzustimmen.

Doch Mara bat: »Lass ihn noch kurz weitererzählen.«

Davide nahm die Hand seines Großvaters und fühlte seinen Puls. Dieser schlug kräftig und gleichmäßig.

»Also gut, noch ein paar Minuten«, willigte er ein und der alte Mann fuhr mit seinem Lebensbericht fort.

»Wie es der Zufall wollte, sollte mir die Zeit bei der Resistenza Glück bringen. Ich lernte viel und man entdeckte wohl ein gewisses Organisationstalent in mir. Die meisten meiner Kameraden waren Bauern aus dem Veneto oder Arbeiter aus Mestre, aber einer hatte einen reichen Fabrikanten zum Vater. Tomaso war ein sehr feiner Junge, weltgewandt. Er brachte mir viel bei. Erklärte mir einige wirtschaftliche Grundlagen. Er hatte im Ausland studiert und konnte auch sehr gut Englisch, das übte er mit mir, wenn wir auf der Lauer lagen und uns langweilten. Als die Amerikaner bei uns ankamen, konnten wir uns wunderbar verständigen. Tomaso war den Partisanen beigetreten, um für Gerechtigkeit und Freiheit zu kämpfen. Ich nehme an, dass ihn sein sorgloses Leben in Reichtum einfach gelangweilt hatte, im Krieg sah er einen Sinn, etwas, wofür es sich zu kämpfen lohnte. Wir hatten auch einen Spanier dabei, er war Kunststudent. Jede freie Minute hat er seinen kleinen Block herausgeholt und etwas gezeichnet. Ich fand das faszinierend. Deshalb hat er mir ein paar Grundregeln erklärt. Anfangs bat ich ihn, Lina nach meiner Erzählung zu zeichnen, doch nie sah sie so aus, wie ich sie in Erinnerung hatte, sodass ich schließlich selbst den Block nahm und sie zeichnete. Es gelang mir tatsächlich – ein Bauernjunge mit einer künstlerischen Ader«, spottete der alte Mann über sich selbst.

»Wolltest du das Talent nie weiter ausbauen?«, fragte Mara.

Er kratzte sich am Kopf. »Nein, nein, so gut sind die Bilder nicht, das war nur gegen das Vergessen.«

Mara nickte verstehend, widersprach aber: »Ich finde sie gut gelungen, das junge Mädchen sieht wunderhübsch aus.«

»Nun ja, Geld hätte ich damit wohl nicht verdienen können. Doch das Glück war mir auf andere Weise hold«, fuhr Matteo fort. »Bei einer Sabotageaktion rettete ich Tomaso das Leben. Es war eher Zufall, aber er sah in mir eine Art Schutzengel. So kam es, dass er mir nach dem Krieg zum Dank eine beachtliche Summe Geld schenkte und mir einen guten Posten in seiner Firma in Mestre gab. Immer wieder betonte er, dass das nichts war im Vergleich zu dem, was ich für ihn getan hatte. Für mich war es der Weg in die Freiheit. Zwölf Jahre nachdem ich mein Dorf verlassen hatte, beschloss ich, zurückzukehren. Ich war mittlerweile wohlhabend und ein angesehener Mann. – Und jetzt kommt der Zeitpunkt, an dem deine Großmutter Maria Grazia ins Bild tritt.«

Matteo sah Mara an und sagte sehnsuchtsvoll: »Ich würde sie so gern wiedersehen. Ich habe ihr so viel Unrecht angetan und sie niemals um Vergebung gebeten. Kannst du sie überreden hierherzukommen, Mara?«

Die junge Frau wusste nicht, was sie sagen sollte. Wie konnte dieser Mann, der so viel Schlimmes erlebt hatte und so viel Schuld auf sich geladen hatte, die große Liebe ihrer Großmutter sein? Sie dachte an die Verbrennungen am Arm ihrer Nonna. Waren diese bei dem Feuer entstanden? War ihre Großmutter das kleine Mädchen, das Matteo gerettet hatte? Vom Alter her passte es. Vielleicht hatte sie sich deshalb in ihn verliebt und ihn als ihren Retter angehimmelt.

»Mara, bitte!«

Der alte Mann sah sie so traurig und eindringlich an, dass sie nicht anders konnte, als zu nicken.

Kurz darauf standen Mara und Davide vor seinem Wohnhaus. Sie hätte gerne noch weitere Fragen gestellt, aber sie konnte sehen, dass der alte Mann dringend Ruhe benötigte.

»Lass uns einen Spaziergang machen, um den Kopf frei zu bekommen«, schlug Davide vor.

Sie nahm seine Hand und sie gingen in Richtung der Wiesen und Felder, die das Dorf umgaben. Mara hatte das Bedürfnis, ganz nah bei ihm zu sein. Sie fühlte sich, als ob sie gerade einen Marathon absolviert hätte, so sehr wühlte die Geschichte von Matteo sie auf.

Wie passt bloß meine Großmutter in dieses Bild?, fragte sie sich.

Davide blieb stehen und umarmte sie. »Ich hoffe, dass sich diese Geschichte am Ende nicht noch auf unsere Beziehung auswirkt ...«

Mara sah ihm ins Gesicht. Sie hatte das Bedürfnis, ihn zu küssen, sie fand ihn unwiderstehlich.

»Nein, das wird sie nicht, das verspreche ich dir«, sagte sie.

Sie stellte sich ihre auf Zehenspitzen, um ihm einen Kuss zu geben. Während er sie festhielt und ihren Kuss erwiderte, wurde Mara klar, dass sie verliebt war. Sie spürte den Wunsch, für immer bei ihm zu bleiben. In diesem Augenblick verdrängte sie den Umstand, dass ihr Urlaub bald zu Ende war.

Sie standen lange dort und ignorierten die wenigen Passanten, die mit ihren Hunden Gassi gingen, und die vereinzelten Jogger. Es gab nur sie beide. Mara bedeckte Davides Lippen und Wangen mit unzähligen kleinen Küssen. Hielt ihn fest, wie um sicherzugehen, dass er nicht verschwinden würde. Doch schon tauchten wieder Bilder aus Matteos Geschichte in ihrem Kopf auf. Sie versuchte, sie beiseite zu schieben.

»Hey, sollen wir nach Hause fahren?«, fragte Davide schließlich schmunzelnd.

Mara lachte und nickte. Als sie im Auto saßen, klingelte ihr Telefon. Es war ihre Mutter.

»Du meldest dich gar nicht bei mir!«, sagte sie in vorwurfsvollem Ton.

»Entschuldige Mama, hier ist so viel los.«

»Wo bist du?«

»Na, in Nonnas Dorf.«

»Geht es dir gut?«, wollte ihre Mutter wissen und Mara wurde bewusst, dass sie wirklich schon seit ein paar Tagen nicht mehr miteinander gesprochen hatten.

»Ja, mir geht es sehr gut. Weißt du was, ich habe Matteo gefunden!«

»Welchen Matteo?«, fragte ihre Mutter.

»Na, den Mann, den ich für Nonna suchen sollte.«

»Aha«, machte Malena.

»Wie geht es Nonna denn?«

»Besser.«

»Ich werde sie mal wieder anrufen.«

»Aber bitte erzähl ihr nichts von diesem Mann, das könnte sie aufregen. Dieser Mann ist böse.«

»Wie kommst du denn darauf? Du kennst ihn doch gar nicht.« Ihre Mutter seufzte.

»Nein, ich kenne ihn nicht persönlich. Aber ich weiß, wie sehr die Vergangenheit Nonna aufwühlt.«

»Aber das heißt doch nicht, dass dieser Mann böse ist!«

Mara vermied es, Matteos Namen zu nennen und war froh, dass Davide kein Deutsch verstand. Trotzdem wurde sie unwillkürlich rot bei dem Gedanken, dass ihre Mutter gerade über seinen Großvater herzog.

Ihre Mutter meinte: »Ach, das weißt du vielleicht gar nicht ... ich habe meinen Vater einige Male getroffen, als ich älter war.«

»Was?« Davon hörte Mara das erste Mal. Sie hatte immer gedacht, ihr Großvater hätte sich nie für seine Tochter interessiert.

»Es waren nur wenige, kurze Treffen, wenn er auf Geschäftsreise in Deutschland war. Aber einmal hat er ein paar Andeutungen über Nonnas Vergangenheit in Italien gemacht. Für ihn war klar, dass dort etwas passiert sein musste, das aus deiner Nonna eine gebrochene Frau gemacht hat, die unfähig war, mit einem Mann zusammenzubleiben und eine Beziehung zu führen.«

»Dann hat er sich also selbst auch noch als Opfer dargestellt!«

»Es gibt immer zwei Seiten. Wer weiß, vielleicht waren einfach beide unfähig, ein gemeinsames Leben hinzubekommen. Allerdings war mein Vater viele Jahre glücklich verheiratet – zumindest klang es so. Und Nonna nicht. Aber wie dem auch sei. Mein Vater erwähnte damals einen Mann – gut möglich, dass er von Matteo sprach – der deine Großmutter *verdorben* habe. Ja, ich denke, *verdorben* war das Wort, das er benutzte. Und Menschen verändern sich in der Regel nicht, sie werden im Alter nicht besser.«

»Ich weiß nicht. Der Matteo, den ich kennengelernt habe, ist ein netter Mensch. Vielleicht etwas traurig.«

»Bitte pass auf dich auf und beunruhige nicht deine Großmutter.«

Um ihre Mutter abzulenken, sprach Mara noch kurz über das Wetter, die schöne Gegend und das gute Essen, danach verabschiedeten sie sich. Doch zuvor musste Mara versprechen, sich regelmäßig zu melden. Sie entschied sich, trotz der Warnung ihrer Mutter, ihre Großmutter anzurufen.

»Nonna, ich habe ihn gefunden.«

»Wen?«

»Matteo.«

»Er lebt also noch?«

»Ja, und er hat von Lina erzählt. Ich will aber wissen, was er mit dir zu tun hat. Ist er schuld an ...« Mara hielt inne. Sie hatte so viele Fragen an ihre Großmutter und merkte erst jetzt, dass dies alles zu viel für sie sein könnte. Sie biss sich auf die Zunge.

»An was?«, fragte ihre Großmutter.

»Dass du so traurig bist?«

»Ach Mädchen.«

»Nonna, es ist wirklich Zeit, dass du herkommst und mit ihm sprichst.«

»Wie geht es ihm?«

»Nicht so gut, Nonna.«

Ihre Großmutter schwieg. Dachte sie nach?

Schließlich sagte sie: »Ach Kind, dafür bin ich viel zu alt.«

»Mama könnte doch mit dir fliegen.«

»Fliegen? Ich bin noch nie geflogen!«, rief ihre Großmutter erschrocken.

»Hab keine Angst, Nonni. Du könntest endlich deine alte Liebe wiedersehen. Er möchte dich so gerne treffen. Ich glaube, er hat dich immer noch lieb«, versuchte Mara sie zu überzeugen.

Ihre Großmutter antwortete nicht.

»Und wer weiß, wie lange er überhaupt noch lebt«, fügte Mara hinzu.

»Es ist nicht so einfach«, versuchte die Großmutter zu erklären.

»Doch, Nonna, es ist einfach. Willst du den Rest deines Lebens so weitermachen, traurig sein und dement werden?«

Nach einer kurzen Pause fragte Maria Grazia: »Und es geht ihm nicht gut?«

»Nein, wer weiß, wie lange er noch lebt, er wird ja bald neunzig.«

Zu Maras Verwunderung sagte ihre Großmutter zögerlich: »Ich kann ja mal mit deiner Mutter reden.«

»Na, was sagt sie?«, fragte Davide, nachdem Mara aufgelegt hatte.

»Ich versuche, sie hierherzubewegen, damit sie Matteo noch einmal sehen kann. Doch sie ist zögerlich ... Sag mal, du weißt auch nicht, was zwischen den beiden vorgefallen ist, oder?«

»Nein, ich habe keine Ahnung.«

»Meine Großmutter hat eine Verbrennung am Arm«, erklärte Mara. »Ich frage mich, ob sie das kleine Mädchen war, das er gerettet hat. Das Alter würde passen und sie ist eine Parisi. Sie hat immer behauptet, dass sie sich mit heißer Milch verbrannt hat, aber ...«

»Das klingt wirklich interessant!«, antwortete Davide.

Mara erzählte ihm nichts von der Warnung ihrer Mutter. Sie wollte nicht daran denken, trotzdem war sie beunruhigt. Als sie wieder in der Villa Rosa ankamen, entschieden sie spontan, gemeinsam in seiner Küche zu kochen.

»Ich zeige dir eines meiner Lieblingsrezepte. Ich habe es von meinem Vater gelernt und der hat es wahrscheinlich von Matteo. Spaghetti mit *sugo al tonno mediterraneo*. Spaghetti mit Thunfisch-Soße.«

Zunächst erhitzte Davide das Wasser für die Nudeln. Nebenbei suchte er alle Zutaten zusammen.

»Als Vorspeise brauchen wir noch einen kleinen Salat. Möchtest du mir helfen?«

»Klar.«

Davide reichte Mara eine Fenchel-Knolle und eine Reibe. »Hier, du kannst den Fenchel in möglichst dünne Scheiben hobeln«, sagte er. »Dazu kommen später noch Parmesan-Streifen, Öl, ein paar Spritzer Zitrone, Pfeffer, etwas Salz ... und dann ist der Salat eigentlich schon fertig.«

Ein Salat, der fast ausschließlich aus Fenchel bestand? Mara war skeptisch.

Davide bemerkte ihren Blick: »Das schmeckt wunderbar. Durch die dünnen Scheiben kann sich der starke Fenchelgeschmack viel besser entfalten.«

Während er die Spaghetti ins kochende Wasser gab und die Soße vorbereitete, machte Mara sich ans Werk. Es fühlte sich gut an, zusammen in der Küche zu lachen, zu reden und gemeinsam zu arbeiten. Mit Matthias hätte sie so etwas nie machen können.

Davide nahm eine Flasche Tomatensoße aus dem Vorratsraum. »Die stammt von unseren eigenen Tomaten. Giusi kocht immer gleich mehrere Töpfe ein«, erklärte er.

In einer Pfanne briet er gewürfelten Thunfisch in Olivenöl an und gab als Nächstes den Knoblauch und kurz darauf die Tomaten dazu. Verfeinert wurde die Soße mit schwarzen Oliven, einer Peperoncini-Schote und einer Handvoll Kapern.

»Die sind typisch für diese Region«, erzählte er. »Kapern-Sträucher wachsen hier überall im Wald. Fehlen nur noch Kräuter. Die müssen natürlich frisch sein. Und bloß nicht zu viele unterschiedliche Geschmäcker mischen, sonst kommt am Ende nichts mehr von den eigentlichen Geschmacksnoten zur Geltung, und das wäre schade.«

Am Fensterbrett standen mehrere Töpfe mit Kräuter-Pflänzchen. Davide schnitt etwas Oregano ab, hackte es klein und gab es in die Pfanne.

Wenige Minuten später saßen sie gemeinsam am Esstisch. Es schmeckte wunderbar. Der Salat war tatsächlich ein Traum. Und erst der Sugo! Mara fand, es war das beste Spaghetti-Gericht, das sie jemals gegessen hatte. Während sie ihn ansah, dachte sie: *Er ist perfekt. Er sieht gut aus, hat hohe Ideale, einen eigenen Palazzo und kann gut kochen.* Sie konnte ihr Glück kaum fassen.

Anschließend setzten sie sich auf die Couch und tranken Rotwein. Immer wieder küsste Davide sie zärtlich. Obwohl Mara eigentlich eher zurückhaltend war, spürte sie, wie die Leidenschaft sie ergriff. Sie begann, ihn am Rücken zu streicheln und lehnte sich mit dem Kopf an seine

Schulter. Für einige Minuten saßen sie einfach so da und genossen den Moment. Es fühlte sich so gut an!

Mit einem Mal nahm Davide sie auf seine Arme und hob sie hoch. Überrascht schrie sie auf und warf ihre Arme um seinen Hals.

Sie kicherte und fragte: »Was machst du da?«

Ein Zwinkern war seine einzige Antwort. Er trug sie ins Schlafzimmer und legte sie auf das Bett. Dort küsste und streichelte er sie wieder.

Plötzlich stand er auf und begann, die Schubladen zu durchwühlen.

»Was ist denn?«, fragte Mara.

Er hielt etwas hoch und las: »Mindestens haltbar bis September 2013 – du hast nicht zufällig ein Kondom dabei?«

Sie musste lachen und schüttelte den Kopf.

»Tja, wie du siehst, bei mir ist es auch lange her«, erklärte er. »Wir könnten zum Supermarkt im nächsten Ort fahren. Aber da kenne ich jede Verkäuferin und dann wissen die sofort Bescheid.«

Mara musste wieder lachen. »Hat der Supermarkt nicht bereits zu?«

»Ach ja ...«

Er setzte sich neben sie auf die Bettkante. »Das nächste Mal bereiten wir uns einfach besser vor. Ich bin einfach kein Don Juan, der immer ein paar Kondome da hat.«

»Warum ist deine letzte Beziehung so lange her?«, fragte Mara ihn.

Davide sah sie an, räusperte sich und erzählte: »Ich hatte eine lange Beziehung und wir wollten eigentlich heiraten. Der Termin stand sogar schon fest, die Hochzeitstorte war bestellt.« Mara sah ihn überrascht an. »Die Hochzeit wurde abgesagt.«

»Hat sie kalte Füße bekommen?«

»Nein, es war genau andersrum. Ich habe alles abgesagt. Dabei waren sogar schon ein paar Gäste angereist.«

Mara sah ihn mit großen Augen an. Sie musste sofort an den Spruch ihrer Mutter denken: *Männer sind Schweine.*

»Ich war mir plötzlich unsicher. Wir waren schon seit dem Studium zusammen, fast acht Jahre, und sie wollte unbedingt heiraten. Doch auf einmal war ich davon überzeugt, dass wir ein Leben lang unglücklich sein würden, wenn ich jetzt nicht Schluss machte.«

Mara spürte, wie sich ihr unwillkürlich der Magen zusammenzog. Er hatte seine Freundin nach so einer langen Zeit einfach abserviert? So wie damals Matthias mit ihr Schluss gemacht hatte?

Davide konnte wohl sehen, dass sie die Geschichte nicht kaltließ.

»Es tut mir leid, aber ich wollte dich nicht anlügen«, sagte er, »denn mit dir fühlt sich alles so gut an. Beunruhigt dich, was ich dir erzählt habe?«

Mara entgegnete nichts. Verunsichert fuhr Davide fort: »Tja, und danach hatte ich lange Zeit keinen Kopf für Frauen. Das Ganze ist jetzt fünf Jahre her. – Und bei dir?«

»Bei mir?«

»Warum hast du lange keine Beziehung gehabt?«, hakte Davide nach.

»Ach, ich hatte nur eine längere Beziehung, die große Liebe aus der Schule. Ist auch schon ein paar Jahre her.« Mehr wollte Mara dazu nicht sagen, zu sehr nahm sie Davides Geständnis mit. Als er sie fragend ansah, meinte sie: »Und seitdem? Na ja, wie gesagt, ich bin zu schüchtern.«

Sie zuckte mit den Schultern.

»Das ist irgendwie süß«, fand er.

Mara jedoch war verunsichert. Den perfekten Mann gab es wohl doch nicht. Ihr gingen viele Gedanken durch den Kopf. *Was, wenn er es bei mir auch so macht?*

Davide bemerkte ihre Bedenken.

»Ich hätte es dir noch nicht erzählen sollen, aber ich wollte dich auch nicht anlügen.«

»Es ist in Ordnung. Wirklich«, antwortete Mara, weil sie viel zu verwirrt war, um ihre Gefühle näher zu erläutern.

Davide betrachtete sie zweifelnd. Dann sah er an ihr vorbei und fuhr fort: »Das ist eben sehr persönlich und macht einen verwundbar. Ich glaube, es war ein großer Fehler, es dir zu erzählen. Jetzt denkst du, ich bin ein Schwein.«

»Na ja, ich denke an die arme Braut.«

»Sie ist mittlerweile glücklich verheiratet und hat zwei Kinder.«

»Das ist gut ... Komm, lass uns ein bisschen fernsehen«, schlug Mara vor. »Der Wein wartet.«

Davide sah sie traurig an.

»Das lenkt uns ein wenig ab«, fügte Mara hinzu. »Jetzt, wo uns die Kondome fehlen.«

Die Leidenschaft war bei ihr völlig verflogen. Sie gingen zurück ins Wohnzimmer, zappten hin und her und sahen schließlich eine alte Folge *Big Bang Theory*. Die Serie lief wohl auf der ganzen Welt erfolgreich. Mara fühlte sich seltsam erschöpft. Jedes Mal, wenn Davide seinen Arm um sie legen wollte, fühlte sie sich plötzlich unwohl. Sie hielt es immer nur kurz aus und stand dann unter einem Vorwand auf: Toilette, trinken, wieder Toilette.

»Ich bin müde, ich glaube, ich gehe ins Bett«, meinte Mara schließlich mit einem Gähnen.

Davide versuchte zu lächeln. »Ich verstehe, zu viele Geschichten heute.«

Er schaltete den Fernseher aus.

»Wo möchtest du schlafen? Du kannst gerne hier auf der Couch übernachten.«

Mara zögerte kurz und antwortete: »Ich glaube, ich werde drüben in der Villa übernachten.«

Davide wirkte bedrückt, als er fragte: »Und du bist sicher, dass du keine Angst hast, so ganz allein in dem großen Haus?«

Der Gedanke bereitete Mara immer noch ein mulmiges Gefühl. Aber sie spürte, dass sie etwas Zeit für sich brauchte, um über all das nachzudenken, was Davide ihr erzählt hatte.

»Wenn ein Einbrecher kommt, werde ich laut schreien oder ihm eine Porzellanvase über den Kopf hauen«, scherzte sie.

Davide begleitete sie zum Palazzo und die Treppe hinauf zu ihrem Zimmer.

»Habe ich dich sehr verunsichert?«, wollte er wissen.

»Nein«, antwortete Mara, um ihn nicht zu beunruhigen. »Ich weiß nicht ...«

Er sah sie an.

»Ein bisschen«, gestand sie, gab ihm einen flüchtigen Kuss, öffnete die Tür zu ihrem Zimmer und sagte noch einmal: »Gute Nacht.«

Anschließend lauschte sie seinen Schritten, den Gang entlang und die Treppe hinunter. Als sie ihn nicht mehr hörte, legte sie sich aufs Bett. Ihre Gedanken rasten. Sie hatte so viel erfahren an diesem Tag, dass sie Kopfschmerzen davon bekam. Es war an der Zeit, ihre Freundin anzurufen.

23.

Alena berichtete kurz von der Heimfahrt und ihrem ersten Tag im neuen Job. Dann bat sie: »Erzähl mal, wie sich die Sache mit Davide entwickelt hat.«

Mara schilderte ihrer Freundin innerhalb der nächsten Stunde in Kürze, was alles passiert war und was sie erfahren hatte. Alena sagte immer wieder: »Oh ... Mensch ... du liebe Zeit.«

Als Mara geendet hatte, seufzte Alena und stöhnte: »Ich hoffe, du willst nicht von mir wissen, ob du mit ihm trotzdem eine Beziehung eingehen sollst oder nicht.«

Genau auf diesen Ratschlag hatte Mara gehofft.

»Das musst du allein entscheiden. Bald ist dein Urlaub zu Ende und da stellt sich ohnehin die Frage, ob es mehr ist als eine kurze Liebe. Genieß doch erst einmal diese verbleibenden Tage, du hast nichts zu verlieren.«

Das war einfacher gesagt als getan. Mara war nicht der Typ, der das Leben einfach so genießen konnte, sie war eine Grüblerin. Sie wollte keinen Urlaubsflirt, wenn dieser nicht das Potenzial hatte, zu mehr zu werden. Doch daran zweifelte sie seit Davides Geständnis.

»Was deine Oma angeht: Ich würde versuchen, sie zu Matteo zu bringen. Stell dir vor, sie sieht nach sechzig Jahren ihre erste Liebe wieder – wenn Matteo dieser Mann ist.«

»Aber wie? Ich glaube nicht, dass meine Mutter da mitmacht.«

»Hm«, überlegte Alena. »Ich könnte deine Oma mit dem Zug hinbringen!«

»Wie meinst du das?« Mara traute ihren Ohren nicht. »Was ist mit deinem Job?«

»Ich arbeite doch nur fünfzehn Stunden in der Woche, das ist das Gute an einem Hiwi-Job. Ich kläre das noch ab, aber das geht ganz sicher. Ich arbeite einfach vor, das ist denen bestimmt recht, und nehme mir anschließend drei oder vier Tage frei. Je nachdem, wie lange deine Oma bleibt, kannst du sie ja im Auto mit zurücknehmen.«

»Alena, ich weiß nicht, ob eine so lange Fahrt nicht zu anstrengend für Nonna ist.«

»Dann muss ich sie überzeugen, in den Flieger zu steigen.«

»Aber sie ist noch nie geflogen und sie hat Angst davor!«

»Ich bin angehende Psychologin, lass mich mal machen.«

Mara seufzte.

»Mach dir mal keine Sorgen«, ermutigte sie Alena. »Ich schaffe es schon, deine Nonna und deine Mutter zu überreden. Die fressen mir doch aus der Hand.«

»Dann musst du aber schauen, dass Nonna nicht so viel Gepäck mitnimmt und ihr immer gut zureden und ...« Mara seufzte. »Ach, Alena, ich stehe in deiner Schuld.«

»Du zahlst die Flüge und die Zimmer, dann ist alles wunderbar.«

Mara rechnete die Ausgaben kurz im Kopf durch, schob diese Gedanken jedoch rasch beiseite. Ihre Nonna war das in jedem Fall wert.

»Okay, so machen wir's«, verkündete sie und plötzlich empfand sie eine unbändige Freude.

Im Internet suchte sie den nächsten Flughafen und guckte nach möglichen Flügen. Anschließend war Mara so aufgeregt, dass sie nicht schlafen konnte. Sie schämte sich für ihre Reaktion auf Davides Geständnis. Doch sie kannte ihn eben kaum und hatte Angst, dass ihr dasselbe passieren würde, wenn sie eine längerfristige Beziehung mit ihm einging. Eine weitere verlassene Braut – das würde genau in das Bild passen, das Nonna und ihre Mutter immer von den Frauen der Familie zeichneten. Sie hörte schon fast die Stimme ihrer Mutter – *Hab ich dich nicht gewarnt?* – und ihr fiel wieder der angebliche »Fluch« ein. Falls es diesen Fluch wirklich gab, konnte ihre Großmutter ihn vielleicht brechen, wenn sie sich mit Matteo aussöhnte.

Am nächsten Tag hörte Mara von Giuseppina, dass Davides Großvater in ein Krankenhaus eingeliefert worden war.

»Ist sein Zustand schlimmer geworden?«, fragte sie bestürzt.

»Nicht wirklich. Sie wollen wohl ein paar Untersuchungen machen und ihn ein paar Tage dabehalten. Aber mach dir keine Sorgen.«

Davide war bereits im Krankenhaus – ohne sie. An den folgenden zwei Tagen hatte er viel zu tun. Mara wusste nicht, ob er ihr absichtlich aus dem Weg ging, doch sie selbst fühlte sich ihm gegenüber so unsicher, dass sie die Begegnung mit ihm mied. Sie unternahm Spaziergänge und besuchte eine Ölmühle.

Am Mittwochmorgen kamen zwei Männer in Anzügen und begutachteten das Haus, anschließend besprachen sie sich im Salon. Davide wirkte gestresst. Giuseppina war an diesen Tagen nicht in der Küche oder im Garten, sondern verbrachte viel Zeit mit Davide. Heute trug sie einen eleganten Rock und war dezent geschminkt. Mara musste zugeben, dass sie wirklich gut aussah. Am Nachmittag saß sie stundenlang mit Davide im Salon. Mara verstand leider nicht, worüber sie sprachen. Sie vermutete, dass sie ihm etwas auf Italienisch erklärte, und die beiden diskutierten teilweise sehr laut. Manchmal war auch lautes Lachen zu hören. Mara war eifersüchtig und gleichzeitig vermisste sie ihn, da sie sich kaum sahen und nur wenig miteinander sprachen. Außerdem wollte sie seinen Großvater nicht alleine besuchen, obwohl sie neugierig war, wie die Geschichte weiterging. Aber sie wünschte sich, dass ihre Großmutter dabei war, wenn Matteo das Ende der Geschichte erzählte. Dann würde sie die Geschehnisse von damals vielleicht aus zwei Blickwinkeln hören.

Dieser Wunsch schien in Erfüllung zu gehen. Es war Mara zwar schleierhaft, wie Alena das geschafft hatte, aber ihre Freundin hatte Malena überredet, sie und Maria Grazia nach Italien fliegen zu lassen. Die Freude darüber wurde durch den Umstand getrübt, dass Davide sich immer mehr von Mara distanzierte. Er grüßte sie nur noch förmlich, wenn er sie im Flur oder beim Frühstück sah. Natürlich hatte sie ihn mit ihrer Reaktion entmutigt. Aber dass er so schnell aufgab, anstatt um sie zu kämpfen und ihr zu zeigen, dass er es ernst mit ihr meinte, hätte sie nicht erwartet. Gleichzeitig sah sie ihre Befürchtung bestätigt. Sie war wohl doch nur ein Urlaubsflirt für ihn gewesen. Sobald die Sache ernst geworden war, hatte er kalte Füße bekommen.

Sollte sie trotzdem versuchen, sich mit ihm auszusprechen? Mara musste zugeben, dass seine Distanziertheit ihr sehr wehtat. Vielleicht sollte sie um ihn kämpfen und auf diese Weise herausfinden, ob sich der Fluch brechen ließ. Während sie darüber nachdachte, hörte sie seine Stimme aus der Küche. Ein wunderbarer Duft drang in ihre Nase, eine Mischung aus frisch gebrühtem Kaffee und warmem Brot.

Mara blieb kurz auf dem Treppenabsatz stehen und atmete den Geruch ein. Sie hatte das Gefühl, zu Hause angekommen zu sein. Sie merkte, wie sehr sie Davide vermisste. Spontan entschied sie sich, zu ihm in die Küche zu gehen.

Je näher sie der Küchentür kam, desto deutlicher konnte sie eine weitere Stimme hören. Als Mara die Küchentür erreichte, sah sie Giuseppina mit Davide in der Küche stehen. Sie war gerade dabei, Brot zu schneiden. Er lachte über etwas, das sie gesagt hatte. Giuseppina hatte sich erneut herausgeputzt. Sie war offensichtlich beim Frisör gewesen und trug einen blauweiß gestreiften Rock, der ihr sehr gut stand. Erneut lachten die beiden. Giuseppina legte ihren Arm um Davide und er hob sie kurz hoch. Mara ärgerte sich, dass sie kein Italienisch konnte und nicht verstand, worüber sie sprachen. Giuseppina war ihr längst nicht mehr so sympathisch wie am Anfang. Hatte Davide sich etwa mit ihr über Mara hinweggetröstet?

Sie machte kehrt, um in ihr Zimmer zu gehen. Doch dann überlegte sie es sich anders. Warum sollte sie sich verstecken? Als sie erneut an der Küche vorbeikam, hörte sie, wie Davide »Grazie, Giusi« sagte. Er stand mit dem Rücken zur Tür und keiner der beiden hatte sie bislang bemerkt. Sie lachten erneut und die beiden wirkten überaus vertraut.

Schließlich bemerkte Giuseppina Mara. Sie begrüßte sie mit einem »Ah, guten Morgen«, doch das Lächeln auf ihrem Gesicht war mit einem Mal verschwunden. Mara war schon in den letzten Tagen aufgefallen, dass die Köchin ihr sehr viel kühler begegnete als zuvor. Auch Davide drehte sich um und wünschte ihr einen guten Morgen, aber Mara brachte nur ein leises »Hallo« heraus.

»Möchtest du frühstücken?«, fragte Giuseppina. »Ich bringe dir gleich das Frühstück in den Salon.«

Mara nickte und setzte sich an einen der Speisetische. Sie war verwirrt und eifersüchtig, doch das würde sie Davide bestimmt nicht zeigen.

Giuseppina brachte ein Tablett mit Kaffee, Milch, Butter, Marmelade, Honig und Brot. Sie blickte jetzt freundlicher, aber es wirkte etwas gekünstelt, wie das professionelle Lächeln einer dienstleistungsorientierten Angestellten. Mara lächelte gezwungen zurück und sah ihr hinterher, als sie in die Küche zurückging. Sie fühlte sich in diesem Moment klein und hässlich.

Plötzlich klingelte ihr Handy. Es war Alena, die erklärte, dass sie für sich und Maria Grazia für den übernächsten Tag einen Flug bekommen hatte und jemanden brauchte, der sie vom Flughafen abholte. Mara freute sich sehr. Nachdem sie aufgelegt hatte, überlegte sie, wann sie mit Davide darüber sprechen sollte.

Als ob er ihre Gedanken gelesen hätte, kam er an ihren Tisch und fragte: »Wie geht es dir?«

»Gut.« Mara lächelte freundlich. »Und dir?«

»Gerade sehr gut«, sagte er. »In den letzten Tagen sind viele Reservierungen eingegangen. Es waren sogar zwei Herren da, die über eine längerfristige Zusammenarbeit nachdenken. Langsam aber sicher zahlt sich die Mühe aus und die Werbemaßnahmen wirken, dank Giusi haben wir diese Woche sogar eine Facebook-Seite angelegt und die Pension endlich bei Trip-Advisor eingetragen.«

Mara freute sich für Davide und beglückwünschte ihn dazu. Anschließend wusste keiner der beiden, was er tun oder sagen sollte. Sie traute sich nicht, ihn zu berühren oder gar zu küssen, nachdem sie ihn mit Giuseppina gesehen hatte. Und sie fühlte sich unwohl mit all dem, was unausgesprochen zwischen ihnen stand.

Schließlich durchbrach sie die qualvolle Stille und sagte: »Ich wollte dir erzählen, dass meine Nonna kommt, um deinen Großvater zu treffen.«

Davide sah sie überrascht an. »Wirklich?«

»Wie geht es ihm denn?«, fragte Mara.

»Nicht sehr gut. Sie sagen, es sei das Alter. Er ist schwach und hat eine Art Magenverstimmung. Er hat nach dir gefragt.«

»Ich wollte ihn gerne im Krankenhaus besuchen, aber du warst so beschäftigt und …«

»Ja, das stimmt. Ich bin dabei, Werbung für die Pension zu machen, das nimmt viel Zeit in Anspruch.«

Sie nickte verständnisvoll.

»Schmeckt dir dein Frühstück?«, fragte Davide.

Sie hatte noch nichts probiert, aber sie nickte. Der junge Mann wirkte sehr distanziert. Mara fragte sich traurig, warum sie die paar Tage mit ihm nicht einfach hatte genießen können. Warum war sie in Gedanken schon bei einer Hochzeit gewesen, wenn sie sich doch gerade erst kennengelernt hatten? Vielleicht lag es daran, dass sie sich so sehr eine echte Liebesbeziehung wünschte und sich nicht mit einem Urlaubsflirt zufriedengeben wollte. Nun hatte sie auch diesen kaputt gemacht, ohne zu wissen, ob mehr daraus hätte werden können. Bedrückt sah sie ihn an.

Davide schaute ihr nicht in die Augen, stattdessen hielt er sich am Stuhl fest und bat: »Gib mir Bescheid, wenn deine Großmutter kommt.«

Er ging in Richtung Rezeption und Mara rief ihm hinterher: »Übermorgen, und Alena kommt auch mit.«

Davide blieb stehen und fragte. »Wie viele Zimmer benötigt ihr?«

»Noch ein weiteres für meine Großmutter. Alena schläft in meinem Zimmer.«

»Ich werde alles vorbereiten«, sagte er sachlich und ging hinaus.

Mara wollte ihn aufhalten. Sich entschuldigen. Ihn küssen. Doch sie schaffte es nicht, all das war nur in ihrem Kopf, zur Durchführung fehlte ihr der Mut. Deshalb schaute sie ihm nur traurig hinterher.

24.

Mara hatte es geschafft. Sie war ganz alleine zum Flughafen gefahren, um Alena und ihre Großmutter abzuholen. Eigentlich hatte sie Davide fragen wollen, ob er sie begleiten würde, schließlich kannte sie sich hier nicht aus. Doch nachdem er so abweisend gewesen war, hatte sie sich das nicht getraut. Deshalb nahm sie all ihren Mut zusammen und fuhr alleine nach Venedig. Nun wartete sie mit einer Rose in der Hand in der Ankunftshalle auf ihre Großmutter und Alena. Voller Selbstmitleid beobachtete Mara die glücklichen Paare und Familien, wie sie sich umarmten und küssten. Sie fühlte sich einsam und traurig und war gleichzeitig wütend auf sich selbst. Wieso hatte sie so schnell kalte Füße bekommen?

Schließlich erblickte sie Alena und Nonna. Ihre Großmutter sah verunsichert aus, Alena hielt ihre Hand.

»Nonna!«, rief Mara aus und rannte ihr entgegen.

»Gott sei Dank, Mara. Deine Oma ist aufgeregt wie ein Teenager«, sagte Alena. »Zum Glück hat deine Mutter ihr heute Morgen noch eine Beruhigungstablette gegeben.«

Mara betrachtete ihre Großmutter. Sie erschien ihr so fremd in dieser Umgebung. Doch Maria Grazia sah gut aus im Vergleich zu den letzten Wochen. Ihre Haare waren hübsch zurechtgemacht, der silberfarbene, gewellte Bob stand ihr gut. Und sie trug sogar einen rosa Lippenstift. Das musste Alenas Werk gewesen sein.

Trotz der Tablette zitterte sie. Noch nie hatte Mara ihre Großmutter so aufgeregt erlebt. Alena hingegen war die Ruhe in Person.

Mara umarmte sie und flüsterte: »Du bist wahrlich die allerbeste Freundin, ich weiß nicht, wie ich dir danken soll.«

Dann nahm sie ihre Großmutter am Arm und Alena schob den Gepäckwagen.

»Ich wüsste da schon mehrere Möglichkeiten«, witzelte Alena und beide grinsten.

Nonna klammerte sich an Mara fest.

»Ich hätte nicht geglaubt, jemals meine Heimat wiederzusehen«, erzählte sie mit Tränen in den Augen. »Danke, Kinder.«

»Nonna, wie war denn dein erster Flug?«, fragte Mara.

Bevor ihre Großmutter etwas sagen konnte, berichtete Alena mit einem Zwinkern: »Sie hat sich sehr wacker geschlagen – und war auch nur dreimal auf der Toilette während des zweistündigen Flugs.«

»So ist das eben bei älteren Menschen«, verteidigte sich Maria Grazia.

Mara grinste und schließlich lächelte auch ihre Großmutter.

Während sie auf der Landstraße in Richtung Pliva fuhren, starrte Maria Grazia wie gebannt aus dem Fenster. Sie schien bekannte Orte oder Häuser zu suchen.

»Es hat sich alles verändert. Diese ganzen Fabriken ...«, sagte sie. Bald darauf nickte sie ein und schlief, bis sie das Ortsschild passierten.

»Nonna, wir sind da.«

Maria Grazia blinzelte und schaute ungläubig. »Nein, das sieht hier alles ganz anders aus.«

Als Erstes fuhren sie an einer Tankstelle vorbei und an einigen neuen Wohnhäusern. Anschließend kam ein kleiner Laden. Die Großmutter schaute ungläubig, sagte aber nichts.

»Wir fahren erst einmal in die Pension«, meinte Mara.

Als sie auf die schmale Straße in Richtung Palazzo abbogen, rief ihre Großmutter: »Hier kenne ich mich wieder aus!«

Auf dem Schotterweg zur Pension verstummte Maria Grazia.

»Willkommen in der Villa Rosa«, sagte Mara, stieg aus und öffnete die Tür für ihre Großmutter, um ihr beim Aussteigen zu helfen.

Dort stand sie, elegant, wie schon lange nicht mehr, in einer grünen Bluse und schwarzen Hosen. Mara war stolz auf sie. Nonna sagte erst einmal nichts, sie schaute sich nur um und betrachtete das Gebäude.

»Es ist schön, nicht wahr?«, fragte Alena.

»Das ist doch nicht die Villa Rosa, das ist mein Geburtshaus!«, rief die alte Dame aus.

Und schon lief sie erstaunlich leichtfüßig in Richtung Eingang und erklärte: »Hinter dem Haus stand der große Feigenbaum. Den ganzen Sommer über haben wir dort Feigen gegessen und mussten danach immer aufs Klo.«

Sie lachte und Mara lief ihr hinterher, während Alena am Wagen blieb.

»Jetzt ist es eine Pension und hier wohnen wir.«

»Das ist Schicksal mein Kind, das ist Schicksal.«

»Na ja, es war die einzige Pension weit und breit. Ich hatte gar keine andere Wahl«, sagte Mara.

»Es ist sehr gut renoviert worden. Als ich das Haus verlassen habe, war es eine halbe Ruine.«

An der Tür erwartete sie Davide. Er lächelte Mara zu und begrüßte Maria Grazia auf Italienisch. Sie sah ihn nachdenklich an.

»Ich bin der Enkel von Matteo«, erklärte er und sie umarmte ihn spontan. Davide bat sie, auf der Bank, die vor der Tür stand, Platz zu nehmen, und eilte zu Alena, um ihr mit dem Gepäck zu helfen.

»Gehört das Haus jetzt Ihnen?«, erkundigte sich Maria Grazia, als Davide zurückkam, und Mara fragte sich, ob dies wirklich ihre Großmutter war, die vor zwei Wochen noch so verwirrt gewirkt hatte. Sie sprach Italienisch so langsam, dass Mara ihre Worte aufgrund der Ähnlichkeit zum Französischen und Englischen und ihrer wenigen Italienischbrocken verstehen konnte.

Davide nickte, und da Mara die Geschichte bereits kannte, verstand sie auch, wie er erzählte, dass sein Großvater ihm die Villa geschenkt hatte, als eine Art Erbe. Das Haus sei zwar schön, aber für eine Person zu groß. Deshalb hatte er eine Pension daraus gemacht.

Ihre Großmutter murmelte auf Deutsch: »Die Fassade hat fast dieselbe Farbe wie damals, als ich klein war.« Anschließend wiederholte sie es lauter auf Italienisch.

»Wir haben versucht, es wieder so herzurichten, wie es früher ausgesehen hat«, erklärte Davide. »Ich habe alte Fotos angesehen und wegen Details wie der Farbe mit den älteren Dorfbewohnern gesprochen.«

»Ich hätte nicht geglaubt, dass jemals wieder jemand hier wohnen würde. Als ich noch klein war, gehörte es meiner Familie«, erzählte die Großmutter und hielt dabei Maras Hand. Davide sah sie überrascht an und sagte wieder etwas auf Italienisch.

»Er hat es erworben, das stimmt. Aber, ob es rechtmäßig war ...«, murmelte Maria Grazia geheimnisvoll auf Deutsch. Da Davide sie fragend ansah, übersetzte sie ihre Worte für ihn. Dann sah sie sich wieder verwundert um.

»Kommen Sie, ich zeige Ihnen die Pension«, sagte Davide und streckte ihr die Hand hin. Die alte Frau ergriff sie und die beiden betraten das Haus.

Mara und Alena folgten ihnen. Maria Grazia schaute sich alles an – vor allem die Bilder schienen sie zu interessieren. Sie gingen zunächst in den Salon, in dem das Essen serviert wurde.

»Hier war auch früher der Salon«, erzählte die alte Frau begeistert und sprach abwechselnd Deutsch und Italienisch. »An Geburtstagen feierten wir schöne Feste. Daneben war eine Art Wohnzimmer. Dort saß mein Vater oft, rauchte Pfeife und meine Mutter häkelte. Wir hatten sogar ein Klavier.«

In ihrer Fantasie schien sie in das Haus ihrer Kindheit zurückzukehren.

»Ich liebte dieses Haus.« Sie sah zum Fenster. »Sogar der Garten wird gepflegt.«

Sie gingen zur Küche, wo Giuseppina gerade das Mittagessen zubereitete. Es duftete nach Oregano und Knoblauch. Die Köchin begrüßte Maria Grazia auf Englisch, doch die alte Dame antwortete auf Italienisch. Davide erklärte, dass dies Marias Geburtshaus war. Giuseppina stieß ein lautes »Ahhh« aus und schien zu überlegen, wer die alte Dame sein könnte und wie sie in die Geschichte von Lina und Matteo passte.

Maria Grazia liefen plötzlich Tränen über die Wangen.

»Was hast du, Nonna?«, fragte Mara und legte einen Arm um sie.

»Es ist so lange her und fast alle sind schon von uns gegangen.«

»Nein, Matteo ist noch da und du auch«, widersprach Mara.

»Ja«, antwortete sie traurig. »Wo ist Matteo denn?«, fragte sie zögerlich.

»Er ist im Krankenhaus und er wird sich sehr freuen, dich zu sehen«, erzählte Mara.

»Lasst uns erst mal essen«, schlug Giuseppina vor.

Doch Nonna hatte kaum Appetit, sie war zu aufgeregt. Die Köchin bereitete ihr einen Melissentee zu, damit sie sich etwas beruhigen konnte.

Nach dem Mittagessen gingen sie in den ersten Stock. Auch hier sah sich Maria Grazia mit Davides Erlaubnis jedes Zimmer an.

»Das war das Zimmer meiner Eltern.«

»Echt?«, rief Alena. »Mensch Mara, du schläfst im Zimmer deiner Urgroßeltern!«

Mara betrachtete das Zimmer mit anderen Augen. Es ging ihr ähnlich wie ihrer Großmutter. Sie war sehr aufgewühlt und sie wollte endlich das Ende der Geschichte hören!

Maria Grazia sah zum Fenster.

»Hier oben habe ich ihn zum ersten Mal gesehen«, murmelte sie melancholisch.

Davide hatte unterdessen telefoniert. Nun unterbrach er Nonna bei ihrer emotionalen Entdeckungstour.

»Ich fahre jetzt zu Nonno. Ich denke, ihr ruht euch erst einmal aus, oder?«

»Das ist eine gute Idee. Wir können deinen Großvater morgen besuchen«, schlug Mara vor.

»Ich bin nicht mit dem Flugzeug geflogen, um mich hier auszuruhen, ich möchte gleich zu ihm«, widersprach Nonna energisch.

Alena und Mara sahen sie an und waren erstaunt über ihre Entschlossenheit.

Davide nickte verständnisvoll und schlug vor: »Damit sich mein Großvater noch hübsch für den Damenbesuch machen kann, würde ich vorschlagen, dass ihr in etwa zwei Stunden kommt.«

»Nonna?«, fragte Mara und sah sie an.

»Va bene«, erwiderte die alte Dame mit einem Kopfnicken.

Davide verließ sie und ging zum Auto. Mara folgte ihm, sie hatte das Verlangen, sich mit ihm auszusprechen und ihn zu küssen. Doch als sie ihn erreichte und er sich umdrehte, bekam sie es wieder mit der Angst zu tun und sagte nur: »Danke.«

Er nickte, setzte sich ins Auto und fuhr los.

Ihre Großmutter beobachtete sie vom Fenster aus und murmelte bedauernd: »Ach, Mara.«

* * *

Mara fuhr ohne Alena mit ihrer Großmutter zum Krankenhaus, das sich in der nächstgrößeren Stadt befand. Die alte Frau wirkte gefasst und beobachtete wieder die Bauernhöfe und Häuser, an denen sie auf der Landstraße vorbeifuhren.

»Danke, mein Kind, dass du das alles für uns machst«, meinte sie und Mara lächelte sie an.

Als sie am Krankenhaus ankamen, ergriff Maria Grazia die Hand ihrer Enkelin und jammerte: »Ich bin schrecklich aufgeregt und würde am liebsten wieder gehen.«

Mara strich ihr beruhigend über den Arm. »Alles wird gut.«

Nachdem sie mit dem Aufzug in den vierten Stock gefahren waren, klopfte Mara an der Tür mit der Nummer, die Davide ihr genannt hatte, und schaute hinein. Matteo saß aufrecht in seinem Bett, er war gekämmt und trug ein Hemd. Davide stand neben ihm. Das zweite Bett im Zimmer war nicht belegt.

»Guten Tag, Mara.«

»Guten Tag, Matteo, hier kommt dein Besuch«, antwortete Mara.

Sie öffnete die Tür ganz und schob ihre Großmutter ins Zimmer. Unsicher blickte diese den alten Mann an und fragte ungläubig: »Matteo?«

Er nickte, offensichtlich ebenfalls verunsichert.

»Grazie«, stammelte er und hatte Tränen in den Augen.

»Wofür?«, fragte Maria Grazia, die immer noch in der Mitte des Zimmers stand.

»Dafür, dass du gekommen bist.«

»Das hast du meiner Enkelin zu verdanken«, antwortete Maria Grazia und hielt sich an Mara fest.

»Du hast dich nicht verändert«, staunte Matteo.

Jetzt lächelte sie verlegen und winkte mit der Hand ab. »Oh doch.«

»Das letzte Mal waren wir noch so jung und jetzt ...« Sie versuchte, die richtigen Worte zu finden.

»Jetzt sind wir weise«, vervollständigte er ihren Satz.

Sie sah ihn an und widersprach: »Wir sind alt.«

Mara und Davide sahen dieser ersten Begegnung zu und sagten nichts. Sie hätten nur gestört. Davide ging auf Mara zu, um leise für sie zu übersetzen. Sie sah ihn dankbar an und genoss es, ihm so nahe zu sein, wie schon seit Tagen nicht mehr.

Maria Grazia ging langsam auf Matteos Bett zu und er streckte ihr die Hand hin.

»Entschuldige, dass ich nicht aufstehe.«

»Das ist schon in Ordnung.«

Sie berührte seine Schulter und er legte seine Hand auf ihre.

»Maria, ich wollte das schon so lange tun ... und in Gedanken bin ich diese Begegnung unzählige Male durchgegangen ...«

Dem alten Mann liefen Tränen über die Wangen und es fiel ihm schwer, seinen Satz zu beenden.

Maria Grazia seufzte, dann sprach er weiter. »Ich bin genauso wie alle anderen vor mir, keinen Deut besser ... Ich habe mich selbst in das Monster verwandelt, das ich in deinem Vater gesehen habe.«

»Du wolltest nur Gerechtigkeit.«

»Aber ich habe es noch schlimmer gemacht. Bitte vergib mir, Maria!«

Mara fragte sich, wovon sie eigentlich sprachen. Nur von dem Brand? Da hatte Matteo sie doch gerettet. Natürlich waren die Narben noch da, gut sichtbar als Zeichen dessen, was er angerichtet hatte, aber sie hatte überlebt.

»Ich wollte dich schon oft suchen, doch ich war immer zu feige«, bekannte der alte Mann mit brüchiger Stimme.

»Ich habe mir oft gewünscht, dich hassen zu können, aber ich hasse dich nicht. Es ist schon so lange her«, antwortete Maria Grazia.

Die beiden klangen sehr viel vertrauter, als Mara erwartet hatte. Sie konnten sich doch nicht nur dieses eine Mal bei dem Brand gesehen haben! Damals war Nonna noch ein Kind gewesen.

»Maria, ich will es wiedergutmachen, ich will zurückgeben, was dir gehört.«

Sie sah ihn an. »Ich vermisse den alten Feigenbaum«, sagte sie.

»Du sollst ihn wiederhaben.«

Davide sah Mara an. Er wirkte bestürzt und verwirrt.

»Wir lassen euch mal kurz alleine«, sagte er und wandte sich zur Tür.

Mara hätte gerne noch länger zugehört, aber er hatte natürlich recht. Die beiden hatten bei ihrem ersten Treffen nach so vielen Jahren etwas Privatsphäre verdient.

25.

Mara und Davide setzten sich auf zwei Stühle, die auf dem Flur standen. Es roch nach Desinfektionsmitteln und ständig war das Quietschen von Schuhen auf dem Kunststoffboden zu hören. Beide vermieden es, sich anzuschauen, doch schließlich nahm Mara ihren ganzen Mut zusammen und sagte: »Es, es tut mir leid, wegen neulich Abend.«

»Ist okay, ich hab es verstanden. Du traust mir nicht.«

»Na ja, ich habe mir Gedanken gemacht. Und ich habe mir vorgestellt, wie es wäre, wenn mir so etwas passieren würde.«

»Ich habe gespürt, dass du dich dadurch von mir entfernt hast«, erwiderte er. »Ohne Vertrauen kann man keine Beziehung führen.«

Eine Krankenschwester kam mit einem Blutdruckmessgerät und einem Medikamenten-Tablett. Sie sprach kurz mit Davide, dann ging sie in das Zimmer, in dem sein Großvater lag.

Mara stand auf und lief ein paar Schritte den Flur entlang. Davide hatte recht, aber was wollte er ihr damit sagen? Dass er kein Interesse mehr an ihr hatte?

Sie hoffte, dass ihre Großmutter bald aus dem Zimmer käme. Doch nur die Krankenschwester kam wieder heraus. Mara ging den Flur entlang und die Treppen hinunter bis zum Ausgang, um sich abzulenken. Anschließend stieg sie die Treppen wieder hinauf. Wenigstens hatte sie nun ein bisschen Bewegung. Sie konnte sich nicht überwinden, Davide zu fragen, was er ihr eigentlich hatte sagen wollen. Als sie wieder am Zimmer ankam, war ihre Großmutter immer noch bei Matteo.

Da Mara sich nicht traute, über ihre Beziehung zu sprechen, stellte sie eine andere Frage, die sie beschäftigte. »Sag mal, Davide, wusstest du eigentlich, dass das Anwesen früher der Familie Parisi gehörte?«

»Nein, wieso?«

»Am Tag meiner Ankunft habe ich dir doch gesagt, dass meine Großmutter von hier stammt. Wusstest du wirklich nicht, wie die Vorbesitzer hießen?«

»Mein Großvater hat mich nicht darüber informiert, du weißt ja, wie verschlossen er sein kann. Er hat mir das Haus auch nie überschrieben. Ich darf es nur nutzen.«

Seine letzten Worte kamen zögerlich und Davide wirkte besorgt.

»Was ist?«, fragte Mara.

»Na ja, mag sein, dass ich den Namen Parisi aus diesen alten Geschichten auch mal in Verbindung mit dem Anwesen gebracht habe. Aber ich habe nicht weiter darüber nachgedacht und versucht, es zu verdrängen, als du vor mir standest.«

»Warum das denn?«

»Keine Ahnung. Vielleicht hatte ich Angst, darüber nachzudenken. Die Pension ist alles, was ich habe …«

»Aber was hat das mit mir zu tun?«

»Mein Großvater hat da drin gerade angedeutet, dass er das Haus deiner Großmutter zurückgeben möchte.«

Er atmete laut hörbar aus. Darüber hatte Mara noch gar nicht nachgedacht – würde Davide alles verlieren, was er sich in den letzten Jahren aufgebaut hatte? Aber er hatte doch gar nicht ahnen können, wie sich die Dinge entwickeln würden, als sie sich zum ersten Mal begegnet waren!

Oder hatte er eine Vorahnung gehabt? Wollte sein Großvater das Haus wirklich verschenken? Was würde dann aus Davides großen Plänen werden?

Mara wusste nicht, wie sie ihn trösten sollte, deshalb stand sie auf und sagte: »Ich schau mal ins Zimmer. Die sind schon bald eine Stunde da drin.«

Als sie nach einem kurzen Klopfen das Zimmer betrat, saß ihre Großmutter auf einem Stuhl neben Matteos Bett und die beiden unterhielten sich angeregt.

»Entschuldigt die Störung«, bat Davide, der nun ebenfalls ins Zimmer kam. »Aber ich muss leider weiter und wollte mich verabschieden.«

»Ihr könnt ruhig gehen, ich kann für Maria später ein Taxi rufen«, schlug der alte Mann vor.

Davide und Mara sahen sich an.

»Nonno, ich denke nicht, dass das eine gute Idee ist. Du musst dich ausruhen und Maria Grazia kommt dich bestimmt morgen wieder besuchen.«

»Ich schlage vor, ihr zwei geht ein Eis essen und wir beide unterhalten uns noch ein bisschen«, sagte Maria Grazia. »Ihr könnt mich danach abholen.«

Mara fragte sich, wer diese Frau vor ihr war. Von ihrer Großmutter war sie so viel Entschlossenheit in letzter Zeit nicht mehr gewohnt. Bis vor Kurzem hatte sie noch gedacht, sie würde an Demenz leiden und jetzt hatte sie plötzlich diese selbstbewusste Frau vor sich. Davide und Mara konnten nur resigniert nicken.

»Okay, Nonni, ich komme in einer Stunde wieder und hole dich ab«, sagte Mara und sie verließen das Zimmer.

Draußen wandte sie sich an Davide: »Du kannst ruhig fahren, ich hole mir ein Eis und komme später wieder.«

»Sicher?«, fragte er und einen Moment zögerte sie.

Sie dachte an ihr erstes gemeinsames Eis in Venedig. Aber wenn er so abweisend war wie in den letzten Tagen, wollte sie lieber nicht noch mehr Zeit mit ihm verbringen. Er hatte ja auch gesagt, dass er zu tun hatte. Daher nickte sie und lächelte fröhlicher, als sie sich fühlte.

Vor dem Krankenhaus verabschiedeten sie sich voneinander. Mara ging in ein kleines Eiscafé gegenüber vom Krankenhaus. Sie bestellte drei Kugeln Eis in einer Waffel, Schokolade, Pistazie und Mandel. Diese Sorte hatte sie noch nie vorher probiert und sie schmeckte tatsächlich so köstlich, wie die Buchhändlerin in Heidelberg behauptet hatte.

Mit dem Eis in der Hand ging Mara in Richtung Innenstadt. Sie hatte das Bedürfnis zu laufen, aber sie hatte keinen Blick für die umliegenden Gebäude oder die Auslagen in den kleinen Läden, sondern war mit ihren Gedanken beschäftigt. Sollte sie um Davide kämpfen oder einfach aufgeben und wie gewohnt den Kopf in den Sand stecken? Aber war er überhaupt noch an ihr interessiert? Und lohnte es sich, Kraft in eine Beziehung zu investieren, die schon in wenigen Tagen wieder vorbei wäre?

Vielleicht sollte sie jetzt einfach für Nonna da sein, sich die Geschichte zu Ende anhören und nach Deutschland und in ihren Alltag zurückkehren. Dann wäre Davide einfach eine schöne Urlaubserinnerung. Ein Traum, aus dem sie leider zu früh erwacht war.

Mara versuchte, das Ganze realistisch zu sehen. Sie hätten sowieso keine gemeinsame Zukunft gehabt. Er hatte seine Pension und sie war in Deutschland zu Hause.

Plötzlich bemerkte sie, dass sie sich bereits außerhalb des kleinen Ortskerns in einer Wohngegend befand. Sie sah auf die Uhr. Die Stunde war fast vorbei. Eilig lief sie zurück, wobei sie manchmal nach dem Weg fragen musste, da sie auf dem Hinweg überhaupt nicht darauf geachtet hatte, wohin sie ging. Mit einer halben Stunde Verspätung erreichte sie das Krankenhaus, wo ihre Großmutter und Matteo immer noch miteinander sprachen. Die beiden hielten sogar Händchen!

Doch schließlich verabschiedete sich Maras Großmutter ganz förmlich von ihm: »Einen schönen Abend und bis morgen.«

»Für dich auch, genieße deinen Aufenthalt«, erwiderte der alte Mann lächelnd. Auch Mara wünschte er einen schönen Abend.

»Ihr hattet aber viel zu besprechen«, bemerkte Mara, als sie im Fahrstuhl waren.

Ihre Großmutter nickte und meinte: »Wir haben uns auch sehr lange nicht gesehen.«

Im Auto schlief sie sofort ein, dabei hätte Mara ihr gern noch ein paar Fragen gestellt. Sie brauchte endlich Antworten. Was war zwischen den beiden geschehen?

In der Pension war bereits der Tisch für das Abendessen gedeckt. Nonna aß nur eine Scheibe Brot und trank etwas Tee. Auch Mara hatte kaum Hunger, während Alena kräftig zulangte. Anschließend setzten die drei sich in die Leseecke, Mara und Alena nahmen sich Stühle, während die alte Frau sich in einen der beiden Ohrensessel sinken ließ. Davide kam dazu, um sich zu erkundigen, ob sie noch etwas benötigten. Maras Großmutter verneinte, bat ihn aber, sich zu ihnen zu setzen. Das tat er, zu Maras Verwunderung.

»Worüber habt ihr denn so lange geredet?«, wollte Alena wissen. Nun war es an Mara, für Davide zu übersetzen.

»Wir haben viel über uns gesprochen, über unser Leben seit unserem letzten Treffen. Es ist viel geschehen.« Sie seufzte. »Das Glück war nicht immer auf unserer Seite.«

»Habt ihr euch denn nach dem Brand noch einmal getroffen?«, fragte Mara.

Maria Grazia lächelte. »Ja, wir haben uns zweimal kennengelernt. An das erste Mal, den Brand, hatte ich lange Zeit keine klare Erinnerung. Als wir uns das zweite Mal begegneten, war es für mich so, als sähen wir uns das erste Mal. Ganz langweilig, sonntags, beim Flanieren nach der Kirche.«

26.

Maria Grazia war gerade achtzehn Jahre alt geworden und dachte aufgeregt darüber nach, was ihr wohl die Zukunft bringen mochte. Nach dem Krieg hatte es eine Weile gedauert, bis das Land sich erholte, doch nun war ein Hauch von Aufschwung in ihrem kleinen Dorf zu spüren. Die Menschen waren arm und immer noch vom Krieg gebeutelt. Auch ihre Familie hatte gelitten. Im Krieg war ihr Haus durch einen Brand schwer beschädigt worden und musste anschließend aufwändig renoviert werden. Eine Zeitlang lebten sie auf engstem Raum im Gesindehaus. Die meisten Angestellten verließen sie, weil sie diese nicht mehr bezahlen konnten und ihnen keinen Platz mehr zum Schlafen bieten konnten.

Dann kamen einige schlechte Jahre für die Landwirtschaft. Magere Ernten, kranke Tiere, nichts zum Verkaufen. Als Enzo krank wurde und sie auch noch teure Behandlungen bezahlen mussten, mussten sie viel Land verkaufen. Zum Glück hatten sie immer noch einige Ländereien und das Haus. Obwohl ihr Vater bereits viel Geld in die Renovierung gesteckt hatte, gab es manches, was noch nicht wiederhergestellt worden war. Doch für weitere Renovierungen fehlte schlicht das Geld. Durch die Tiere und ihren Gemüseanbau waren sie weiterhin gut versorgt, aber die alten Zeiten, von denen ihre Mutter ab und zu wehmütig erzählte, waren ein für alle Mal vorbei. Maria Grazia konnte sich kaum mehr daran erinnern – an ihre Kindheit, an die Zeit, bevor sie die Narben am Arm bekommen hatte. Die Narben waren für sie irgendwie ein Symbol dafür, dass es mit der Familie abwärts ging. Die Stimmung daheim war oft erdrückend. Deshalb war Maria froh, wenn sie das Haus verlassen konnte.

Ihre Mutter litt unter einer schweren Depression und lag den Großteil des Tages im Bett. Ihr Vater versuchte, den Schein nach außen zu wahren. Jeden Morgen machte er sich zurecht und zog seinen Anzug an, der immer noch gut saß, obwohl er schon alt war. Im Haus wurde wenig gesprochen. Sie hatten nur noch eine Köchin, einen Gärtner und ein paar Lohnarbeiter, die sich um das Vieh kümmerten. Das Geld war knapp, deshalb verpachtete Signore Parisi ihnen als Teil ihrer Bezahlung preiswert Land und sie erhielten einen anderen Teil ihres Lohns in Naturalien. Die Köchin war nur noch wenige Stunden am Tag bei ihnen, nicht wie früher, als sie dauerhaft im Gesindehaus gelebt hatte. Maria kümmerte sich mit ihr gemeinsam um den Haushalt und oft auch um die Tiere. Ihr Vater hatte kein Talent, wenn es um praktische Dinge ging. Er erklärte schon seit zwei Jahren, dass er dabei sei, eine Fabrik aufzubauen, damit sie dem Viehgestank und dem ärmlichen Leben auf dem Land endlich entfliehen könnten. Doch er weihte niemanden in seine Geschäfte ein. Das war für ihn Männersache und Maria interessierte sich auch nicht dafür.

Wie die meisten ihrer Altersgenossinnen hatte Maria einen großen Hunger auf das Leben, ungeachtet der Umstände. Dennoch war sie eher schüchtern. Ob dies an den Brandmalen auf ihren Armen lag? Oder hatte sie die depressiven Züge ihrer Mutter geerbt? Wahrscheinlich war der Grund für ihre Schüchternheit eine Mischung aus beidem. Sie fühlte sich hässlich, obwohl sie eigentlich eine hübsche Figur und ein wunderschönes Gesicht hatte. Ihre lockigen schwarzen Haare trug sie meist zu zwei Zöpfen gebunden und ihre dunklen Augen bildeten einen interessanten Kontrast zu ihrer hellen Haut.

Aufgrund ihrer Sonderstellung hatte sie im Ort keine Freundinnen, außer der Tochter des Gärtners. Carmela war das genaue Gegenteil von Maria. Sie war lustig und lebensfroh und sorgte immer für gute Laune. Mit ihren achtzehn Jahren träumten beide davon, einen guten Mann zu finden und zu heiraten. Zwei ihrer Altersgenossinnen aus dem Dorf waren schon verheiratet und Carmela witzelte, dass sie sich beeilen müssten, sonst wären die guten Männer bald alle vergeben.

Die beste Gelegenheit, um von jungen Männern gesehen zu werden, waren die Dorffeste, doch dort durften die Mädchen nicht ohne Begleitung hin. Anders war es am Sonntagnachmittag nach dem Gottesdienst. Da flanierten die jungen Mädchen paarweise oder in Gruppen in ihrem Sonntagsstaat auf der Piazza, die jungen Männer ebenso. Man lächelte einander zu, führte kurze Gespräche. Bei vielen jungen Mädchen blieben die Eltern oder ältere Geschwister in der Nähe. Außerdem saßen die Anwohner vor ihren Häusern, bald bildeten sich Grüppchen und man unterhielt sich angeregt. Marias Eltern waren selten dabei. Es interessierte sie wenig, ob ihre Tochter ausging oder nicht. Allerdings wollten sie auch nicht, dass sie sich allein im Dorf herumtrieb. Wenn Carmelas Vater versprach, sie im Auge zu behalten, damit sie ein anständiges Mädchen blieb, reichte ihnen das jedoch als Versicherung.

Auch heute kam Carmela in den Palazzo, um Maria abzuholen. Beide betrachteten sich noch einmal im Spiegel, der im Gang stand. Er hatte schon etwas von seiner Klarheit verloren, doch erkennen konnte man sich noch gut darin. Sie putzten sich den Staub von ihren Schuhen und blickten stolz auf ihre dunkelblauen Röcke. Diese hatte Carmelas Mutter ihnen aus alten Kostümen von Marias Mutter genäht. Dazu trugen sie einfache weiße Blusen und waren unendlich stolz auf ihr Äußeres. Die anderen Mädchen trugen teilweise viel abgetragenere Sachen.

Maria bat Carmela, kurz zu warten, und ging noch einmal hinauf zu ihrer Mutter. Das Zimmer lag im Halbdunkel, da ihre Mutter mal wieder Migräne hatte.

»Mamma, ich gehe spazieren«, sagte Maria Grazia leise.

»Ist gut«, erwiderte ihre Mutter müde.

Maria gab ihr einen Kuss und ihre Mutter verzog den Mund zu einem Lächeln.

Rasch schloss die junge Frau die Tür und ging wieder hinab.

Carmela sah ihr ernstes Gesicht und fragte besorgt: »Wie geht es deiner Mutter?«

Maria zuckte mit den Schultern.

»Seit dem Tod von Vincenzo geht es ihr nicht mehr gut.«

Carmela nickte und meinte: »Aber das ist doch schon sieben Jahre her.«

»Aber er war ihr einziger Sohn«, erwiderte Maria Grazia.

»Ich weiß, ich mochte ihn ja auch, aber sieben Jahre sind eine lange Zeit.«

Das fand Maria Grazia nicht. Sie vermisste ihren Bruder immer noch sehr und konnte verstehen, dass ihre Mutter litt. Sie machte sich außerdem Vorwürfe, nicht genug getan zu haben, um ihn zu retten. Dabei hatten sie bereits so viel verkauft, um seine Behandlung zu bezahlen. Ihre Mutter war außerdem der Meinung, dass Enzo noch leben würde, wenn der Brand nicht geschehen wäre, weil sie dann mehr finanzielle Mittel gehabt hätten.

Ein bisschen musste Maria Grazia ihrer Freundin allerdings recht geben, schließlich war Enzo nicht das einzige Kind gewesen. Sie selbst gab es auch noch, doch das schien ihre Mutter vergessen zu haben. Aber sie wagte nicht, dies jemals auszusprechen, selbst gegenüber Carmela nicht.

Diese hakte sich nun bei Maria unter und sie gingen in Richtung Marktplatz.

»Ich bin gespannt, ob Alfonso da ist, er sieht so gut aus«, schwärmte Carmela.

Alfonso war der Sohn einer Bauernfamilie, er arbeitete hart auf dem Feld und hatte daher ein breites Kreuz. Er war schon neunzehn und größer als die meisten anderen Männer. Wenn sie an seinem Feld vorbeikamen, lächelte er ihnen immer zu, und manchmal pfiff er auch von Weitem. Dann kicherten beide, aber Maria war sich sicher, dass er eigentlich Carmela meinte.

Auf der kleinen Piazza war an diesem Nachmittag bereits viel los. Die älteren Menschen standen oder saßen an den Hauseingängen, fächelten sich Luft zu und unterhielten sich, während die jungen unentwegt über die Piazza flanierten. Dabei wurde gekichert, gelächelt und manchmal wurden sogar kleine Zettel hin und her gereicht. Maria hatte das Gefühl, dass sie die Einzige war, die keinen Verehrer hatte. Sie vermutete, dass dies etwas mit den Verbrennungen an ihrem Arm zu tun hatte. Obwohl sie nur langärmelige Blusen trug, blitzten die Narben manchmal darunter hervor. Die Verbrennungen hatten ihren gesamten Unterarm entstellt und sie fühlte sich hässlich.

Carmela spürte Marias Selbstzweifel und versicherte ihr, dass der richtige Junge einfach noch nicht gekommen sei.

Plötzlich zog sie leicht an Marias Arm und wisperte: »Ich glaube, da starrt dich einer an.«

Automatisch zog Maria den Blusenärmel bis über ihre Hand und flüsterte zurück: »Ach ja, wo?«

»Schau mal, da vorne, da steht ein Fremder. Der ist ganz fein angezogen und er schaut in unsere Richtung«, kicherte Carmela. »Lass uns an ihm vorbeilaufen.«

»Nein, auf keinen Fall!«

Doch Carmela zog sie schon in seine Richtung. Maria versuchte zu erkennen, wen ihre Freundin meinte. Tatsächlich, zwischen der Kirche und der Station der Carabinieri stand ein junger Mann. Er war vielleicht Ende zwanzig, trug eine graue Hose, ein weißes Hemd und schicke Schuhe, ganz anders als die Dorfjungen. Wie ihr schien, beobachtete er die Menschen auf der Piazza.

»Der starrt doch nicht mich an, sondern alle Leute«, widersprach Maria. »Das ist vielleicht ein verirrter Tourist auf der Durchreise nach Venedig.«

Als die Mädchen näherkamen, konnten sie den jungen Mann besser erkennen. Er sah sehr elegant und irgendwie weltmännisch aus. Sein braunes Haar war zurückgekämmt und aus seinem markanten Gesicht blitzten olivfarbene Augen. Maria hatte das Gefühl, ihn zu kennen, doch sie wusste nicht woher. Sie konnte den Blick nicht von ihm abwenden. Auf einmal sah er sie an und Maria wusste in diesem Moment mit großer Gewissheit, dass es Schicksal war. Er war der Richtige! Seine Augen hielten ihre gefangen.

»Maria, ihr starrt euch an, das ist schon peinlich!«, flüsterte Carmela. »Komm weiter.«

Plötzlich wandte der Mann sich ab und verschwand in der Kirche. Maria wäre ihm am liebsten gefolgt, aber sie traute sich nicht. Sie blieb stehen, um in seiner Nähe zu bleiben und noch einmal einen Blick auf ihn zu werfen, wenn er wieder auf die Piazza zurückkam.

»Was ist mit dir, Maria?«, fragte Carmela und zog sie am Arm.

»Nichts, mir tun nur die Beine vom vielen Laufen weh. Ich bleibe hier ein bisschen stehen.«

»Das ist doch offensichtlich, dass du dich gerade in diesen Fremden verguckt hast«, widersprach Carmela und lachte, doch Maria hörte ihrer Freundin nicht mehr zu.

Ihr war in diesem Moment alles egal. Sie wusste, dass sie diesen Mann irgendwoher kannte und sie musste ihn wiedersehen. Es dauerte eine Weile, bis der Mann in Begleitung von Padre Alessio wieder aus der Kirche kam. Die beiden schienen sich zu kennen, denn sie wirkten sehr vertraut miteinander. Maria bemerkte, dass die Menschen auf der Piazza den Fremden und den Priester neugierig beobachteten und manche langsam näherkamen.

Vielleicht war er doch kein Fremder? Immer wieder trafen sich ihre Blicke, obwohl er sich mittlerweile mit zwei anderen Männern unterhielt. Mit Peppe, dem Schuster, und mit Nino, einem einfachen Bauern. Plötzlich umarmte dieser ihn und sagte: »Mamma wird sich freuen.«

Carmela betrachtete die Szene ebenfalls neugierig und flüsterte Maria zu: »Das ist doch Matteo!«

»Matteo?«

»Der Sohn von Maria und Stefano Costantini. Er wohnt schon lange nicht mehr hier, ist ein feiner Herr geworden.«

Maria erinnerte sich jetzt, dass sie schon einmal davon gehört hatte, dass der jüngste Sohn der Costantinis irgendwo in Mestre reich geworden sei. Er unterstützte seine Familie und ihnen ging es deshalb besser als so manch anderem. Die Eltern lebten sehr zurückgezogen und prahlten nie damit. Nur ihr ältester Sohn Nino gab immer wieder damit an. Doch niemand wollte ihm so recht glauben, dass sein Bruder es in so jungen Jahren zu Wohlstand gebracht hatte.

Bald darauf ging der Mann weg und Maria sah ihm so lange nach, bis er verschwunden war. Carmela spottete liebevoll: »Was ist denn mit dir los, Maria, hat der dich irgendwie verzaubert? Der ist doch viel älter als wir.«

Sie zog ihre Freundin mit sich und erzählte ihr dabei von den neuesten Avancen ihres Schwarms. Doch Maria hörte ihr nicht zu. Sie sah immer nur Matteo vor ihrem geistigen Auge, diesen Mann, der sie so durchdringend angesehen hatte und der ihr rätselhafterweise so vertraut war.

Es war ein schöner Nachmittag und sie waren gerade erst vor einer halben Stunde angekommen, doch Maria hatte genug vom Flanieren.

»Carmela, ich glaube, ich bekomme Fieber. Ich gehe am besten nach Hause und lege mich hin.«

Ihre Freundin musterte sie ungläubig. »Wie, du lässt mich allein?«

»Da vorne sind doch noch Agostina und Carlotta.«

»Das sind dumme Gänse«, erwiderte Carmela. »Ist es wegen Matteo, hat er dich jetzt so aus der Bahn geworfen?«

»Nein, natürlich nicht«, log Maria Grazia.

»Na, dann gehe ich eben zu den dummen Gänsen, was soll's!«, gab Carmela zurück und ging über die Piazza zu den beiden anderen Mädchen.

Maria schlug den Rückweg ein. Gerade als sie die Landstraße erreichte, die aus dem Ortszentrum herausführte, hörte sie eine unbekannte Stimme hinter sich.

»Darf ich dich begleiten?«

Sie drehte sich um. Es war Matteo. Sie erstarrte fast vor freudiger Erregung. Dieser feine Mann hatte sie tatsächlich angesprochen. Einen Moment zögerte sie und der Fremde fuhr fort: »Es wird bald dunkel. Wohnst du außerhalb des Ortes? Dann ist es besser, wenn ich mit dir gehe.«

Sie sah ihn stumm an und nickte. Sie konnte keinen klaren Gedanken fassen. Schließlich fand sie ihre Sprache wieder und fragte zögerlich: »Du bist Matteo Costantini, oder?«

»Ja.«

»Ich kenne deinen Bruder, deine Schwester und deine Eltern. Man hat dich hier lange nicht mehr gesehen.«

»Ja. Ich wohne schon seit Jahren nicht mehr in Pliva. Doch jetzt habe ich einige Geschäfte hier zu erledigen.«

»Für dich ist es bestimmt langweilig hier, so von der Weltstadt ins Dorf zu kommen.«

»Ach, wer weiß. Heute Abend habe ich ja eine bezaubernde Begleitung gefunden«, erwiderte er mit einem charmanten Lächeln.

Maria Grazia spürte, wie sie errötete.

»Du musst mich nicht bis zur Tür bringen«, sagte sie, als ihr Zuhause in Sicht kam.

»Natürlich«, antwortete er. »Wir wollen keinen Aufstand hervorrufen.«

»Dort drüben ist es«, sagte sie und zeigte in Richtung des Palazzo.

Sie hielten an. Matteo zuckte zusammen. »Dort wohnst du?«

»Ja.«

Sein Lächeln gefror ihm im Gesicht. Hatte sie etwas Falsches gesagt? Hatte er Angst, weil sie aus einer vornehmen

Familie stammte und er ein Bauernsohn war? Aber das musste er doch nicht. Nicht mehr. Nun war er reich.

Zögerlich ging er weiter. Als er sich wieder gefangen hatte, fragte er: »Wie geht es deiner Familie?«

»Seit mein Bruder gestorben ist, nicht mehr so gut. Meine Mutter ist krank. Mein Vater versucht, uns über Wasser zu halten.«

Sie merkte, dass sein Blick immer wieder auf ihre vernarbte Hand fiel. Verlegen zog sie den Blusenärmel darüber.

»Du musst dich deshalb nicht schämen«, sagte Matteo sanft.

Maria errötete. »Es sieht hässlich aus.«

»Weißt du, wie es passiert ist?«

Sie nickte. »Es gab ein Feuer in unserem Haus. Das ist lange her. Es war im Krieg.«

»Tut es noch weh?«, wollte er wissen.

»Nur, wenn es sehr warm ist. Ich reibe es immer mit Olivenöl ein, das hilft«, antwortete sie und im selben Moment fühlte sie sich wieder hässlich und verwundbar.

»Dafür musst du dich wirklich nicht schämen, du bist ein sehr schönes Mädchen«, wiederholte Matteo.

Sie erreichten den Weg, der zu ihrem Haus führte.

»Ich geh dann mal«, sagte sie schüchtern.

»Grüß deine Eltern von mir«, bat er und sah ihr nach.

Sie drehte sich einmal um, um zu sehen, ob er noch da stand. Doch er war verschwunden, sodass sie sich fragte, ob sie die Begegnung nur geträumt hatte.

Ihr Vater war überraschenderweise zu Hause. Er saß, wie immer frisiert und rasiert, im Sessel und las Zeitung. Dabei rauchte er eine Zigarette. Neben ihm stand ein Glas Wein. Als seine Tochter hereinkam, sah er kurz hoch.

»Wie war es auf der Piazza?«

Maria Grazia zuckte mit den Schultern. »Wie immer, wir sind hoch- und runtergelaufen.«

Er lächelte. Maria liebte ihren Vater. Er war nicht so streng wie andere Eltern und gestattete ihr viele Freiheiten. Sie wusste, dass er es nicht guthieß, dass seine Tochter mit den Bauernmädchen auf die Piazza ging. Dennoch erlaubte er es ihr, vielleicht auch, weil es unkomplizierter für ihn war. Wenigstens versuchte er, die Familie zusammenzuhalten. Im Gegensatz zu ihrer Mutter, die vor lauter Trauer um ihren Sohn ihre Tochter vernachlässigte, kümmerte er sich um sie.

»Ich soll dich von einem Matteo grüßen«, sagte sie.

Ihr Vater hob seinen Blick und sah sie besorgt an.

»Costantini? Wo hast du ihn gesehen?«

»Er war auf der Piazza und wollte wissen, wie es dir geht.«

Ihr Vater legte die Zeitung zur Seite. »Was macht er hier?«

Sie zuckte mit den Schultern.

»Was hast du ihm gesagt?« Seine Stimme wurde streng, sie zitterte sogar.

Maria erschrak.

»Nichts, was sollte ich ihm denn sagen?«

»Gut«, meinte er. »Am besten, du meidest ihn. Wenn er mit mir reden möchte, soll er zu mir kommen.«

Maria sah ihn verwundert an. Was war in der Vergangenheit zwischen den beiden vorgefallen, dass er so reagierte?

Am nächsten Tag suchte sie einen Vorwand, um ins Dorf zu gehen, in der Hoffnung, Matteo wiederzusehen. Sie wurde nicht enttäuscht. Er stand vor einem kleinen Gemüsegeschäft und sprach mit seinem Bruder. Als er sie sah, unterbrach er sein Gespräch und kam auf sie zu.

»Guten Tag, ich habe gehofft, dich zu treffen«, sagte er und lächelte.

Sie traute sich kaum, ihm in die Augen zu schauen, denn sie war es nicht gewohnt, mit feinen Herren zu sprechen.

»Darf ich dich ein Stück begleiten?«, fragte Matteo.

»Ich weiß nicht.«

Jetzt lachte er. »Ich tu dir nichts, keine Angst.«

»Gut«, antwortete sie und fragte: »Woher kennen wir uns? Ich habe das Gefühl, dass ich dir schon einmal begegnet bin.«

»An ein so hübsches Mädchen würde ich mich aber erinnern«, erwiderte er mit einem Zwinkern.

Maria Grazia wurde rot und wiederholte: »Ich bin mir sicher, dass ich dich schon einmal gesehen habe.«

Er sah sie überrascht an und meinte: »Wir kommen eben aus demselben Dorf.«

Dann lenkte er das Gespräch auf Mestre, er erzählte von der Großstadt und von Venedig, wo er wohnte. Sie hörte ihm interessiert zu und fragte nach bestimmten Orten und Details.

»Warst du schon einmal in Venedig?«, fragte er erstaunt.

Sie schüttelte den Kopf. »Wir haben aber eine große Bibliothek«, erklärte sie.

Sie sah die Bewunderung in seinem Blick und das machte sie selbstbewusster.

»Ich kenne die Städte alle nur aus Büchern.«

»Du liest also gerne?«

Sie nickte.

»Ich auch.«

Marias Herz überschlug sich fast. Sie schienen einiges gemeinsam zu haben.

Von da an trafen sie sich fast jeden Tag. Maria erzählte ihm von ihrem Alltag im Dorf, sie diskutierten aber auch über Politik.

»Die Politik ist sehr ungerecht. Ich bin nicht arm, das weiß ich zu schätzen, doch ich bin umgeben von Bauern und sehe, wie schwer es für sie ist. Die Kommunisten sind die einzigen, die sich für diese Menschen einsetzen«, meinte sie bedauernd.

Matteo reagierte auf ihre Aussage eher zurückhaltend: »Ich kenne viele Kommunisten und war selbst einmal ein glühender Anhänger. Aber auch da ist nicht alles Gold, was glänzt.«

»Warum sagst du das?«, fragte Maria.

»Weil ich Kommunisten erlebt habe, die zwar sagen, dass alle gleich sind, aber dennoch nur auf sich schauen und darauf, dass es ihnen gut geht.«

»Das ist doch normal.«

»Aber das sollte im Kommunismus nicht normal sein! Jeder sollte gleichberechtigt sein, ob Präsident, Arbeiter, Arzt oder Direktor.«

Maria Grazia dachte nach und wandte ein: »Es gibt doch Länder, wo das sehr gut funktioniert.«

»Es hat nur den Anschein, dass es funktioniert. Schau dir die Präsidenten dieser Länder an, auch sie wohnen in Palästen, obwohl sie etwas anderes predigen.«

»Das ist richtig, aber wichtig ist auch, dass es den Menschen grundsätzlich besser geht.«

»Einigen wenigen vielleicht, aber den meisten geht es genauso schlecht wie vorher«, widersprach Matteo.

»Das sollte uns nicht davon abhalten, für eine bessere Gesellschaft einzutreten.«

Er sah sie an. »Nein, das sollte es nicht.«

Die beiden diskutierten manchmal stundenlang, doch die Zeit verging für Maria wie im Nu. Anfangs trafen sie sich immer auf der Piazza und saßen dort auf den Kirchenstufen. Einmal kam Padre Alessio heraus und sie unterhielten sich zu dritt.

Als sie sich das nächste Mal trafen, schlug Matteo vor: »Um Gerede zu vermeiden, vor allem wegen dir, sollten wir uns in Zukunft vielleicht lieber woanders treffen. Was hältst du von dem alten Kirschbaum in der Nähe des kleinen Baches?«

Maria fand das sehr romantisch, wagte aber nicht, das zu sagen. Matteo erklärte ihr, wo sich dieser Baum befand und sie konnte es kaum erwarten, ihn dort zu treffen.

Zwei Tage später standen sie im Schatten des Kirschbaums und waren gerade in eine hitzige Debatte darüber verfallen, weshalb der Faschismus in Italien gesiegt hatte. Maria hatte schon rote Wangen von der Diskussion, als er sie einfach küsste. Völlig verdutzt ließ sie es geschehen.

Sie hatte in Büchern schon viel über die Liebe gelesen. Sie wusste, dass Männer ein Verlangen nach Frauen haben, sie wusste auch, wie Babies entstehen, und sie wusste, dass Geschlechtsverkehr mit Lust zu tun hat. Sie hatte in der Nachttischschublade ihrer Mutter ein Buch gefunden, in dem beschrieben wurde, wie man eine gute Ehefrau wurde und es heimlich gelesen. Es ging darin nicht nur um Gehorsamkeit und Kochtipps, sondern auch darum, wie man den Mann im Ehebett zufriedenstellt. Das Ganze klang sehr nüchtern, wie eine lästige Pflicht. Doch jetzt, wo Matteo sie küsste, war alles anders. Sie zitterte und wünschte sich einfach mehr davon, mehr Nähe, mehr Küsse.

Nur ungern verabschiedete sich Maria von ihm, als es Zeit war, nach Hause zu gehen. Auf dem Heimweg spielte sie in Gedanken alles noch einmal durch. Sie hätte gerne mit jemandem darüber gesprochen, was am Bach passiert war, doch sie tat es nicht. Nicht einmal mit Carmela.

In den nächsten Stunden wuchs ihr Verlangen nach Matteo, sie dachte die ganze Zeit nur an ihn. Am nächsten Tag kam sie schon viel früher zum vereinbarten Treffpunkt und wartete ungeduldig auf Matteo. Sie spürte ein starkes Verlangen, ihn zu küssen, bei ihm zu sein. Als er mit Verspätung ankam, legte sie ihm die Arme um den Hals und küsste ihn stürmisch.

Maria war in diesem Moment alles egal: der Altersunterschied, dass sie ihre Beziehung geheim hielten, die Konsequenzen ihrer Begegnung. Sie war bereit, mit ihm bis zum Äußersten zu gehen.

»Du bist so schön«, sagte er und streichelte sie. Sanft berührte er die Narben an ihrem Arm. Sie wollte das nicht, fühlte sich unwohl, doch er sagte leise: »Ist schon gut.«

Plötzlich gefiel es ihr.

»Du bist wirklich schön und klug bist du auch noch«, flüsterte Matteo zwischen zwei Küssen.

Sie glaubte ihm und fühlte sich geliebt.

»Ich liebe dich«, gestand sie ihm.

Er sah sie ernst an und meinte: »Liebe, das ist ein großes Wort.«

»Ich weiß.«

Er begann, sie zu küssen und seine Hand wanderte sehr vorsichtig unter ihre Bluse. Maria Grazia schloss die Augen und legte ihre Hände um seinen Hals.

Würde es jetzt passieren? fragte sie sich. Doch gerade, als sie sich seinen Berührungen ganz hingab, hörte er auf, sie zu streicheln.

»Was ist?«, fragte sie verwirrt.

Er setzte sich auf den Boden unter dem Kirschbaum.

»Du bist noch viel zu jung. Wir Männer können wie Tiere sein.«

Sie setzte sich zu ihm und sah ihn ungläubig an. Er streichelte ihr über das Haar und sie lehnte sich verwirrt an ihn. *Was meinte er damit? Sie war doch alt genug, zwar würde sie erst in drei Jahren volljährig werden, aber andere Mädchen waren in ihrem Alter schon verheiratet.*

Sie wagte es nicht nachzufragen und eine Weile schwiegen beide.

Schließlich sagte Matteo: »Ich muss für eine kurze Zeit wegfahren. Aber ich komme wieder. Erzähl in der Zwischenzeit niemandem von uns, ja?«

Maria Grazia nickte. Sie würde Matteo vermissen, aber das sagte sie ihm nicht. Da sie sich ein paar Tage nicht sehen würden, gingen sie noch ein Stück des Weges gemeinsam. Dabei kamen sie an einem kleinen Haus vorbei, das leer stand. Wenn sie sich recht erinnerte, hatte dort früher eine Witwe gewohnt, die aber schon vor einiger Zeit weggezogen war. Maria war bisher nur ein- oder zweimal an diesem Haus vorbeigegangen. Irgendwie löste es Unbehagen in ihr aus.

»Das ist mein Haus«, erklärte Matteo plötzlich.

Sie lachte, denn sie glaubte ihm nicht.

»Doch wirklich, es gehört mir. Aber ich überlege, mir etwas Größeres hier in der Nähe zu kaufen.«

Maria lächelte.

»Das neue Anwesen wird wunderschön sein«, sagte er.

Bei seinen Worten wurde Maria ganz warm. Ein großes Haus brauchte man doch nur, wenn man eine Familie gründen wollte.

Zum Abschied küsste Matteo Maria noch einmal zärtlich, nachdem er sich vergewissert hatte, dass niemand in der Nähe war. Nur widerwillig trennten sie sich.

Als Maria Grazia nach Hause kam, saßen ihre Eltern am Tisch im Salon. Sie wunderte sich darüber, denn sie hatte ihre Mutter schon lange nicht mehr außerhalb des Schlafzimmers gesehen. Sie trug einen Morgenmantel und sah traurig aus. Ihr Vater klopfte nervös mit den Fingern auf den Tisch.

»Wir müssen mit dir reden«, sagte er, sobald sie den Raum betrat.

»Was ist denn los?«

»Man hat dich im Dorf mit Matteo gesehen.«

Maria Grazia betrachtete die Wände im Salon, von denen bereits die Farbe abblätterte, und suchte nach Worten, um das Gespräch möglichst bald zu beenden.

»Ja, wir haben uns unterhalten«, erwiderte sie schließlich.

Ihre Mutter sah sie ungläubig an. »Du darfst nicht mit ihm reden!«

»Warum denn nicht?«

»Weil ich es sage«, übernahm der Vater wieder das Reden. »Er ist kein guter Mensch, halte dich bitte fern von ihm.«

Sie glaubte ihren Eltern nicht. Matteo war so klug und freundlich. Er mochte sie, das wusste sie. Sie spürte es. Es gab eine besondere, unerklärliche Verbindung zwischen ihnen, die sehr stark war. Was wusste ihr Vater schon von Liebe? Zwischen ihm und ihrer Mutter hatte sie nie so etwas gesehen oder gespürt. Deshalb prallten seine mahnenden Worte an ihr ab.

Ihr Vater wiederholte noch einmal: »Ich verbiete dir, dich noch einmal mit ihm zu treffen«, und ihre Mutter begann zu weinen.

»Bereite deiner Mutter nicht noch mehr Sorgen«, warnte ihr Vater.

Maria nickte, obwohl sie nicht vorhatte, ihm zu gehorchen. Aber sie wunderte sich auch über seine Worte. Matteo war zwar ein Bauernsohn, aber nun war er wohlhabend und ihr Vater hätte sich eigentlich darüber freuen müssen, dass sie eine gute Partie machte.

Als sie den Salon verließ, hörte sie ihre Mutter zu ihrem Vater sagen: »Wir sind verflucht, unsere ganze Familie ist verflucht, nur wegen dir.«

»Hör auf mit dem Quatsch«, befahl er streng.

Maria Grazia lauschte, sie hätte gerne gewusst, was ihre Mutter damit meinte, aber sie hörte nur noch leises Schluchzen. Als sie hörte, dass sich die Schritte ihres Vaters der Tür näherten, huschte sie rasch in ihr Zimmer.

Die nächsten Tage waren für Maria fast unerträglich, sie vermisste Matteo sehr. Doch sie durfte ohne einen triftigen Grund nicht mehr das Haus verlassen. Sie wollte keine Kleinmädchenfrisur mehr tragen und bat Carmela darum, ihr einen schulterlangen Bob zu schneiden. Die weigerte sich zunächst, doch nachdem Maria sich ihre Zöpfe einfach selbst abgeschnitten hatte, nahm sie die Schere und tat ihr Bestes. So sehr Carmela sie auch löcherte, weshalb sie Hausarrest hatte, Maria erzählte ihr nichts von der Beziehung zu Matteo.

Ihr Vater war wütend über ihre neue Frisur und ihre Mutter verbrachte die Tage mit Migräne im Schlafzimmer. Doch das war Maria egal, sie war kein kleines Kind mehr und sie wollte ihre eigenen Entscheidungen treffen.

Die nächsten Tage las sie viel oder träumte vor sich hin. Erst als ihr Vater erfuhr, dass der junge Costantini abgereist war, durfte seine Tochter wieder das Haus verlassen.

Um ihre Sehnsucht nach Matteo zu stillen, ging Maria immer wieder zu dem Kirschbaum. Beim ersten Mal legte sie sanft ihre Finger an die Rinde. Dabei entdeckte sie eingeritzte Zeichen: »M+L«. Die Schnitzerei war alt und sie fragte sich, welche Liebenden sich dort wohl getroffen hatten und was aus ihnen geworden war.

Sie setzte sich ins Gras, lehnte ihren Kopf an den Baumstamm und träumte von ihrem Geliebten. Matteo war für sie voller Rätsel. Vielleicht, weil er schon ein Mann und so viel älter war als sie. Sie dachte über ihre letzte Begegnung nach. Als sie sich ihm hingeben wollte, hatte er sich respektvoll zurückgehalten. Er konnte kein schlechter Mensch sein. Warum mochte ihr Vater ihn nur nicht?

Sie hatte so viele Fragen, die sie ihm bei ihrer nächsten Begegnung stellen wollte. Sie schloss die Augen und träumte von einer gemeinsamen Zukunft in einem neuen Haus in Mestre, Venedig oder in einer anderen Stadt, wo sie Matteos Frau war und ein wunderschönes Leben auf sie wartete. Aber vielleicht würden sie auch hier wohnen, in dem großen Haus, das er kaufen wollte. Manchmal verbrachte sie Stunden unter dem Kirschbaum, ohne es zu merken.

Eines Abends saß ihr Vater über ein kleines Holzkästchen gebeugt am Esstisch, als seine Tochter hereinkam. Es war die Schmuckschatulle ihrer Mutter.

»Papà, was machst du denn da?«, fragte sie.

Erschrocken sah er sie an. Dann senkte er seinen Kopf und seufzte. »Komm und setz dich.«

»Was hast du denn mit Mammas Schmuck vor?«, wollte Maria wissen.

»Grazia.« Papà war der Einzige, der sie so nannte. »Uns geht es finanziell nicht gut. Ich habe mich leider vor ein paar Monaten bei einem neuen Geschäft verkalkuliert und ...« Er schwieg. Es fiel ihm ganz offensichtlich schwer, mit seiner Tochter darüber zu sprechen.

»Und?«, fragte sie.

»Wir haben Schulden.«

»Und Mammas Schmuck hilft uns da heraus?«

Ihr Vater lachte bitter und fuhr nervös mit den Finger über die goldenen Verzierungen auf der Schatulle.

»Ein bisschen. Sie benutzt ihn eh nicht mehr.«

Maria setzte sich ebenfalls an den Tisch. Natürlich wusste sie, dass sie nicht mehr so reich waren wie früher, doch sie hatten noch Land und das Haus. Gut, es war nicht mehr so schön wie vor dem Brand, aber es hatte doch noch einigen Wert. Und sie besaßen kostbare Vasen, ein Klavier und die Tiere.

»Was redest du da, Papà?«, fragte Maria verständnislos. »Verkauf doch einfach ein kleines Stück Land.«

Er sah sie resigniert an. »Es ist kompliziert, Grazia. Das verstehst du nicht. Die Schulden sind so hoch, dass wir womöglich alles verlieren.«

Ratlos sah sie ihn an. Meinte er damit den ganzen Schmuck? Oder gar mehr als das? Sie konnte sich das Ausmaß ihrer finanziellen Schwierigkeiten nicht vorstellen. Ihr Vater konnte sich doch unmöglich so sehr verkalkuliert haben!

* * *

Einige Tage später war Maria gerade auf dem Weg ins Dorf, als sie hörte, wie hinter ihr ein Auto hielt und jemand ihren Namen rief.

»Maria, ich habe dich so vermisst!«

Sie lächelte und drehte sich um. Verblüfft starrte sie auf den modernen Wagen, aus dem Matteo stieg.

Maria konnte sich kaum noch an die Zeit erinnern, als sie ein Auto gehabt hatten. Ihr Vater hatte es verkauft, als ihr Bruder so schwer krank wurde. Sie hatten sehr viel Geld für die Krankenhausaufenthalte ausgegeben und trotzdem hatte es nichts gebracht.

»Na, eine kleine Spritztour gefällig?«, fragte er.

Maria zögerte, denn sie wusste, dass keiner sie zusammen sehen durfte. Doch die Aussicht darauf, mit Matteo in solch einem Auto zu fahren, war zu verführerisch.

Als sie nickte, öffnete er die Beifahrertür und half ihr einzusteigen. Anschließend stieg er auf der Fahrerseite ein und setzte seine Sonnenbrille auf. Er wendete und brauste los. Maria hatte das Gefühl, zu platzen vor Glück und Stolz. Ihr Galan hatte ein schickes Auto und sie saß darin. Das Leben fühlte sich in diesem Moment süß und leicht an. Sie dachte nicht mehr an finanzielle Probleme oder daran, was die Leute von ihr denken mochten, nein, sie ließ den Wind mit ihren Haaren spielen und schloss für einen Moment die Augen.

Als sie an einem Bauernhof vorbeikamen bemerkte sie, dass ein paar Feldarbeiter ihnen hinterhersahen. Sie wusste nicht, wohin sie fuhren, das Dorf war schon lange nicht mehr zu sehen. Nur vereinzelt lagen noch ein paar Häuser entlang der Landstraße. Irgendwann hielt Matteo am Straßenrand an, betrachtete sie zärtlich und küsste sie.

»Die Frisur steht dir sehr gut.«

Maria lächelte und küsste ihn zurück. Sie wünschte sich so sehr, dass er sie wieder streichelte. Die Sehnsucht nach ihm und seinen Berührungen legte sich wie eine Wolke über ihre Sinne. Als sie ihn leidenschaftlich küsste, merkte Maria, dass sich ihre Leidenschaft auf ihn übertrug. Sie setzte sich auf seinen Schoß, küsste seinen Hals und knöpfte sein Hemd auf. Dabei merkte sie, wie seine Hände unter ihren Rock wanderten und ihr wurde warm. Sie hatte andere davon sprechen hören im Dorf, meist die Mütter. Und sie sprachen fast immer abfällig von dem, was *eben sein musste*. Doch Maria war neugierig, sie wollte wissen, wie weit ihre Leidenschaft sich noch steigern ließ.

Matteo öffnete die Autotür und hob sie hoch, um sie danach auf die grüne Wiese zu legen. Er sah ihr tief in die Augen und fragte: »Möchtest du das wirklich?«

Sie nickte und er zog sie langsam aus, als wäre sie eine Porzellanpuppe. Bei der Bluse war er besonders vorsichtig, als hätte er Angst, ihr wehzutun. Wieder küsste er ihren Arm. Schließlich lagen beide nackt auf einer fremden Wiese, ohne eine Menschenseele in der Nähe, und Maria wusste nicht einmal, wo sie waren. Es war ihr auch egal, denn sie durfte erleben, wie es war, sich der Leidenschaft bis zur Erfüllung hinzugeben. Sie waren eins, und in diesem Moment fühlte sich alles echt an, er war ein Teil von ihr und sie ein Teil von ihm. Sie zweifelte nicht an seinen Gefühlen, sie wusste, er liebte sie.

Sie schloss die Augen und war in einer anderen Welt, in einer Welt ohne Zeit, ohne andere Menschen, nur sie beide. Vor ihrem inneren Auge sah sie eine farbenprächtige Wiese.

Plötzlich zuckte sie zusammen. Sie öffnete die Augen und sah in Matteos Gesicht, der auf ihr lag und sich vorsichtig bewegte.

»Habe ich dir wehgetan?«

Sie kicherte und schüttelte den Kopf.

War das die Sünde, von der immer alle sprachen? Sie fand es jedenfalls wunderbar und am liebsten hätte sie es gleich noch einmal erlebt. Sie sah ihn an und ihr wurde bewusst, dass sie noch nie zuvor einen nackten Mann gesehen hatte, außer in einer Enzyklopädie.

Er schien zu merken, dass sie abgelenkt war und fragte verunsichert: »Was ist?«

»Ach nichts«, antwortete sie und musste kichern. Er küsste sie zärtlich und sie war so glücklich wie nie zuvor in ihrem Leben. Sie fühlte sich mit Matteo verbunden, als gäbe es ein unsichtbares Band zwischen ihnen.

Nachdem sie sich wieder angezogen hatten, lagen sie nebeneinander im Gras und blickten in den strahlend blauen Himmel. Nach einer Weile drehte sich Maria zu Matteo um und fragte ihn: »Würdest du mit mir von hier weggehen?«

Sie sah, wie sein Gesichtsausdruck plötzlich einfror. Was war geschehen?

»Du würdest deine Eltern, euer Haus und deine Freundinnen verlassen?«, fragte er schließlich.

Sie nickte und er streichelte ihr übers Haar.

»Ein schöner Traum«, antwortete er und wirkte wie entrückt. So, als wäre er selbst gerade erwacht und müsste sich erst sammeln.

»Wir könnten heiraten«, sagte sie und wurde rot. Hatte sie ihm gerade einen Heiratsantrag gemacht?

»Das sagst du nur, weil du nicht weißt, was es bedeutet«, entgegnete er.

Maria fühlte sich, als hätte er sie geschlagen. »Was meinst du damit?«, stammelte sie.

Matteo schwieg und sagte auch nichts, als Maria weiter nachfragte. Sie verstand die Welt nicht mehr. Hatte sie sich so in ihm getäuscht? Hatte er nun erhalten, was er wollte und zog weiter? Aber warum hatte er es sich dann nicht schon am Bach genommen?

»Was sollte all das?«, fragte Maria mit belegter Stimme. »Bin ich für dich nur ein Mädchen für gewisse Stunden?«

»Ach, Maria. Es gibt da etwas, das du nicht weißt, und ich denke nicht, dass du mich noch heiraten willst, wenn du es erfährst. Es tut mir leid, ich hätte mich heute nicht mit dir treffen sollen.«

Er musterte sie mit einem traurigen Blick. Maria musste mehrmals schlucken. Sie sah ihn fragend an und erwartete, dass er etwas sagte, aber er erzählte nichts und sie traute sich nicht, noch einmal zu fragen.

Schließlich sagte er: »Lass uns zurückfahren.«

Auf der Rückfahrt schwiegen sie. Matteo setzte Maria etwa einen Kilometer vor dem Haus ihrer Eltern auf der Landstraße ab. Zum Abschied gab er ihr nur einen flüchtigen Kuss. Traurig sah Maria ihm nach und wandte sich zum Gehen. Als sie den Weg zum Palazzo betrat, wartete ihr Vater an der Haustür. Seine Augen blitzten wütend. So hatte sie ihn noch nie gesehen. Als sie ihn unsicher anlächelte, gab er ihr eine schallende Ohrfeige. Maria war darauf nicht vorbereitet, doch sie wusste in diesem Moment, dass jemand sie und Matteo zusammen gesehen und ihrem Vater Bericht erstattet haben musste.

»Schäm dich! Willst du als Hure abgestempelt werden?«, rief er erbost.

Sie sah ihn an und öffnete den Mund zu ihrer Verteidigung, aber ihr fielen keine Worte ein.

»Ich hatte dir den Kontakt zu diesem Kerl verboten!«

Er schlug ein zweites Mal zu. Ihre Wangen glühten vor Scham.

Niemals zuvor hatte ihr Vater zugeschlagen. Sie war so überrascht, dass ihr Tränen in die Augen stiegen und über die Wangen liefen. Maria wollte eigentlich stark sein und keine Gefühlsregung zeigen, doch sie war zu erschrocken und verletzt. Sie legte eine Hand auf die schmerzende Wange.

»Warum schlägst du mich? Was hast du bloß gegen ihn?«

»Er ist ein schlechter Mensch, er will unsere Familie zerstören.«

»Nein, Papà, das glaube ich nicht. Du bist derjenige, der unsere Familie zerstören will.«

Ihr Vater zitterte vor Zorn und schrie: »Geh sofort ins Haus!«

Maria gehorchte. Sie hörte, wie ihr Vater in der Eingangshalle etwas zerschlug. Rasch ging sie in ihr Zimmer und sah zum Fenster hinaus. Sie fragte sich, warum ihr Vater Matteo so sehr hasste. Was war zwischen den beiden vorgefallen? Nach Matteos Andeutung wusste sie, dass es etwas Schlimmes sein musste. Sie musste unbedingt herausfinden, was es war.

Am nächsten Tag ließ ihr Vater sie nicht aus dem Haus. Um die Mittagszeit beobachtete sie vom Fenster ihres Zimmers aus, wie Matteo mit seinem Auto auf ihren Hof fuhr. Marias Herz schlug wie wild. Kam er etwa, um ihren Vater um ihre Hand zu bitten? Hatte er sich entschieden, zu ihr zu stehen? Ihr Vater würde schon sehen, dass Matteo es ernst meinte. Er würde ihren Vater bestimmt besänftigen. Ihr selbst war sein Geld nicht wichtig, aber ihr Vater brauchte dringend finanzielle Hilfe. Er musste doch sehen, dass Matteo viel Geld hatte und eine Hochzeit mit ihm nur Vorteile brachte. Durch das geöffnete Fenster konnte sie die ersten Sätze hören: »Was willst du hier?«

»Mit dir sprechen.«

»Wegen Grazia?«

»Auch.«

Die beiden gingen ins Haus. Maria schlich sich aus ihrem Zimmer ins Treppenhaus, doch sie konnte kaum verstehen, worüber ihr Vater und Matteo im Salon sprachen. Irgendwann hörte sie ihren Vater laut und verzweifelt rufen: »Was willst du noch von uns?«

Im gleichen Moment flog die Salontür auf und Matteo verließ den Raum mit schnellen Schritten. Die Tür stand jetzt offen, sodass Maria ihren Vater sehen konnte. Er saß am Tisch und stützte den Kopf schwer in seine Hände. Ohne zu überlegen, eilte Maria die Treppe hinunter und Matteo hinterher. Sie erreichte ihn, als er gerade im Begriff war, in sein Auto zu steigen.

»Was ist denn passiert?«, fragte sie ihn atemlos.

Er sah sie mit trauriger Miene an. »Es ist wohl Zeit, dass ich dir alles erzähle.«

Er nahm sie am Arm und sie gingen ein paar Schritte den Weg entlang in Richtung Garten. Ihr Vater hinderte sie nicht daran.

27.

Maria Grazia hatte Tränen in den Augen. Davide, Mara und Alena saßen bei ihr und rührten sich nicht. Keiner stellte eine Frage. Die alte Frau saß in demselben Sessel, in dem auch Matteo gesessen hatte, als er ein paar Tage zuvor Mara aus der Vergangenheit berichtet hatte.

»Er erzählte mir von Lina und von der schrecklichen Ungerechtigkeit, die ihr durch meinen Vater widerfahren war. Ich konnte während seiner Geschichte nicht aufhören zu weinen.«

Endlich verstand Mara, dass ihr Urgroßvater der Mann war, der für das Unglück von Lina und Matteo und ihrer Großmutter verantwortlich gewesen war. Und ihr wurde klar, dass seine Tat sogar Einfluss auf ihr Leben genommen hatte.

28.

Er hatte sie zu dem Feigenbaum im Garten geführt, den sie so liebte. Doch das wusste er nicht. Sie setzten sich auf die kleine Bank, die dort stand.

»Maria Grazia, ich habe damals an ihrem Sterbebett Rache geschworen und ich musste mein Wort halten. Dir wollte ich niemals etwas antun, du warst genauso unschuldig wie Lina.«

»Wovon redest du da?« Maria sah ihn verständnislos an.

»Von dem Brand. Ich habe ihn gelegt, weil ich wollte, dass dein Vater für Linas Tod bezahlt.«

»Lina?«

Sie erinnerte sich, schon einmal von Vida und Lina gehört zu haben. Carmelas Mutter benutzte die Geschichte manchmal als Warnung: »Passt auf, nicht, dass es euch ergeht wie der schönen Lina, Gott hab sie selig.«

»Er hat ihre Unschuld ausgenutzt und sie verführt«, sagte Matteo. »Dein Vater ist schuld an ihrem Leid.«

Maria traute ihren Ohren nicht. Ihr Vater sollte ein junges Mädchen geschwängert haben, als ihr Bruder und sie noch klein waren? Sie erinnerte sich an manche Gesten und Worte von ihrer Mutter, die sie nie verstanden hatte. Ihr Vater hatte sich nie verteidigt, wenn sie spitze Bemerkungen machte.

Hatte ihre Mutter deshalb von einem Fluch gesprochen, den der Vater über die Familie gebracht hatte? Maria Grazia bekam plötzlich starke Kopfschmerzen. Ihre Gedanken drehten sich im Kreis, doch sie musste sich zusammenreißen, musste verstehen, was ihr Matteo erzählte.

»Ich habe das Feuer gelegt, um Lina zu rächen. Doch dann sah ich dich in die Flammen rennen und ich konnte nicht einfach zuschauen, wie du stirbst.«

Plötzlich wurde Maria klar, warum sie diese tiefe Verbundenheit mit ihm gespürt hatte. Dieses Erlebnis im brennenden Haus vor vielen Jahren hatte sie tief in ihrem Unterbewusstsein vergraben, ja fast vergessen. Nur die Narben erinnerten sie daran. Sie wusste noch, dass damals ein Engel gekommen war und sie aus den Flammen befreit hatte. Sie hatte nach dem Feuer lange Zeit von ihm geträumt. In ihren Träumen war er blond, blauäugig und viel größer als ein normaler Mensch und er trug sie auf Flügeln hinaus aus dem brennenden Zimmer.

»Ich habe dich damals aus dem brennenden Haus gerettet«, bestätigte Matteo, was sie bereits ahnte.

Auf einmal kamen bruchstückhafte Erinnerungen zurück. Maria sah das Feuer vor ihrem geistigen Auge, den Hund, ihre liebe Stella, die vor zwei Jahren gestorben war, sie hörte die Rufe ihrer Mutter. Fast roch sie den Rauch. Tränen liefen ihr über das Gesicht.

»Weiß mein Vater, dass du den Brand gelegt hast? Hat er mir deshalb den Umgang mit dir verboten?«

»Nein. Das habe ich gerade zum ersten Mal jemandem erzählt.«

Sie schwiegen einen Moment. Er wandte sich um, drehte ihr den Rücken zu und sah sie nicht mehr an.

»Ich wollte damals nicht, dass dir etwas passiert«, flüsterte er. »Genauso wenig, wie ich dich jetzt verletzen möchte. Doch auch diesmal bist du dazwischengekommen.«

Maria konnte kaum glauben, was sie da hörte. Sie musste die Wahrheit wissen. Deshalb ging sie um die Bank herum, sah ihm in die Augen und fragte: »Dazwischengekommen? Willst du mir etwa sagen, dass du dich nur mit mir angefreundet hast, um dich an meinem Vater zu rächen? Hast du deshalb mit mir —«

Der Gedanke war so furchtbar, dass sie nicht weitersprechen konnte.

Matteo ließ den Kopf sinken. Er schien nachzudenken. Als er wieder aufblickte, schwieg er weiterhin. Maria sah ihn fassungslos an. Noch einmal fragte sie: »War das alles eine große Lüge? Oder sind deine Gefühle für mich echt?«

Ihre Stimme und ihr ganzer Körper bebten. Sie nahm all ihre Selbstbeherrschung zusammen, sah ihm in die Augen und fragte: »Ist dein Rachefeldzug nun beendet oder willst du meine Familie völlig zerstören? Erhoffst du dir, dass ich nun auch schwanger bin, unverheiratet und entehrt? Mein Bruder ist tot, meine Mutter verrückt und mein Vater pleite.« Bei den letzten Worten überschlug sich ihre Stimme.

Matteo sah sie an, schüttelte den Kopf und sagte bedauernd: »Ich muss mein Wort halten, ich habe es Lina versprochen. Es ist wohl besser, wenn ich jetzt gehe.«

»Bitte. Ich habe genug gehört.«

Maria drehte sich um und lief davon. Sie wusste nicht, wohin. Ihr Schädel brummte, ihre Gedanken überschlugen sich. Sie musste sich mitten auf dem Weg übergeben, als ihr klar wurde, dass ihr Vater auch nicht der war, für den sie ihn gehalten hatte. Ihr ganzes Leben brach wie ein Kartenhaus in sich zusammen. Dennoch glaubte sie Matteo, wollte ihm glauben. Zu offen und ehrlich waren seine Schilderungen. Eine schreckliche Wut gegenüber ihrem

Vater staute sich in ihr auf. Sie schämte sich, dass sie seine Tochter war.

Sie hatte jegliches Gefühl für die Zeit verloren, doch schließlich ging sie heim und direkt auf ihr Zimmer, sie gab vor, Bauchschmerzen zu haben. Matteos Auto war verschwunden. Ihr Vater ließ sie in Ruhe, er hatte wohl zu viele eigene Sorgen. Ihre Gedanken überschlugen sich und sie fühlte sich fiebrig, doch sie konnte die ganze Nacht nicht schlafen. Je häufiger sie die Gespräche mit Matteo im Kopf durchging, desto klarer wurde ihr, dass sein Rachefeldzug noch nicht zu Ende war.

29.

»Und wie endete der Rachefeldzug?«, fragte Davide ungeduldig.

»Matteo war unser Gläubiger, mein Vater hat unwissend von ihm Geld angenommen. Er hatte sein Privatvermögen verpfändet, weil er sich seiner Geschäftsidee so sicher war. Mein Vater wollte wieder zu Reichtum kommen und weg von der Landwirtschaft, kein Bauer mehr sein, sondern wie andere Freunde und Verwandte vor ihm eine Firma gründen. Doch er hatte sich mit den falschen Menschen zusammengetan.«

»Also habt ihr alles an Matteo verloren?«

Sie nickte.

»Wir mussten unser Haus verlassen. Wir hatten nichts mehr. Doch in Deutschland gab es Arbeit genug, es war die Zeit der ersten Gastarbeiter. Ein Cousin meines Vaters verschaffte ihm einen relativ guten Job, sodass er meine Mutter mit nach Deutschland nehmen konnte – damals gingen ja meist nur die Männer. Ich ging mit, denn in Italien hielt mich nichts mehr und meine Mutter brauchte mich.«

»Konntest du Matteo das alles verzeihen?«, fragte Davide mit belegter Stimme.

»Nein, ich weiß bis heute nicht, woran ich bei ihm bin. Hat er mich damals vielleicht doch geliebt? Ich weiß es nicht. Er hat es mir nie gesagt. Das hat einen großen Schmerz hinterlassen. Auch wenn ich sowieso nie mit ihm hätte gehen können, nach allem, was er mir angetan hatte.«

»Aber, Nonna, was hat er dir denn vorhin im Krankenhaus erzählt? Warum wollte er dich sehen?«

»Ich weiß es nicht. Wir haben ein bisschen über die Vergangenheit gesprochen, aber nicht sehr viel. Ich glaube, er denkt, er kann irgendetwas wiedergutmachen, bevor er stirbt. Er hat gesagt, er will mir das Haus zurückgeben. Ich habe gesagt, das sei nicht nötig, aber er sagte, es sei sein letzter Wille.«

Davide sah sie erschrocken an, doch die alte Frau bemerkte es nicht. Sie schüttelte den Kopf und stellte fest: »Es war ein Fehler, dass ich hergekommen bin. Es ist schmerzhaft für mich.«

»Sprich doch noch einmal mit Matteo«, schlug Mara vor.

»Der möchte einfach nur sein Gewissen beruhigen, um in Frieden sterben zu können.«

»Aber Nonna, wenn du schon hier bist, warum gehst du nicht noch einmal zu ihm?«

»Ich bin müde. Das alles hat mich viel Kraft gekostet. Bringst du mich bitte auf mein Zimmer, Bella?«, bat ihre Großmutter statt einer Antwort mit leiser Stimme und Mara bemerkte besorgt, wie ihre Lebenskraft schwand, die sie doch gerade erst wiederentdeckt hatte.

Sie brachte die alte Frau in ihr Zimmer und setzte sich zu ihr aufs Bett.

»Ach Nonna, ich wünsche mir nur, dass du endlich glücklich wirst.«

Ihre Großmutter sah sie an und lächelte. »Du bist das größte Geschenk, das mir jemals gemacht wurde, deshalb bin ich glücklich.«

283

Sie gab Mara einen Kuss. Die junge Frau hätte am liebsten geweint. Sie wusste, dass ihre Mutter und ihre Großmutter sie liebten, doch dieser seltene Liebesbeweis rührte sie.

»Ich liebe dich auch, Nonna.«

Als Mara das Zimmer verlassen wollte, sagte ihre Großmutter noch: »Ich hätte niemals geglaubt, dass ich jemals wieder in meinem alten Zimmer schlafen würde.«

Mara betrachtete ihre Großmutter nachdenklich. Sie lag in einem modernen Bett, das mitten in dem großen Zimmer stand, welches so ganz anders sein musste als in ihrer Erinnerung. Doch Mara hatte den Eindruck, dass die alte Frau sich das Zimmer so vorstellte, wie es einmal gewesen war, vielleicht mit kleinen Holzstühlen, einem alten Schrank, zwei Kommoden und vielen Spielsachen.

Die alte Frau lächelte. Mara winkte ihr noch einmal zu und ging hinaus.

Davide stand an der Rezeption und sprach mit Giuseppina, die ihren Arm auf seine Schulter gelegt hatte. Er sah besorgt aus. Giuseppina blickte kurz auf, doch sie zeigte Mara kein Lächeln. Davide blickte stur auf den Monitor und vermied es, sie anzuschauen. Für Mara war das ein klares Zeichen, dass er endgültig kein Interesse mehr an ihr hatte. Giuseppina ging die Sache einfach schlauer an. Vielleicht war es auch gut so, die Italienerin schien schon immer in ihn verliebt gewesen zu sein und das Schicksal hatte sich nicht gerade für eine Verbindung zwischen Mara und Davide ins Zeug gelegt. Vor allem, wenn sie bedachte, wie kompliziert alles war, mit dem Haus ihrer Urgroßeltern und überhaupt, sie war hier nur im Urlaub.

Mit einem stillen Seufzer ging sie hinaus. Sie setzte

sich in den schönen Garten und hörte dem Zwitschern der Vögel zu. Die Sonne neigte sich langsam und tauchte die Umgebung in ein goldgelbes Licht. Sie blickte auf den Lieblingsbaum ihrer Großmutter, der einen großen Schatten warf, und fragte sich, was der Baum ihr erzählen würde, wenn er es könnte.

Warum war die Liebe so kompliziert? Hatte sie ihre Großmutter wirklich umsonst hergeholt?

Mara hatte gehofft, dass Matteo und Maria sich versöhnen würden. Sie hatte sich auch für sich selbst etwas gewünscht, was anscheinend nicht der Realität entsprach. Dennoch wollte sie wissen, ob Matteo wirklich so ein kaltblütiger Typ war, der sie einfach von einem Tag auf den anderen vergessen konnte. Es entsprach nicht dem Menschen, den sie kennengelernt hatte. Sie wollte endlich die ganze Wahrheit wissen. Mara stand von der alten Holzbank auf und ging zu ihrem Wagen.

Als sie am Krankenhaus ankam, war es bereits dunkel. Sie betrat das von Neonleuchten erhellte Hauptportal und ging an dem Infoschalter vorbei. Die Dame, die dort am Computer saß, sah auf und rief ihr etwas auf Italienisch zu.

»Entschuldigung, ich spreche nicht so gut Italienisch«, sagte Mara auf Deutsch.

»Nix Besuch«, rief die Dame und zeigte auf die große Uhr an der Wand. Es war kurz nach einundzwanzig Uhr.

»Nur ganz kurz«, bat Mara und machte einen Schritt auf die Schiebetür zu, die in den Krankenhausflur führte.

Doch die Dame stand nun auf und wedelte mit den Händen.

»Nix Besuch«, wiederholte sie. »*Domani!*«

Mara seufzte, drehte sich um und verließ die Eingangshalle. Sie sollte also morgen wiederkommen, so viel hatte sie verstanden. Aber konnte sie jetzt einfach aufgeben?

Ein Krankenwagen kam aus einer Einfahrt und fuhr an ihr vorbei. Da musste wohl ein Innenhof sein. Mara schlenderte dorthin und warf einen Blick hinein. Hier gab es noch einen Mitarbeitereingang, der beleuchtet war. Sie sah sich rasch um. Niemand war zu sehen. Vorsichtig drückte Mara gegen die Tür. Sie war nicht verschlossen.

30.

Matteo saß halb aufgerichtet im Bett. Mara war sich nicht sicher, ob er schlief oder einfach nur vor sich hin starrte. Immerhin, niemand schien sie auf dem Weg zu seinem Zimmer gesehen zu haben, und es war auch keine Krankenschwester bei ihm.

»Darf ich stören?«, fragte sie leise.

Er bemerkte sie erst nicht, daher räusperte sie sich und kam etwas näher. Etwas lauter begrüßte sie ihn: »Guten Abend, Matteo. Wie geht es dir?«

Er sah sie überrascht an. Ob er sie wieder einmal nicht erkannte?

»Ich bin es, Mara, die Enkelin von Maria Grazia.«

»Ich weiß«, erwiderte er.

Sie kam zu seinem Bett.

»Ich habe es wieder vermasselt«, sagte er traurig.

»Was denn vermasselt?«

»Damals, als ich sie aus dem brennendem Haus holte, da verfolgten mich diese großen dunklen Augen lange. Ich hatte Gewissensbisse, vor allem weil ich ihren Arm in Erinnerung hatte. Die Kleine war so unter Schock, dass sie die Verbrennung gar nicht bemerkt hatte. Als ich damals ihren Raum betrat – es war, glaube ich, ihr Kinderzimmer – sah sie mich voller Hoffnung mit diesen großen dunklen Augen an. Mara, ich war so jung und so voller Bitterkeit und Hass.

Doch mit der Zeit versuchte ich, meine Wut zu verdrängen. Bis ich eines Tages bei einem Geschäftsessen mitbekam, dass ihr Vater anscheinend wieder auf dem

Weg nach oben war. Er wollte groß in eine Fabrik investieren. Wieder kamen die ganzen bitteren Gefühle zum Vorschein. Ich war wütend bei dem Gedanken, dass er noch reicher werden könnte. Über einen Mittelsmann bin ich in seine Geschäfte eingestiegen, habe ihm Geld geliehen – und ihn endgültig Bankrott gehen lassen. Zum großen Finale bin ich zurück in meine Heimat gereist, um ihm vor Ort beim Scheitern zuzusehen. Ich wollte ihm in die Augen sehen, wenn er erfuhr, dass er sich mit dem Falschen eingelassen hatte.«

»Hatte der Hass denn nicht nachgelassen, war es nicht mit dem Brand genug?«

Der alte Mann lächelte müde.

»Unterschätze Bitterkeit und Rache nicht, die fragen nicht, ob es genug ist, sondern sie vermehren sich und du willst immer mehr davon. Erst viel zu spät habe ich gemerkt, dass es falsch war«, bekannte er.

Mara holte einen Stuhl und setzte sich neben ihn.

»Und meine Großmutter hast du auch noch benutzt?«

Er sah sie ernst an.

»Nein, niemals. Als ich sie das zweite Mal traf, auf der Piazza, war ich von ihren Augen gefesselt, sie kamen mir bekannt vor. Sie waren groß und dunkel wie die Nacht und umrahmt von diesen langen Wimpern. Maria war eine Schönheit, doch es war offensichtlich, dass ihr dies nicht bewusst war, und dadurch fand ich sie noch anziehender. Sie schien ihre Schönheit eher zu verstecken und das zog mich an. Ich kann mich an diesen Sommertag gut erinnern. Das Dorf war erfüllt von Leben. Die Jugendlichen flanierten die Straßen hoch und runter. Sehen und gesehen werden. Ich empfand Heimweh, als ich mein Dorf wiedersah. Und inmitten dieser jungen Menschen war sie – unauffällig und doch stach sie heraus, weil sie nicht hineinpasste. Sie war elegant und wie sie sich bewegte, das war anders als bei ihren Freundinnen. Ich musste sie einfach ansprechen. Und dann merkte ich, dass sie seine Tochter war. Was sollte ich tun? Ich bat sie, ihn zu grüßen, in der Hoffnung, dass sie von sich aus den Kontakt abbrechen würde. Ich dachte auch daran, einfach zu verschwinden, doch ich war jung und ich wollte in ihrer Nähe sein, sie war sehr klug und hatte ein großes Herz.«

»Warum seid ihr nicht gemeinsam weggegangen, abgehauen?«

»Das ging nicht, ich hatte mit der Vergangenheit nicht abgeschlossen. Ich hatte Lina mein Wort gegeben.«

»Das wäre meine nächste Frage, Lina war doch deine große Liebe?«

»Natürlich, aber seitdem waren zwölf Jahre vergangen. Manche Menschen haben das Glück, zweimal zu lieben. Mit Lina bin ich aufgewachsen und die Liebe zu ihr war schon immer da.«

Er machte eine Pause. Sie merkte, dass es ihn sehr viel Kraft kostete, darüber zu sprechen.

»In deine Großmutter habe ich mich verliebt, wie sich eben ein junger Mann verliebt. Nicht nur in ihr Äußeres, sondern in sie. Doch es war mir klar, dass ich nicht alles haben konnte. Sie und alles, was ihnen gehörte, das war ihre Seite. Und nach dem, was ich ihrer Familie angetan hatte, hätte sie mich doch nie genommen. Also versuchte ich, sie zu vergraulen, bevor ich sie noch mehr verletzen würde.« Wieder legte er eine Pause ein und sagte schließlich: »Was mir ja bekanntlich nicht so gut gelungen ist. Es war zu spät, ich hätte nach unserem ersten Treffen den Kontakt abbrechen sollen.«

»Hast du das meiner Großmutter erzählt?«

Matteo wirkte das erste Mal wie ein kleiner Junge, der nicht wusste, was er tun sollte, als er gestand. »Ich habe mich nicht getraut.«

»Meine Großmutter wartet darauf, deshalb ist hier, nicht wegen des Hauses«, sprach Mara ihm Mut zu.

Matteo sah sie ungläubig an und wandte ein: »Aber sie wird mir das doch niemals vergeben können.«

»Sie ist zum ersten Mal in ihrem Leben in ein Flugzeug gestiegen, um dich zu sehen«, widersprach Mara mit fester Stimme.

Matteo antwortete nicht.

In diesem Moment öffnete sich die Tür und eine Krankenschwester trat herein. Überrascht sah sie Mara an. Diese verabschiedete sich kurz von Matteo und ging hinaus. Sie hatte eine Idee.

* * *

Am nächsten Morgen stand Mara früh auf. Alena schlief noch. Daher schrieb sie eine Nachricht für ihre Freundin und stellte ihr den Wecker. Aufgeregt stieg sie in ihr Auto. Sie fuhr zum Bäcker und danach in den kleinen Laden. Mara hatte sich entschlossen, alleine mit ihrer Großmutter zu frühstücken. Leise richtete sie das Frühstück auf dem kleinen runden Tisch am Fenster im Zimmer ihrer Großmutter. Dort standen zwei alte Holzstühle, die etwas an Kneipenstühle erinnerten, aber dem Ganzen einen Café-Flair verliehen. Als alles fertig war, weckte sie ihre Großmutter.

»Wie schön, mein Schätzchen!«, rief Maria Grazia begeistert aus.

Nachdem sie sich fertig gemacht hatte, gesellte sie sich zu ihrer Enkelin.

»Es gibt leider nur Tee. Ich weiß nicht, wie die große Kaffeemaschine da unten funktioniert.«

Ihre Großmutter machte eine Handbewegung. »Das ist egal. Früher stand hier auch ein Tisch, ich habe immer Kaffeekränzchen mit meinen Puppen gespielt.«

Mara versuchte, sich das kleine Mädchen vorzustellen, das in diesem riesigen Zimmer gewohnt hatte.

Maria Grazia blickte gedankenverloren aus dem Fenster.

»Nachher gehe ich hinunter und pflücke mir ein paar Feigen«, sagte sie.

»Das ist eine gute Idee«, antwortete Mara. »Sie schmecken bestimmt köstlich.«

Nach dem Frühstück gingen sie gemeinsam in den Garten. Der Himmel war etwas bewölkt und es sah aus, als ob es demnächst regnen würde. Maria Grazia berührte den riesigen Baum.

»Die Feigen sind hier viel größer, als ich es in Erinnerung hatte.«

Sie pflückte eine Frucht und sah sie erst ehrfürchtig an, um dann ganz vorsichtig ein Stück abzubeißen. Maria Grazia schloss dabei ihre Augen und Mara hatte den Eindruck, dass ihre Großmutter wieder zu einem kleinen Mädchen wurde.

»Sie schmecken genauso wie früher. Süß und saftig.«

Maras Handy klingelte. Es war Alena.

»Nonna, entschuldige. Ich komme gleich wieder.«

Sie ließ Maria Grazia allein und lief ins Haus. Dort stand Davide mit Matteo.

»Guten Morgen. Wie geht es euch?«, fragte Mara.

»Ich bin etwas müde«, sagte Davide. »Schließlich hast du mir mitten in der Nacht einen Haufen Textnachrichten geschickt. Dafür war Nonno schon wach, als ich im Krankenhaus ankam. Und während ich die Stationsschwester überzeugt habe, dass ich heute einen kurzen Ausflug mit meinem Großvater unternehmen muss, hatte er Zeit, sich hübsch zu machen.«

Matteo war nervös, das konnte sie sehen. Er richtete noch etwas seine Haare und die Fliege, die er sich umgebunden hatte.

»Wo ist sie?«, fragte er.

»Im Garten. Beim alten Feigenbaum«, erklärte Mara.

Er nickte, atmete tief ein und ging mit seinem Rollator los. Doch er hielt gleich wieder an.

»Ach, dieses Ding ist so hässlich, Mara, kannst du mir bitte helfen?«

Sie nickte, hob ihm ihren Arm als Stütze hin und sie gingen gemeinsam in den Garten.

»Ich bin aufgeregt wie bei einem ersten Rendezvous.«

»Das brauchst du nicht, du musst ihr nur das sagen, was du mir gesagt hast.«

Als sie im Garten ankamen, sagte Matteo: »Den Rest schaffe ich allein.«

Maria Grazia saß auf der Bank und aß eine weitere Feige. Als sie die beiden bemerkte, war sie sichtlich überrascht.

Mara musterte die beiden, Matteo, wie er sich etwas schüchtern auf die Bank setzte, und ihre Großmutter, die neugierig darauf wartete, dass er ihr berichtete, weshalb er hergekommen war.

»Maria, es gibt etwas, was ich dir nicht erzählt habe«, sagte er.

31.

März 1957

Matteo saß in dem Salon des alten Palazzo, in dem einige fleißige Handwerker beschäftigt waren. Einer der Männer meinte, als er sich ein Glas Wasser holte: »Signore, der Palazzo wird noch schöner als früher. Sie haben wirklich die besten Materialien beschafft.«

Matteo sah ihn irritiert an und stand auf. Er ging durch die Räume, die jetzt ihm gehörten. Alles wirkte gespenstisch. Die meisten Möbel der Vorbesitzer waren noch im Haus. Er durchquerte die Küche, in der gerade die Köchin neues Geschirr einräumte. Er hatte sie behalten, Faustina würde auf ihre alten Tage keine neue Anstellung mehr finden. Dann ging er die Treppe hinauf in den ersten Stock und betrat das große Schlafzimmer, den Raum, aus dessen Fenster er damals gestiegen war. Es war völlig leergeräumt.

Hier rief er laut: »Für dich, Lina! Alles für dich! Endlich bist du eine Dame.«

Doch er fühlte sich plötzlich unsagbar müde. Hastig ging er zurück in den Flur und anschließend in Marias früheres Zimmer. In einem Regal standen noch ein paar alte Spielsachen, die sie wohl als Andenken aufgehoben hatte. An der Wand hing ein Kinderbild, das sie als Mädchen gemalt haben musste. Nach dem Brand. Darauf waren vier Personen, eine Frau, ein Mann, ein Junge, ein Mädchen – vermutlich sollten diese ihre Familie darstellen. Im Hintergrund waren ein großes Haus, der Feigenbaum und eine strahlende Sonne zu sehen. In der Mitte des Raums stand ein kleiner Tisch mit einer Schublade. Er öffnete sie und fand eine Fotografie von Maria. Sie musste etwa fünfzehn Jahre alt gewesen sein, als das Bild aufgenommen wurde. Matteo betrachtete das Bild, sah sich um und plötzlich sackte er auf den Boden. Er begann zu weinen wie ein kleines Kind.

Er weinte und schluchzte laut und konnte nicht mehr aufhören. Es war ihm egal, dass unten die Arbeiter und die Köchin waren. Er weinte und zitterte und legte sich schließlich flach auf den Boden.

Was hatte er nur getan? Er hatte so vielen Menschen geschadet, obwohl er niemals so sein wollte wie Parisi, der Mann, den er so verabscheute. Und doch war er so geworden wie er. Er hatte Maria Grazia, das Mädchen, das so viel erdulden musste, zutiefst verletzt. Dabei liebte er sie. Warum war er nicht einfach mit ihr weggelaufen? Warum hatte er ihr nicht gesagt, was er wirklich für sie fühlte? Er war ein Feigling und dafür hasste er sich.

Verzweifelt lag er noch lange auf dem Boden, auf dem einst Maria ihre ersten Schritte gemacht hatte, und weinte. Er dachte an die Fehler, die vertanen Chancen. Sehr spät erst, es war schon fast dunkel, hatte er die Kraft, aufzustehen. Die Arbeiter waren gegangen und keiner hatte sich getraut zu klopfen, nicht einmal die Köchin. Ihm war klar, dass er hier niemals leben konnte. So wie er in diesem Moment beschloss, die Vergangenheit und all seine Gefühle zu begraben, beschloss er auch, dieses Haus zu verlassen, ohne jemals darin auch nur eine Nacht zu verbringen. Er schloss es ab und fuhr davon, er würde es die nächsten fünfzig Jahre nicht mehr betreten.

Doch Maria besuchte ihn oft in seinen Träumen und er wusste, dass er Sühne brauchte und ihr endlich die Wahrheit sagen musste.

32.

Nachdem Matteo seine Erzählung beendet hatte, schwiegen beide und Maria Grazia sah ihn nicht an. Sie saß nachdenklich und in sich versunken auf der Bank. Doch plötzlich stand sie auf und drehte sich zu ihm. Sie gab ihm eine Ohrfeige, die so heftig war, dass er beinahe umfiel. Matteo sah sie überrascht an.

Die alte Frau atmete tief ein und stieß hervor: »Jetzt kann ich dir vergeben, Matteo. Ehrlich gesagt dachte ich, dass all das einfach Vergangenheit war. Dass es mein neues Leben in Deutschland nicht beeinflussen würde, wenn ich nur nicht mehr daran dachte. Im alltäglichen Kampf war es auch nicht mehr wichtig. Doch in den letzten Jahren kamen die Erinnerungen plötzlich wieder. Ganz plötzlich sah ich dich oder mein Elternhaus oder das eine Mal, als wir uns liebten – und es war so real, dass ich nicht mehr wusste, ob ich träumte oder wirklich dort war.«

»Genauso erging es mir auch, ich bin zum Priester gegangen und habe um Vergebung gebeten. Das hat mir geholfen. Aber es war nicht das Gleiche, wie mit dir zu sprechen.«

Maria Grazia sah ihn an. »Ich glaube, ich habe ziemlich fest zugeschlagen, deine Haut ist ganz rot.«

Matteo legte kurz die Hand an seine Wange. Sie war gerötet, doch er schien fast glücklich darüber zu sein. »Ich habe es mehr als verdient.«

»Entschuldige.« Maria Grazia legte unbewusst ihre Hand auf seine Wange und streichelte sie zart. »Dann lass uns jetzt bessere Entscheidungen fällen.«

Er nickte. »Ich stehe zu meinem Wort, du kannst das Haus wiederhaben.«

»Ach, und was ist mit Davide?«

»Vielleicht kann er es von dir mieten.«

»Er ist der Großneffe von Lina und du hattest recht, dass ihren Erben etwas davon zusteht.« Maria sah zu dem Feigenbaum und sagte: »Du hast mir immer noch nicht gesagt, ob du mich liebst.«

Er sah sie überrascht an. »Aber natürlich habe ich das! Durch die ganze Geschichte und das Haus, das ich dir wieder schenke.«

»Ach, Matteo, ich bin eine Frau, zwar eine alte, aber ich möchte es hören, aus deinem Mund.«

Er atmete tief ein und sagte zärtlich: »Maria Grazia, ich liebe dich. Du bist für mich etwas ganz Besonderes.«

Sie lächelte wie ein junges Mädchen und biss in eine Feige aus dem Garten ihrer Kindheit.

33.

Mara spazierte durch den Garten, um den beiden etwas Zeit für sich zu gönnen. Sie dachte über Matteo und seine Maria Grazia nach. Ihre Großmutter! Welche Kraft Liebe und Versöhnung doch besaßen! Sie freute sich so für die beiden! Doch kaum hatten sich die ersten Glücksgefühle gelegt, spürte Mara eine furchtbare Leere. Sie wollte sich doch freuen, doch stattdessen wurde sie traurig. Als sie am Kartoffelbeet ankam, dachte sie bereits über ihre Rückreise nach. Dieser Ort machte sie traurig. Was sollte sie noch hier? Natürlich, jemand musste sich um ihre Nonna kümmern.

Während ihr all diese Gedanken durch den Kopf gingen, hörte sie Matteos Stimme. Sie hatte gar nicht bemerkt, dass sie wieder den Weg zum alten Feigenbaum eingeschlagen hatte. Matteo saß nun allein auf der Bank.

Sie blieb stehen und sah zu ihm herüber. Er bedeutete ihr mit der Hand, zu ihm zu kommen.

»Ich muss nach Alena sehen«, versuchte sie eine lahme Ausrede. Sie hatte jetzt keine Kraft, mit ihm zu sprechen.

Doch er schlug mit der flachen Hand auf die Bank. Mara gehorchte und ließ sich neben ihm nieder.

»Wo ist Nonna?«, fragte sie.

»Sie muss ihre Medikamente nehmen. Sie kommt gleich wieder«, antwortete er. »Was ist zwischen Davide und dir passiert?«

Mara zuckte mit den Schultern. »Ich weiß nicht«, sagte sie traurig und blickte zu Boden. »Alles fing damit an, dass er mir von der geplatzten Hochzeit erzählte.«

»Ah, Isabella!«, rief Matteo.

»Kanntest du die Frau?«

Er nickte. »Sie war sehr hübsch und auch nett. Hast du etwa Angst, er könnte dasselbe mit dir machen?«

Sie nickte und sah wieder zu Boden. »Bei dem Glück, das wir Frauen in unserer Familie haben, sah ich mich genau in dieser Situation – als allein gelassene Braut.«

Matteo legte einen Arm um sie. »Das war wirklich eine andere Situation. Davide und Isabella haben sich im Studium befreundet. Nach fast acht Jahren Beziehung war es einfach logisch zu heiraten. Dabei wussten beide tief in ihrem Inneren, dass sie sich schon lange nicht mehr liebten und vor allem, dass sie sich in unterschiedliche Richtungen entwickelt hatten. Davide wurde das bei den Hochzeitsvorbereitungen immer deutlicher. Weißt du, er hat mit mir gesprochen, bevor er alles abgesagt hat.«

Mara sah Matteo erstaunt an.

»Es war nicht einfach für ihn, doch was sollte er tun? Um niemanden zu verletzen und zu blamieren, wissend einen Bund eingehen, der zum Scheitern verurteilt war? Es war das einzig Richtige und sehr mutig von ihm. Natürlich hassten ihn alle dafür, doch Isabella hatte schon ein Jahr später eine neue Beziehung und ist jetzt glücklich verheiratet und hat zwei Kinder.«

»Und was, wenn ihm demnächst einfällt, dass ich auch nicht die Richtige bin?«

Matteo lächelte. »Das kann natürlich passieren, aber ich weiß aus einer sicheren Quelle, dass er bis über beide Ohren in dich verliebt ist.«

Sie sah ihn an. »Eine sichere Quelle?«

»Ich meine aus *der* Quelle«, präzisierte Matteo. »Mara, mach nicht denselben Fehler wie ich, ob aus Angst, Unsicherheit oder Feigheit.«

Mara sah dem alten Mann in die Augen, als würde sie dort eine Antwort suchen, und lächelte ihn zaghaft an.

Eine halbe Stunde später saß Mara mit Alena auf der Bank vor dem Hauptportal des Palazzo. Die grauen Wolken wichen der Sonne und es war sehr angenehm, nicht zu kalt, nicht zu warm. Matteo und Nonna waren im Garten und die beiden Freundinnen hatten sich zurückgezogen, damit die beiden ihre Zweisamkeit genießen konnten. Alena war damit beschäftigt, die Fotos in ihrem Telefon zu sortieren, um sie bei Facebook oder in einer ihrer vielen WhatsApp-Gruppen zu veröffentlichen.

In diesem Moment kam der alte Rover um die Ecke. Er fuhr so schnell auf dem Schotterweg, dass sich eine Staubwolke bildete, bevor er abbremste. Davide stieg aus und ging den schmalen Weg auf das Haus zu. In den Händen hielt er zwei Tüten mit Brot, wie es schien. Als er Mara entdeckte, sah er kurz zu Boden, dann lenkte er seine Schritte zur Seite. Er schlug den Weg in Richtung Garten und Gesindehaus ein. Um ihr nicht zu begegnen?

Alena sagte, ohne aufzusehen: »Du solltest jetzt die Chance nutzen und deinem Romeo hinterherlaufen.«

»Ich glaube, meinen Platz hat schon eine andere eingenommen«, erwiderte Mara mit belegter Stimme.

»Dann wird es Zeit, sich den Platz zurückzuerobern.« Alena sah sie an. »Du musst kämpfen, Baby, kämpfen!«

Mara beobachtete, wie Davide den engen Trampelpfad durch die Felder nahm. Das war der Mann, mit dem sie in Venedig gewesen war, zu Abend gegessen hatte, in dessen Augen sie sich immer wieder verlor und bei dem sie sich als Mara, die Frau, geborgen fühlte. Er hatte doch alles, was sie sich wünschte, und sie fragte sich, warum sie sich voneinander entfernt hatten. Weil sie Angst hatte, in dieselbe Falle zu treten wie die anderen Parisi-Frauen? Das erschien ihr so lächerlich, dass sie sich über sich selbst ärgerte. Warum ließ sie sich von diesem Gerede beeinflussen?

Sie stand auf und lief Davide hinterher.

»Viel Erfolg!«, rief Alena mit einem Lächeln auf den Lippen. »Run, Mara, run!«

Mara trug Riemchensandalen und ein knielanges blaues Kleid mit weißen Punkten. Trotzdem nahm sie die Abkürzung über das Feld. Sie spürte, wie die Gräser und Blumen ihre nackten Beine streichelten und piksten. Doch es störte sie nicht. Sie war fest entschlossen, ihre Frau zu stehen und sich Davide zurückzuholen. Im Laufen versuchte sie, sich einen Plan zu überlegen, aber ihr fiel nichts ein.

Davide hatte noch nicht bemerkt, dass sie ihm folgte. Er ging sehr schnell und Mara musste sich beeilen, um ihn einzuholen. Ihr Schuhwerk war dafür denkbar ungeeignet, aber sie schaffte es trotzdem. Als sie ihn fast erreicht hatte, hörte er sie und drehte sich um.

»Mara, was ist passiert?«, fragte er besorgt.

Sie blieb stehen, musste aber erst Luft schnappen.

»Du bist ja ganz außer Atem. Ist etwas mit Matteo oder deiner Nonna?«

Sie schüttelte den Kopf. »Nein, nein, es ist alles gut bei ihnen.«

Er sah sie fragend an.

»Ich muss mit dir reden«, schnaufte sie.

»Okay«, erwiderte er zögernd.

»Davide, ich möchte nicht dieselben Fehler begehen wie meine Nonna und meine Mutter.«

Er sah sie unverwandt an, schien aber nicht zu verstehen, was sie ihm sagen wollte.

»Ich mag dich, ich mag dich sehr«, fuhr sie fort. »So sehr, dass es mir egal ist, ob du vor langer Zeit eine Hochzeit hast platzen lassen. Gut, wenn du das bei mir machst, bringe ich dich um. Aber ich spüre, dass es bei uns anders ist. Ich möchte mit dir zusammen sein.«

Er öffnete den Mund, schloss ihn aber wieder, ohne etwas zu sagen.

»Bist du mit Giusi zusammen?«, fragte Mara verzagt.

Davide schüttelte den Kopf und antwortete: »Mit Giusi? Niemals, sie ist meine beste Freundin. Wie ein guter Kumpel. Ich könnte mir das gar nicht vorstellen. Wie kommst du darauf?«

»Sie war in den letzten Tagen ständig um dich herum. Und sie war mir gegenüber auch so kühl.«

»Wir haben einfach viel geredet ... auch über dich. Weil sie gespürt hat, dass es mir nicht gut ging. Ich glaube, sie war sauer auf dich, weil du mich hast sitzen lassen. Sie hat sich einfach Sorgen um mich gemacht.«

»Gut, dann steht uns ja niemand im Weg. Was ist, willst du mich noch?«

»Ich bin etwas überrascht«, stammelte er.

»Ich auch«, gab sie zu. Von sich selbst und ihrer neuen Entschlossenheit. Unwillkürlich musste sie lachen. »Ich bin noch nie in Sandalen so schnell gerannt.«

Jetzt lachte er auch.

»Wir werden einen Weg finden mit der Pension. Gemeinsam«, sagte Mara und sah ihm in die Augen.

Da er nicht reagierte, fragte sie zögerlich: »Magst du mich noch?«

Er nahm ihre Hände, zog sie an sich und küsste sie.

»Ja, immer noch«, antwortete er zärtlich.

Sie lächelte. Und dann küsste sie ihn, als wollte sie ihn nie mehr loslassen.

EPILOG

Ein Jahr später

Die Sonne kämpfte sich immer wieder durch die watteweichen Wolken, die den Himmel bedeckten. Ein leichter Wind wehte beinahe die weiße Tischdecke weg, die den großen Holztisch zierte, der sich seit neuestem unter dem Feigenbaum befand. Rasch hielt Malena sie fest. Sie saß zusammen mit Maria Grazia, Matteo und Alena auf den einfachen Holzstühlen, die aus demselben Holz angefertigt worden waren wie der Tisch.

»Also wir müssen unbedingt diese Tischdeckenbeschwerer kaufen«, fand Malena. »Ich gehe mal rein und hole das Geschirr und die Getränke. Hältst du die Decke fest, Mamma?«

Maria Grazia nickte.

Alena ging mit ihr nach drinnen und Matteo und Maria Grazia blieben allein am Tisch zurück.

»Ist wirklich schon ein Jahr vergangen?«, fragte er.

Sie nickte. »Und es war mein schönstes Jahr.«

Er gab ihr einen Kuss.

»Hey, ihr Turteltäubchen, was macht ihr da?«, rief Alena, während sie Geschirr auf einem großen Tablett heranschleppte.

»Alte Leute dürfen sich auch mal küssen«, erwiderte Matteo.

Alena zwinkerte ihm zu und meinte: »Klar.«

Hinter ihr kam Malena mit einer Kaffeekanne und einer Karaffe mit Wasser, die sie auf den Tisch stellte. Nachdem der Tisch gedeckt war, setzten sich die Frauen.

»*Dov'è Mara?*«, rief Malena leicht genervt. »Früher war sie immer pünktlich.«

»Aber jetzt lebt sie in Italien, da ticken die Uhren bekanntlich anders«, meinte Alena.

»Seit wann sprichst du denn Italienisch?«, fragte Maria Grazia verwundert.

»Seit sie einen Italienischkurs macht«, verkündete Alena. »Allerdings weiß ich nicht, ob sie wegen der Sprache dorthin geht oder wegen des Lehrers. Pasquale ist nämlich ziemlich sexy.«

»Alena!«, schimpfte Malena und wurde rot.

»Zum Glück ist die Wohnung im Erdgeschoss groß genug, sonst müsste ich vielleicht bald ausziehen«, zog Alena sie weiter auf.

»Wir waren doch nur zweimal zusammen essen!«, erwiderte Malena.

»Klar, weil wir dann hierhergefahren sind«, gab Alena lachend zurück. »Aber es war bestimmt nicht das letzte Mal.«

Malena seufzte. »Ich habe Mara und Nonna eben vermisst, das Haus ist leer ohne die beiden.«

Alena streichelte ihren Rücken. »Ich bin doch auch noch da.«

Nun lächelte Malena. »Stimmt. Zum Glück wohnst du oben in Maras Wohnung.«

»Genau. Glücklicherweise ist Mara nach Italien gezogen und Nonna gleich mit, denn nun werde ich ganz allein von Malenas Kochkünsten verwöhnt«, meinte Alena mit einem Schmunzeln. Sie lehnte sich zurück und sagte: »Ich hätte aber niemals gedacht, dass Mara Gefallen an Landwirtschaft findet.«

»Wenigstens muss sie die Füße nicht mehr in einen Eimer mit Wasser legen beim Arbeiten«, sagte Malena.

»Ich muss aber zugeben, dass sie sich schon immer gut um unsere Gartentomaten gekümmert hat.«

»Stimmt. Und sie hat sich das wohl alles mithilfe von YouTube-Tutorials beigebracht«, warf Alena ein.

»Nicht nur. Im letzten Jahr haben wir ihr auch ein paar Ratschläge gegeben«, fügte Maria Grazia hinzu.

»Manchmal ist die alte Generation eben noch zu etwas nutze«, ergänzte Matteo auf Englisch und lächelte.

»Maras neues Leben als Bäuerin und Gasthausmutter.« Alena lachte.

»Am Anfang hat sie ja auch viel mit Giusi zusammen im Garten gearbeitet, aber seit die mit ihrem Freund Pino diesen Agriturismo übernommen hat, bekommen wir sie kaum mehr zu Gesicht«, meinte Matteo bedauernd.

»Siebzig Kilometer ist halt nicht um die Ecke und die beiden haben da ja auch genug zu tun«, erwiderte Maria Grazia.

Die anderen nickten zustimmend. Bald darauf traten Mara und Davide auf die Terrasse. Er trug einen Kuchen, sie eine Schale mit Obst.

»Die Spezialität des Hauses, Feigenkuchen«, verkündete Davide auf Englisch und Italienisch, als er den Kuchen auf den Tisch stellte.

»Hmmm«, machten alle.

Doch plötzlich rief er aus: »Ach! Ich habe etwas vergessen!«, und lief zurück ins Haus.

»Ich habe langsam Hunger«, beschwerte sich Matteo. Maria Grazia tätschelte beruhigend seinen Arm.

Bald darauf kam Davide mit zwei Flaschen Prosecco zurück.

»Gibt es etwas zu feiern?«, fragte Alena.

Mara nickte und zeigte ihre Hand. Am linken Ringfinger blitzte ein kleiner Goldring mit einem Diamanten darauf.

»Nein!«, rief Alena. Maria und Matteo wischten sich Tränen aus den Augen und Malena war sprachlos.

»Wir haben uns verlobt und möchten mit euch anstoßen«, verkündete Davide.

Unter Gelächter und Freudentränen umarmten sie sich gegenseitig und alle gratulierten.

»Und jetzt den Kuchen, ich bin schließlich alt und mein Blutzucker sinkt schnell«, maulte Matteo. »Und beeilt euch mal mit dem Heiraten, damit ich das noch mitkriege.«

»Ja, und mit Urenkeln«, fügte Maria Grazia hinzu.

»Hm«, machte Mara und wurde rot. »Das werdet ihr mit ziemlicher Wahrscheinlichkeit erleben, denn wir sind schwanger.«

Alle sahen sie verblüfft an. Davide umarmte Mara und gab ihr einen Kuss.

»Es ist zwar ungeplant, aber das sind ja bekanntlich die besten Überraschungen«, fügte er hinzu.

Die anderen waren noch viel zu erstaunt, um zu reagieren, doch dann sprang Alena auf und rief: »Doppelten Glückwunsch, *Mutti*.«

»Ich werde Oma«, hauchte Malena völlig überfordert von den Neuigkeiten.

»Nonno, wenn du das Sterben noch ein halbes Jahr verschiebst, darfst du dich *bisnonno* nennen – Urgroßvater«, frotzelte Davide.

Matteo und Maria benutzten die schön gefalteten weißen Servietten zum Schnäuzen.

»Kinder, ihr habt uns die Show gestohlen!«, rief Matteo aus.

»Wie meinst du das?«, fragte Mara verunsichert.

»Das letzte Jahr war nicht nur für euch ereignisreich«, er sah liebevoll zu Maria Grazia, »sondern auch für uns beide.«

Matteo legte einen Arm um sie und fuhr fort: »Nachdem alle Hoffnung begraben war und die Liebe nur noch eine blasse Erinnerung in unseren Herzen geworden war, bekamen wir …«

Er machte eine Pause und sah wieder mit einem Lächeln zu Maria Grazia, die ihn wie ein junges Mädchen anstrahlte.

»… eine zweite Chance und diese haben wir genutzt. Dank euch!«

Er sah jeden der Gäste an und nickte ihnen zu.

»Danke euch allen.«

Alena begann zu klatschen und die anderen taten es ihr gleich.

»Und warum haben wir euch jetzt die Show gestohlen?«, wollte Davide wissen.

Er saß neben Mara und sie hatte sich an ihn gelehnt, während er zärtlich ihr Haar streichelte.

»Wenn du mich ausreden lässt, komme ich noch dazu«, gab Matteo mürrisch zurück, wie es seine Art war.

Er sah alle mahnend an, dann drehte er sich zu Maria Grazia: »Obwohl deine Familie in Deutschland lebt, hast du dich entschieden, hierherzukommen, und du bist das ganze Jahr geblieben.«

»Nonna kann einfach nicht ohne Mara«, rief Malena dazwischen.

Nonna lachte. »Es war ein wunderschönes Jahr«, sagte sie.

»Da dieses Jahr so wundervoll war, wollte ich dich, Maria, vor allen hier Anwesenden fragen, ob du länger hierbleiben möchtest – als meine Frau.«

»Was?« Malenas Mund stand halb offen.

Alena klatschte wieder. Mara und Davide lächelten, als hätten sie bereits etwas geahnt.

»Mama, was hast du denn gedacht?«, fragte Mara.

»Psst«, rief Maria. »Seid doch mal ruhig. Ich bekomme gerade einen Heiratsantrag und ihr gackert wie die Hühner.«

Sie verstummten, aber Alena und Mara grinsten von einem Ohr zum anderen. Matteo begann, in seinem alten blau-grau karierten Sakko nach etwas zu suchen. »Wo ist er nur?«

»Innentasche vielleicht?«, fragte Maria leise.

Schließlich fand Matteo eine kleine Schatulle, aus der er einen wunderschönen silbernen Diamantring herausholte. Maria Grazia kamen die Tränen.

»Ja, ich will. Aber unter der Bedingung, dass du einige Monate im Winter nach Deutschland kommst. Und wir machen einen Ehevertrag.«

Er nickte. »Alles, was du willst.«

Er streifte ihr den Ring auf den Finger und sie küssten sich.

»Dürfen wir jetzt klatschen?«, fragte Alena, die mittlerweile ihr Handy in der Hand hielt und alles filmte.

Die beiden nickten und Applaus brandete auf.

»Und ich dachte letztes Jahr noch, jetzt kommt nur noch der Tod – aber dass das Leben so schön werden kann …«, sagte Maria Grazia.

»Es wird immer besser!«, rief Matteo begeistert.

Mara und Davide setzten sich auf die Bank und küssten sich ebenfalls. Die anderen klatschten begeistert und Malena begann, den duftenden Feigenkuchen aufzuschneiden.

Maria schloss die Augen, atmete den Duft ein und dachte nicht mehr an die Vergangenheit. Der Fluch war gebrochen.

DANKSAGUNGEN

Mein Dank gilt meinen großartigen Testleserinnen und -lesern – Sandra, Santiago, Simona, Anita, den Bloggerinnen Kitty vom *KITTY411BUECHERBLOG* und Franziska von *BUECHERTATZEN* – sowie meinen Lektorinnen Christiane und Sandra.

Besonders danken möchte ich auch euch – den Leserinnen und Lesern. Für euch ist dieser Roman entstanden. Wenn er euch gefallen hat, schaut doch mal auf meiner Facebook-Seite vorbei. Dort findet ihr Informationen über Neuerscheinungen und besondere Aktionen:

www.facebook.com/ellawuensche/

Und natürlich freue ich mich auch, eure Meinung zu erfahren, zum Beispiel durch eine Rezension im Internet.

Ella Wünsche

autorin@ella-wuensche.de

Ebenfalls von
ELLA WÜNSCHE erschienen:

DAS GEHEIMNIS DER ZITRONEN

DER DUFT VON ERDEERSAFT

DER GESCHMACK VON MANDELEIS

TAUSEND FARBEN DES GLÜCKS

DREI KÜSSE FÜR EIN HALLELUJA

PRALINENLIEBE

DAS LEBEN IST (K)EIN BRAUTSTRAUSS

EINE (UN)MÖGLICHE LIEBE

LIEBESCHAOS ZUM VALENTINSTAG

WWW.ELLA-WUENSCHE.DE